人间尺牍

夏正玉 李勤余 | 主编

澎湃夜读集 2

上海大学出版社

图书在版编目（CIP）数据

人间尺牍：澎湃夜读集2/夏正玉，李勤余主编.—上海：上海大学出版社，2022.6
ISBN 978-7-5671-4471-2

Ⅰ.①人… Ⅱ.①夏… ②李… Ⅲ.①评论性新闻-作品集-中国-当代 Ⅳ.①I253

中国版本图书馆CIP数据核字（2022）第071348号

责任编辑 陈 强
助理编辑 夏 安
封面设计 倪天辰
技术编辑 金 鑫 钱宇坤

人间尺牍
澎湃夜读集2
夏正玉 李勤余 主编
上海大学出版社出版发行
（上海市上大路99号 邮政编码200444）
（http://www.shupress.cn 发行热线021-66135112）
出版人 戴骏豪

*

南京展望文化发展有限公司排版
上海普顺印刷包装有限公司印刷 各地新华书店经销
开本890mm×1240mm 1/32 印张14 字数253千
2022年6月第1版 2022年6月第1次印刷
ISBN 978-7-5671-4471-2/Ⅰ·657 定价 48.00元

版权所有 侵权必究
如发现本书有印装质量问题请与印刷厂质量科联系
联系电话：021-36522998

把夜哄睡,把自己唤醒

(代序)

张涛甫

复旦大学新闻学院执行院长

在互联网世界,我们目力所及乃至不及处,涌动形形色色的信息和意见漂浮物,良莠杂陈,泥沙俱在,以至于沉浸日久,会生发深重的倦怠感。这是网络世界的新常态。

与前互联网时代的文字世界相比,沧海横流的互联网世界,文字的毛孔和斑痕要多很多。对于有文字洁癖的读者来说,如今杂草丛生的网络世界,并不缺少理想的放飞心灵风筝的好去处。

物为心造,言为心声。潦草的文字对付潦草的心情;粗糙的心境也在承应粗粝的文字。于是乎,心物之间,言情之间,内卷成"双减"的负循环。

对于我们这些以文字为生的小众而言,即便在"读图"和"视听"似乎全面拦截我们进入世界的通道的今天,我们对于文字的执念仍然天长地久，未因文字被杂质和口水重度稀释，而放弃对文字的偏爱。我过去、现在并将继续坚信，文字能曲径通幽，既能抵达我们幽微的内心，也能连接浩渺复杂的世界。

人类的智慧和文明，多是由文字来承载的，也是由文字成就了的。当视听媒介放大、扩张了人类感知和表现世界的通道之后，文字的通道就被挤占了，文字对生活和世界的能见度和介入能力也就变弱了，文字表现力弱化了。

这究竟是文字的错，还是我们的错？

答案之一：是我们怠慢了文字。

古人云，敬惜文字。他们对文字有一种宗教般的虔诚。这种执念，成就了文字的精粹，也制造了沟通的壁垒。中文的文言文即是确凿的例证。

但如今，文字失去了其光环和魅力，多像卸了妆的女子。邂逅美好的文字，如同艳遇。既不可遇，也不可求。

时评是文字中的快消品。以意见、观点见长，追求先声夺人，凭见识行世。时评强调快言快语，难免会雨过地皮湿，走笔太快，顾不上精装修。由于互联网整体拉低了文字的浓度，如今的时评在文字和思想上总体上显得毛孔和皱纹较多。

文字是思想的外显。好的评论应是思想闪电或焰火，既要有思想的冲击力，也得有文字的美感。

长期泅渡在信息洪流中，沉浸在意见的口水里，我们厌倦了那些标件化的时评。这种时评见识上无甚高论，话术上多是千文一面。很多观点循环播放，换个新闻由头或话术配件，翻新成新作，进入言论市场。天长日久，形成一种八股化的文风，也影响了读者的精神卫生。

澎湃评论近年开设《夜读》专栏，为我们的评论圈吹来一股清风，贡献了一股清流。

《夜读》有一种时间的胎记，宣示文风的不同寻常。澎湃的《夜读》似乎故意避开白天的尘世喧嚣，有心打开新的言说空间。《夜读》尽量不说戴着面具的话，努力做到不拿腔拿调、不装腔作势、不故作深沉，而是把思想的躺椅从热辣辣的太阳底下挪到夜色之中，回归对生活、人生、小我的观照和忖思，让思想开小差，给生活留白，回归自我，借此看到更多的自己。

平时，我们生活在"白天"世界，为生计打拼，为名利所累，困在生活的围城中，拥堵在被社会格式化的空间里。在加速的社会里，每个人都像是转盘上的仓鼠，只有拼命地奔跑，才不至于掉下来。内卷的人生，超载的生活，使得人们所承载的压力山大。病态的职场，超重的学业，拥挤的人生，网络上的焦虑，这些"白天"的境遇，无不在侵蚀着人们的玻璃心情。哪有什么闲情雅致，去欣赏春光秋色。

正如，京筠同学追问，昨晚的流星雨，你看了吗？我们有多久没关注头顶的星空了？电影《立春》里有这样的台词：

"每年的春天一来,我的心里总是蠢蠢欲动,觉得会有什么事要发生;但是春天过去了,什么都没发生,就觉得好像错过了什么似的。"其实,很多时候,被生活摁在地上不停摩擦的我们,对季节、风景和自己的内心已失去了敏感。

集子中的《高三的青春,翻涌成夏》竟有这样的惊艳之笔:"窗外的蝉,鸣个不停。夏风吹过,窗帘拂起。偶尔停下手中的笔,望向窗外,隔壁班校草打篮球的身影,似乎仍然清晰。少年鬓角的汗水,记下青春的痕迹。"美好的青春记忆,会在夜里偷偷地溜出来。粉红色的回忆,滋润、慰藉久经生活风尘的心。

《当彩虹出现,不要克制你的眼》为一则花絮式的新闻驻足鼓掌:在山东潍坊,雨后的天空出现了彩虹。一位梁姓地理老师看到之后,跑回教室喊学生们暂停晚自习去看彩虹。学生们纷纷围到窗边,被彩虹照亮的脸蛋上溢出了笑容……有人批评:老师不务正业,耽误了学生宝贵的上课时间。但在作者看来,这几分钟的"教学事故",并不是耽误,而是成全。

以上看似闲笔的文字,随风潜入夜,成了《夜读》风景,为我们当前的评论写作打开了新的空间。这些写意随心的文字,不仅丰富了言论的表现形式,更是一种生活的启蒙和人生的觉醒。《夜读》没有大肆渲染国色天香,而让野百合也有春天。白天不懂夜的黑,借助《夜读》,可以发现很多被"白天"忽略的东西,包括我们自己的内心。

目 录

情 感

003　用虚拟恋爱摆脱孤独,结果只能是更孤独
006　AA制婚姻是坟墓,不是时尚
009　大四儿媳妇"提前交卷",但你得完成自己的考试
012　别算错了爱的尺码
015　有"爸妈寄来的年货",就有年味
018　姜师傅,新春见
021　多点"立",才能少点"离"
025　白教授小记
029　笨拙的父爱
032　老阿哥范志毅
036　女性回归家庭后,还能独立吗?
040　每个人心中都住着一个刘小样

043	高三的青春,翻涌成夏
046	毕业季,与老师漫长的告别
049	五角场的孩子,毕业快乐
051	人到中年,我终于听懂了"知交半零落"
055	和郎平一起成长的日子
058	感谢那个把我们拎到前台的人
062	在满街Tony的时代,怀念和平美发厅
065	哪来的野生"情感挽回大师"?
068	我们都曾是"小镇阅读家"
072	用温情和敬意,对文庙书市说再见
075	年轻时,我们不懂"成年人的崩溃"
079	参加了那么多婚礼,我还在思虑"何为婚姻"
083	一封永远无法回复的信

职　场

089　不妨少扯些情怀，多说说五险一金
093　想乘风破浪还是风平浪静，都是诚实的欲望
096　不爱加班，是这届年轻人的觉醒
100　下班比领导先走，这很 90 后
103　一次跳槽，治好了他的失眠和焦虑
106　令人头秃的公司团建，可以少点吗？
110　抢白酒的年轻人，为啥不爱喝白酒？
113　累丑，全是职场的锅吗？
116　哪有职场妈妈不想美？
119　职场男女的"安全距离"是多少？
122　发语音为何成为职场大忌？
125　张一鸣说的"平常心"，戳中你了吗？
129　更快更高更强的中国老板们

132	互联网工牌，时代的铝饭盒
135	离开大厂进工厂，会成常态吗？
138	对不起，我不想再说对不起了
141	爱你所爱，无问西东
144	给领导提意见的正确姿势
147	隔离不忘锻炼，全红婵有没有震到你？
151	愿每一位"苏筱"都能抵达自己的理想之城
155	是什么在驱使着你去上班？
158	中年辞职创业，人生需要一点开盲盒精神
161	天底下哪有容易的工作？
164	谁还没有过"年薪百万"的梦想呢？
167	《我喜欢加班的理由》，这剧很添堵

网 事

173　"买买买"就是败家吗？
177　"小马云"悖论：流量时代的机遇与残酷
180　不要让自己成为"线上"的奴隶
183　APP年度报告里的你，是你吗？
186　虾米之死：利不容情
189　自家单位的八卦，你会到网上说吗？
193　这个时代的审美悖论
196　人设该怎么个"卖"法？
199　怀旧永远不能代替真实的生活
202　流量时代的凉薄
205　在社交平台，我想做个"隐形人"
208　BBS：上古互联网的时光
211　沉迷看直播会毁了人生吗？

214	人生不是一场凡尔赛
217	天上掉馅饼，也要接得住
220	还记得手机最原始的模样吗？
223	追网红食品的你，到底在追什么？
226	我们为什么总被农民父亲的形象打动？
229	没有互联网，人类行不行？
232	给动物园一个"讲故事"的机会
235	家有"网瘾父母"
238	年轻人迷短视频，究竟在迷什么？
241	我们还能不能好好说话？
245	当社恐时代遇上"社交牛×症"
248	"李子柒式"流量应该得到呵护

文 化

- 253　读，不一定书
- 256　把《第一炉香》当作朋友圈的一幅静图，会令文字羞赧
- 261　给杀马特少年一个确定的未来
- 265　老字号，一座城市的文化记忆
- 268　别让身体跑得太快，也别把灵魂抛得太远
- 271　没有版权的"快乐"不会长久
- 274　什么样的姐姐才能"乘风破浪"？
- 277　吃了一年外卖的你，还知道祭灶吗？
- 281　"孩子跟谁姓"背后是话语权之争
- 284　元宵节，也愿"人长久"
- 287　赘婿的白日梦
- 290　这届观众太懂历史了
- 293　不让孩子读课外书，是这届家长最大的失策

298	我的第一间"书房"
302	学"无用"的知识,做有趣的人
306	生活的真相,也许诗歌无法抵达
310	坐不改姓,行不改地名
313	我们都欠《天堂电影院》一张票
317	主旋律剧为什么吸引了年轻人?
320	为什么说四十岁,生活才刚刚开始?
323	致敬一个认认真真工作了40年的人
329	说到爱情神话,我很少想到上海
333	能让人记住的音乐,为什么越来越少了?
337	脱口秀,城市年轻人的"解药"
340	《鱿鱼游戏》的爆红和年轻人的呐喊

生 活

- 347 "0糖"从来是人类的自欺欺人
- 350 菜贩生计被夺走?我更担心社区的消失
- 354 高学历父母在教育上的笨拙,你可能无法想象
- 357 我是社恐,啊啊啊我也是
- 360 别带着成见看"女性买房"
- 363 小霸王,相见不如怀念
- 366 现代女性如何摆脱"樊胜美困局"
- 370 多数人是怎样被少数人改变的?
- 373 儿童网红、数字家长与"楚门"
- 376 职场妈妈,辛苦了
- 379 卡带时代过去了,我很怀念它
- 382 我的东京奥运会门票
- 385 人生的C位,从教室抢起?

388	当彩虹出现,不要克制你的眼
391	我的遥远的课间十分钟
394	永远不要向生活低头认输
397	夏君山,欢欢还有第三条路
400	不要喊妈,戳中了家庭教育的大问题
403	"小家庭"为何越来越小?
406	睡不着,都是你的错吗?
409	美得千篇一律,便不是美
412	元旦烟火小录
415	这届孩子还有机会干农活吗?
418	为什么大家都不爱做饭了?
421	那个年代,我们是真的热爱足球
425	后记

1

情感

用虚拟恋爱摆脱孤独,结果只能是更孤独

易 之

最近,付费虚拟恋爱的话题火了。所谓付费虚拟恋爱,包括陪伴聊天、一日情侣、陪玩游戏、温柔哄睡、代写作业等,通过文字、语音通话等方式为消费者提供陪聊服务,费用则根据陪聊时长、服务项目以及陪聊者等级不同来定,每小时在20元至360元不等,包月费用最高可达1万元。据报道,这项业务在网购平台和年轻人聚集的互联网社区,都不乏大量消费者。

支撑付费虚拟恋爱基本盘的,恐怕是广大单身成年人。根据民政部的数据,2018年我国单身成年人口就达到了2.4亿人。数亿单身人口,他们该如何拯救孤独?付费虚拟恋爱或许就是一些人选择的解决方案。

这样的新闻之所以引人注目,主要还是因为在人们的思维习惯里,人与人的情感应该是真实、诚恳、不掺杂质的。

付费换来的温柔，总显得俗且不那么纯净。

但是精神需求就一定不能货币化么？恐怕也不那么绝对。人们在实物消费时，也会把服务态度作为重要的评价标准，这就意味着在支付的价格里，其实已经包含了某种程度的"精神满足"。付费虚拟恋爱，不过是让精神满足放大成为主要商品，人们购买的就是嘘寒问暖、陪伴关怀。这种产业，其实并不新奇，短时间里也不会消失，只要人们的需求还在。

看看付费虚拟恋爱的服务项目，具体而琐碎：陪聊天、打游戏、哄睡觉、喊起床……可见，这种付费虚拟恋爱，其实只是低成本满足碎片化的孤独，只是在特定时间、满足特定场景下的精神需求。

相比于恋爱或婚姻中两人共担风雨、相濡以沫，付费换来的片刻关怀要简单多了，也不会有强羁绊关系里的种种麻烦：不用忍受对方的情绪失控，不用考虑未来的生活前景，不用应付对方的七大姑八大姨，只要一点浅尝辄止的温暖。

总体来看，付费虚拟恋爱是低成本的，再昂贵的VIP服务，大概都不能与婚房首付相提并论。但低成本也意味着低回报，严格来说，这都不算是恋爱，所获得的那点温暖，消费者也心知肚明是虚幻的。对方的关心，不是基于精神上的共鸣，而是经济上的契约。人们无法指望通过付费虚拟恋爱，获得真正的爱情体验，这里不会有责任、承诺、信念，只有议价、下单、好评。如果沉迷于此，其实也是对有限人生的一种扁平化处理,把情感世界变得单调乏味。

从媒体报道看,有些付费虚拟恋爱也不是那么单纯。有的可接"污单",成了色情服务;有的则是情感诈骗,成了不法分子的敛财手段。这些都是法律问题,需要监管部门出手了。负面案例的发生其实也是一种提醒,再甜美的虚拟恋爱,终究只是商品,不是真实的情感。金钱无法买到真爱,虚拟恋爱不值得入戏过深。

对于熟练使用网络的当代年轻人来说,何以慰孤独?或许一点金钱即可。但是,掌握爱的能力,其实并没有捷径,多少年来也从来没有变过。就像托尔斯泰说的,"爱情不是语言所能表达的,只有用生活、用生活的全部来表达它"。真实的生活,才是告别孤独最根本的办法。

AA制婚姻是坟墓,不是时尚

白晶晶

常言道,是可忍,孰不可忍。叔能忍,婶不能忍。这不,忍不了的苏婶火了。56岁的苏敏,来自河南。前半生循规蹈矩,过着中国传统妇女的生活。后半生,开局就来了一个"王炸"——"抛夫"自驾游。

一直为家庭付出的她,决定为自己活一回。"离家出走"自驾两个月的时间里,她一路向南,想在洱海边露营,听着鸟鸣入睡,还想去海南过年。

视频中,"出走的苏婶"表示,最无法忍受的,是婚姻AA制:"经济上,每一笔账丈夫都要和她掰扯,一切AA制,除了她付出的家务劳动不算钱,一切都要算清楚。她拿丈夫的医保卡买了药,对方第二天就改了密码。"

其实,让苏婶"婚无可恋"的因素很复杂,更多的是精神层面双方无法交流,缺乏基本的感情基础。但表面上看,婚姻里一切皆AA,金钱上的算计和分割,成了压垮骆驼的最后一根稻草。

在传统观念里,"嫁汉嫁汉,穿衣吃饭"。男主外,女主内,你耕田来我织布,我挑水来你浇园。女方没有独立的经济收入,自然也不会发生买包盐也要算清楚谁更爱吃咸的尴尬。随着女性经济地位的崛起,一些家庭开始选择AA制婚姻,号称"工资自持,债务自负;家庭开销,按比例出;彼此独立,和谐共处"。

现实中,大多数人对AA制婚姻仍嗤之以鼻,甚至将其视为男方渣、奇葩抠门的象征,认为同一屋檐下,夫妻俩哪能各花各的钱?结了婚不共同承担共同分享,那夫妻跟"合住"室友有什么区别?

也有一些人表示,现在离婚率这么高,离婚证都和结婚证一样变成红色了。既然婚姻给不了人安全感,不如亲夫妻还是明算账吧,这跟"我爱不爱他"没关系,关乎的是"我安不安全"。

此前有一则社会新闻曾引发热议,重庆陈小姐发帖称自己刚生完小孩一个月,在家休产假,工资缩水,本想让老公支付那几月开销,没想到老公却要求陈小姐之后需要把这笔钱再还给他。陈小姐表示,老公月入一万五并不差钱,虽然他们婚后一直是AA制,但老公不懂得变通让她感到心寒。

谈及婚姻AA制的话题,之所以多数女性觉得无法接受,究其根源,还在于女方为家庭做出了更多"隐形付出"。正所谓，一切不以公平为前提的AA制都是耍流氓，婚姻也是一样。如果真的绝对AA制，那女性的生育风险、生育成本、家务时间、牺牲事业发展机会等等，或许都没能在AA的分割中得到有效体现。

婚后该不该AA，其实没有标准答案，任何一种相处模式只要建立在"你情我愿"的基础上，能让彼此感觉舒服，携手走得更远就好。

但婚姻，不该成为算术题。那些锱铢必较的计算，只会让感情天平在算计中更加失衡，甚至岌岌可危。AA制婚姻，能AA的也只有金钱，情感的付出却必须倾斜，让对方感受到温暖，察觉到自己被时刻宠爱，婚姻才不会偏航，甚至触礁。

李诞在《奇葩说》里有过这样一段话："婚姻是一个壳，不是我们去保护婚姻，而是婚姻要来保护我们。两个成年人，要把所有最坏的事情都说好，将婚姻这个壳做得足够坚固。坚固到什么程度呢？哪天这段婚姻不在了，但它依然能保护我们。"

或许，AA制婚姻也是这样，保护双方利益的前提下，或许是可行的，但别让它变成爱情的坟墓。

大四儿媳妇"提前交卷",但你得完成自己的考试

王佳森

今天又被"别人家的婆婆"变相"催婚"了。

新闻很小,看了之后却让不少人"emo(我颓废了)"。

在河南郑州某高校,大四的刘同学因疫情封校不能外出,婆婆做了满满一锅红烧排骨带给她吃。不仅如此,刘同学跟老公在一起已经7年了,2021年4月两人结婚,婆婆平时对她非常好,她都已经习以为常了。

"我婆婆""我老公",配上女主人公大四学生的身份,像极了哪部韩剧的开头。

看了这个新闻之后,不少网友挺酸的,我也酸。掐指算算,刘同学在高中时期就找到了携手相伴一生的男朋友,大四还未毕业时就已经结婚,还有一个待自己"亲如母女"的婆婆,她的"人生进程"早已经碾压了大多数人,简直是"人生赢家"。

大多数人"酸"的背后透露出来的，其实是明晃晃的"婚恋焦虑"，甚至有人认为，媒体发布这样的新闻就是变相催婚，然后便是各种吐槽：人家在一起都7年了，初三、高一就开始早恋了，中学不许早恋，哪来的大四儿媳妇？

我身边就有一位朋友，高中毕业上大学，大学毕业读研究生，高中未复读，考研未二战，一步步把人生的转折点踩得很精准，但独独在找对象上遭遇了波折。"怀揣结婚的梦想，却仍未遇到结婚的对象"，人生进程，卡在了恋爱和结婚上，他为此焦虑，但每每提到这个话题，却又极力掩饰自己的焦虑，整个人处于很"拧巴"的状态。

当然，"人生进程"这笔账没法算，也算不了，考试可控，但恋爱和结婚从来不讲道理。能在合适的年纪遇见相伴一生的对象，全靠运气，而现实中，大多数人没有这样的运气，于是在结婚这个人生门槛上徘徊。

有人曾形象地把"结婚"比喻为"交卷"，大家同在一个名为"人生"的考场，刘同学能早早碰到对象并结婚实属幸运。本来各答各的，大家相安无事，突然有人提前交卷，还没交卷的"考生"就开始慌了，后面交卷的越来越多，没交卷的"考生"也就越来越慌。

回想起那位朋友的心路历程，他反复在还未"交卷"的"慌"与"淡定"之间来回挣扎。他在研究生毕业后，工作不久，就陆陆续续传来同学、朋友领证结婚的消息：先是本科同学，再是研究生同学，再到后来是同龄的同事，他除了心疼不知道什么时候会收回来的份子钱之外，时时刻刻还会因为自己耳边敲响的"社会时钟"而焦虑。每当身边的一个小伙伴结婚，他的"社会时钟"都被往前挪了一寸，除了焦虑还是焦虑。

后来，他在看了复旦大学一位老师"恋爱课"的建议之后，反倒是坚定了单身的信念，"一个人在这个世界上一定要有独立性，一定要有坚定单身的信念，你往上可能能遇到灵魂伴侣；你往下，也可能碰到很善良的人。最怕的是，把自己的生活寄托在别人身上，然后希望别人多承担，一切都是对别人的一种期待"。

这份"单身"的信念，指的不是"不结婚"，而是坚定了等待的信念，俗称"不将就"，不眼红，更不眼馋别人家婆婆的红烧排骨，过好自己的日子。

其实，你们也看出来了，这个朋友就是"无中生友"。

别算错了爱的尺码

白晶晶

万万没想到,一件内衣引发的退婚新闻,竟也屡上热搜,激发吃瓜群众无限追剧热情,还演绎出数个版本,逼得当事人一次次出来澄清。

一件内衣,怎么就拆散一对准新人了?不妨先还原事件经过。按照贵州遵义当地婚俗,结婚时男方要给女方买从头到脚的新衣服新鞋子,俗称"上头礼"。因新郎将内衣买小两号,女方家拒绝迎亲。半夜临时要求更换时,男女双方对彼此的态度心存芥蒂,最终导致婚宴一拍两散。

网友还自行脑补,给主人公加戏,称"新娘已经怀孕""新娘拒绝退还礼金"等等。还有人臆测女方已经找好了下家,才在婚前故意刁难。

事件演变到后来,"内衣买小拒亲门"变成一场男女各自站队的大讨论。男性自行代入准新郎的角色,女性主动脑补自己是受气新娘。网友在这场 2021 年开局最奇葩的婚礼中,产生了强烈的代入感，把日常生活中对配偶乃至对另一半家庭的种种不满，都发泄到这一事件中。

此事的网友跟帖留言中，充斥着对婚姻生活的吐槽。首当其冲的，就是彩礼。按照网友的爆料，越是经济不发达地区，天价彩礼现象越为凸显。例如，甘肃平凉，彩礼钱从5万元到20万元不等；山东、湖南要10万元左右；河南淅川，部分农村地区订婚起步价30万元。不少家庭一人结婚、全家负债，"辛辛苦苦几十年，一婚回到贫困线"。"天价彩礼"成为农村男性娶妻的拦路虎。

男方怨念满满，女方说起彩礼，也是满满的无奈和委屈。针对一些人指责彩礼高就是"卖女儿"，很多网友表示，除了个别"扶弟魔"家庭，不少人家都会把彩礼钱原封不动地让女儿带回男方家，贴补小两口的生活。

再说，婚前要房、要车，还不是不想让女儿出嫁后吃苦？如果婚前彩礼这关婆家都抠门算计，女儿嫁过去自然也不会受重视，何谈幸福美满？

如果说，古代婚姻双方没有自由恋爱的感情基础，靠的是媒妁之言，只为"合二姓之好，上以事宗庙，而下以继后世也"，那从什么时候开始，现代婚姻也只剩算计，"真香"的不是双方的爱情，而是各自付出多少的计较了？

就"内衣买小拒亲门"而言，明眼人都看得出，不是内衣出了问题，而是双方的感情出了问题。尺码买错，瞬间点燃女方积怨已久的压抑情绪，双方家庭也互不退让，主动下场煽风点火，给这场全民围观的婚礼闹剧火上浇油。

前段时间，江浙包邮区"不言嫁娶""孩子两头姓"的"两头婚"，也曾引发一波大讨论。从婚姻形态来看，"并家婚""两头走"这种没彩礼、没嫁妆，酒席各负责各的，婚后夫妻俩回各自父母家过日子的婚姻形式，与"内衣买小拒亲门"正好属于两个极端。

其实，无论是大家庭深度融入小夫妻生活的传统婚姻模式，还是两头安家、各自回归原生家庭的"两头婚"，都有其现实合理性。最重要的是，别让婚姻存续的基础跑偏，应以双方情感为先，而不是倒退到封建社会只为繁衍子嗣的状态。

易卜生说："婚姻是人生的一大考验。"之所以幸福的婚姻是相似的，不幸的婚姻各有各的不幸，正是因为，夫妻互相包容，在磨成亲情的爱情中，仍不忘寻求生活的小确幸，别让"左手摸右手、夫妻变室友"。

人生路本就道阻且长，就别再把另一半当对手，把婚姻变成双方家庭"角斗"的战场了。不合适的关系早些断离舍，放对方一马，也算日行一善。

有"爸妈寄来的年货",就有年味

阳 柳

在网上,一场"晒爸妈寄来的年货"大赛进行得热闹。网友晒出的年货包括,一整头羊,可以做顿年夜饭的食材,妈妈亲手采的桂花,各种肉,饺子。还有一些"画风清奇"的,比如一位提前回家的网友,启程时父母在后备厢塞了一头 300 斤的猪……

这是就地过年形势下,"晒爸妈塞满的后备厢"的新版本。形式变了,大型秀幸福现场的味道没变。我都能想象一幅画面:在年轻人还在城市上班下班、忙碌休息时,已经有无数承载美味的包裹,在夜以继日地从四面八方飞驰而来。这份来自家乡的爱与牵挂,始发于父母的怀抱,抵达游子的心里。

我一个同事说,有一年年后返城,父母塞给他一袋自家制的萝卜干,被他"狠心"拒绝了,"再好吃也是萝卜干啊"。今年,不回家过年的他,有点想念老家的萝卜干了。

在这个特殊的春节,爸妈寄来的年货,不仅抚慰了就地过年人的胃和心,减少了过年不能团聚的遗憾,它还暗含了一种大爱:父母对疫情防控政策、对就地过年倡议的默默支持与配合。"不回来挺好的,安全",一位网友说妈妈如此安慰自己。这大概也是许许多多给孩子寄年货的父母的心声。

张文宏说,就地过年不是理所当然,对选择就地过年的人,我们都要道一声谢谢。有必要加一句:对于支持子女就地过年的父母,我们也要道一声谢谢。

有相当多的人,在遵守防控政策、做好防护的前提下,本是可以回乡过年的。他们选择留下,是主动让渡了一部分个人利益,但难免会因此对父母心怀愧疚。父母理解的话语、寄年货的举动,是对他们最好的宽慰。异地过年,心安和年味都有了。

在晒父母寄来的年货后,我们也要记得给父母打电话或通视频,认真地道谢,并给父母回寄点年货。据说,这届年轻人已经接过了"年货采办权",那么,也应将父母的需求纳入采办清单,就像小时候过年,身为小孩的我们,愿望总被优先满足。丰俭无碍,心意难得。

要多关心父母的心理。很多父母都是有"两副面孔"的,他们会拿出好的状态让我们安心,但私下,可能难掩落寞。因为父母辈比我们更看重过年和团圆的意义,即便不能线下团聚,我们也可以多借助手机和网络,让他们感受到陪伴的温暖。

要多关心父母的生活。很多人喜欢调侃"我妈总担心不会做饭的我在外面会饿死",也有人担心租房的自己怎么吃年夜饭,但身处城市,这些都不叫事。线上,已经有商家推出年夜饭半成品礼盒;线下,很多城市推出了"文化大餐",比如开放博物馆、图书馆。

总之,不能让父母因为子女不回来,而"将就着过年"。

今年已经是我第二年就地过年了,父母还是一样的支持。父母给我寄了年货,我也把单位发的年货直接寄回了家。"等到春暖花开的时候,再回来",我妈不知从哪里学来这么文艺的一句话。今早我一翻日历,已经是立春了。

姜师傅，新春见

秋　果

　　姜师傅是我们单位传达室的师傅，不知道他在这里工作多少年了，反正我来学院以前，他就在了。也不知道姜师傅有多大，他的头发染过，总之是上了一点年纪的。换下保安制服，他常穿的是老款米色夹克衫和深色宽腿西裤，皮鞋虽然不新却总是擦得干净，大黑自行车车兜里装着中午带饭的饭盒，也不知道这些东西他用了多久。
　　姜师傅的一天从升国旗开始，那是他一个人执行的仪式。一个人也要庄严肃穆，他穿着保安制服，擎着国旗从传达室走向旗杆的那几十步，从来都不马虎。他一脸严肃仰着头将国旗升到最高处，行注目礼，然后收回视线缠好旗绳。走下旗台便恢复了日常略带笑意的脸，将手背在身后，迈着八字开始在中庭巡逻。他扫一扫落叶，扶一扶自行车。学生们飞车来上课，踩着点冲进教室，自行车总是停得不成样子，姜师傅总是会整理出一个规矩来。

姜师傅人好，有求必应，帮大家传递个材料什么的自不在话下，我们同事之间有一个日常用语："放姜师傅那儿了。"谁家有喜事也都会放一堆糖在姜师傅那里，请他代发给大家。一年中总有好几次，上班走进办公楼时，姜师傅会笑盈盈地叫住你，然后递过来一包糖，喜滋滋地说一句谁谁的喜糖或者谁谁的孩子满月了。一年到头，回头想想，总觉得喜事不断嘛。

姜师傅收发快递也是极认真的，一丝不苟。他戴起老花镜，在本子上逐一登记各家快递公司送来的包裹，然后分送到老师们的办公室，四个楼层上上下下，一天要跑好几趟。钥匙盘哐当作响，是姜师傅上来了。

歇脚的时候，他坐在那儿看监控屏幕九宫格，掌控着院区的一切情况。谁没带门禁卡，谁下了课手里捧着重东西，谁停好车没伞，他保准第一时间出现，蜘蛛侠速度。姜师傅记性也好，来来往往的人和事他都记得清楚，堪称学院数据库本库。

我爱养植物，难免出差或假期有些日子不能去办公室，姜师傅总会帮我浇水。每次他看我回来，都会说一声水浇过了噢，怕我浇多了杀生。我和姜师傅的交流，很多是关于植物的。我养不好兰花，日日给它听刘文正的歌也不见开花，我问姜师傅怎么办啊，他笑盈盈地说他以前上山，兰花就开在山里，他们找也找不到的地方。

同事们都喜欢姜师傅,蒙他照顾也照顾着他。有一次姜师傅崴了脚,一瘸一拐好几天,有教授关心他,让他打几天出租车,他笑盈盈地说着谢谢,却还是跨上了他的大黑自行车。前年,在学院90周年文献展上,有心的同事特意安排展出了一张姜师傅的荣誉证书:"姜某某同志荣获二〇一二年'老师心目中的好保安'的荣誉称号",我才第一次知道姜师傅的全名。

学生们也喜欢姜师傅。不知从几时起,毕业生离校前都要来给他拍一段视频,有时在毕业晚会上播放,有时也就留个纪念吧。对着镜头,姜师傅是很腼腆的,涨红着脸,站得笔直,认认真真说一句:"我祝你们毕业快乐,前程似锦。"多少届学生对母校的记忆里有姜师傅。

姜师傅也是有委屈的吧,但绝大多数时候他总是笑脸盈盈,天真和气。

寒假前的最后一个工作日,一贯地,我离校前把办公室的植物交代给姜师傅。一贯地,他笑脸盈盈,手背在身后,摇头晃脑地说一句:好嘞。

那么,姜师傅,新春见!

多点"立",才能少点"离"

白晶晶

"三十而立"正在变成"三十而离"?

据报道,90后正在成为离婚大军的主力。在山西洪洞县,有90后婚后一两年就办离婚的;一对二十七八岁的夫妻,有过六七次婚姻登记记录。在河南郑州,90后离婚数量占到全市总离婚人数的两成以上。在湖北十堰,2019年离婚的夫妻中,35岁以下的占45%,最小年龄分别为22岁、21岁……

其实,在网上,关于年轻人的离婚话题,从不缺一些虚虚实实的调查和数据,其"惊悚"效果要比上述报道里的大得多。但这届年轻人越来越"爱"离婚,确实是不争的事实。

如何看待这种现象?有两种不同的话语体系。

站在传统和宏观的角度,离婚不仅是个人选择、个人私事,还关乎家庭幸福、社会稳定,和特定群体的利益——比如离婚家庭子女的健康成长问题。老话说的"劝和不劝离",

除了情感伦理因素——对离婚的偏见和污名化,导致人为了面子,宁愿"忍、憋、熬"也不离婚,也有这种现实考虑。

其实,婚姻制度从诞生伊始,就带有经济利益的考量。所谓"合二姓之好,上以事宗庙,而下以继后世也"。双方的结合,家庭的组建,为的是增强人类种族延续过程中抵御风险的能力,实现利益最大化。在很长时间内,常见的夫妻关系,就像是年龄到了,找人完成婚姻 KPI,搭伙过日子。爱情,更像是个奢侈品,可遇不可求。

但在现代文明社会,以感情为基础的婚恋观逐渐深入人心,更追求自我、更强调独立的 80 后、90 后,将之更推进了一步。

观念的变化,往往都能溯源到经济这一根源。以 90 后为例,他们普遍受到较好教育,又伴随互联网而生。前者给了他们更强的生存能力,后者让他们具有更强的自我意识。尤其是,更多女性从家庭走向职场,经济独立后她们的物质生活丰富了,更因为话语权和选择权的赋能,助力她们思想独立。当一段婚姻不如意时,她们比前浪更有底气、也更有勇气果断终结。

在人人都有麦克风的年代,网友们的主流声音很明显还是倾向于要尊重个人选择。没必要对年轻人离婚现象过分悲观或焦虑,更不能指责和干涉他人选择离婚。这当然是没有争议的。无论是法律划定的硬杠杠,还是世道人心的那杆秤,都力挺这一态度。

但有些问题仍值得说道说道。比如，那些年轻人都是因为什么，选择了离婚？

在一份热传的"90后离婚的100个理由"的帖子里，网友列出的理由包括：嫁了个妈宝男，张口闭口"我妈说"；跟婆婆相处不来，老把饭嚼碎了喂我儿子；结婚买房都靠长辈的"六个钱包"，所以啥都得听他们的；男方沉迷游戏，对老婆孩子缺乏关心，不做家务……一句话，选择迈进婚姻围城的双方，在物质和精神上都还没有"成年"。

看，压垮婚姻的最后一根稻草，并不需要多么惊天动地，问题都是具体的、琐碎的，只是天长日久，终如华服上的虱子，一点一滴地蚕食掉婚姻。

这给了"围城"内外的年轻人足够的忠告。婚姻，不同于有情饮水饱的恋爱。用句烂俗的话说，幸福的婚姻，始于两情相悦，合于性格爱好，但终于理解、扶持与包容。

这当然不容易，但并非不能做到，只要有心，只要用心。

说这个问题值得探讨，是因为在对美好婚姻的向往上，无论对离婚持何种态度者，都是能达成共识的。不然，何以解释那些执手的老人出现在线上线下时，很多人都感叹"我不羡慕街边拥吻的情侣，我只羡慕夕阳下牵手散步的老人"？

有人说，结婚要慎重，离婚要果断，这才是对婚姻、对自己负责。这道出了部分真相,但在从结婚到离婚的过程中,现在的年轻人或许也要学好几门课:自我成长、经营婚姻和两性相处之道,积攒更多爱人、爱家的耐心和能力。

白教授小记

秋 果

白教授是我的老同事。那时大家年轻,毕业后在杭州同一所大学教书,后来白教授扎根在这里了,我好高骛远离乡到了大城市。于是,白教授以及其他一杆子已经成为陈年老友的老同事便成了我每次回乡的省亲对象。

我要专门写一写白教授,因为她实在是一个有趣之人,风花雪月,天真无邪。

白教授爱美,远近皆知。不打扮妥当不出门,身上颜色一般不少于五种,且都是饱和度极高纯的色彩,复以表征其古代文学专业的玉石珠串压阵,倒也和谐,就是气场极大,一种博古通今的华贵。

白教授还酷爱西式帽子,藏品繁多,疫情期间从美国访学回来行程辗转艰难还不忘带回一箱帽子。访学一别两年,老友相见无杂言,"来来来,这地儿景不错,帮我拍几张照,要显得我腿长哦!"那日春还早,白教授身着短袖开叉裙。

白教授待人极为真诚。她爱请朋友到家里相聚，且一定要你早早就到，你梳洗妥当与否她并不在意，最好是一早就去，中饭晚饭吃上两顿，好茶好酒招待。酒足饭饱之余冷不丁地拿出十全大补的饮品点心要你吃下去，墨黑墨黑的黄精丸啦，大马蜂泡的药酒啦，"你们吃啊吃啊，这个对身体可好啦"，吓得我们几个在白府客厅绕着圈儿逃窜……

话说回来，白教授家的茶和酒大都是极好的，足够年份的老白茶和陈黄酒的甘醇在别处重金也难觅着。

今年春节白教授响应号召就地过年，远在山西的父母亲给闺女一家寄来丰足的家乡食物，白教授便又有了招呼我们去吃吃喝喝的由头。

于是，白府水仙氤氲中，教授端出一盘盘酱牛肉、酱牛肝、山西核桃和各种点心，只是她老人家刀工欠佳，牛腱子切着大块就端上来了。白教授的夫君是大画家，品位出众，文玩雅赏，尤其藏好茶甚广。教授知道我喜茶，友情上头时问明了我确切最喜哪种茶，说哪天等画家不在偷出一饼名贵的来送我，可是忽然犯了难——众茶中她分不清生熟，怕偷错了我又不喜欢，于是只好和画家正面索要。

画家也是个人物，听闻我茶酣时赞叹了某古董级珠串，和白教授说了句问什么价钱、喜欢就送给她吧，吓得我心跳都快了，双手在手机上自动打出一连串"使不得"……真乃，不是一家人，不进一家门。

白教授的生活与学术浑然一体。她爱听昆曲，我们一起去过几次胜利剧院，早些年从下沙进城还没有地铁，她为一场演出辗转换车穿过大半个城，演出结束夜已颇深还不舍得就回下沙，拉着你在学士路、浣纱路、长生路和菩提寺路一圈来回地走……在白教授的世界里，情总是不知所起，一往而深。

春节期间我约白教授到大华书场听苏州评弹，那日的角绝对是作为观众的教授无疑。我熟悉大华书场，知道观众以本地老年人为多，且老熟客们早早就会到场，演出前一般都要泡上茶聊会儿家常，便特意提醒白教授提前三刻钟到达为宜。

当然，她必定是在开演前一片刻到场的，在一屋子观众当中极为耀眼，从后排款款直奔第二排主位，引得全场行注目礼。托白教授的福，我以及我尽可能藏掖的外带咖啡也被行了注目礼。

演出开始，我还没喝上一口咖啡，就见我前排的老爷爷（快九十了吧）摆开一瓶五加皮、两颗卤蛋、一个鸭翅膀和一碗片儿川吃食起来，牙口极好，吃饱喝足没地方擦手，我赶紧掏出纸巾递上，只见旁边的白教授和我后排三位大爷一道笑得前仰后合。长篇评弹《三笑》，唐伯虎点秋香，散了场白教授说苏州话好好听啊但我啥也没听懂只看见我一直乐，我心窃喜，包邮区的方言优势嘛。那天随后的友人活动中，白教授一直用半吊子的杭州话对我们说"撒西啊"。

　　白教授身上始终有一种天真无邪的浪漫，就是所谓大人不失赤子之心吧。有一年夏天她到上海学习，顺路来看我，我问她想如何逛吃沪上，她说其余无大碍，就想天黑以后在江湾的野外喝一回甜酒。那日教授大喜，面对池塘赋诗一首，并款待生态江湾一众蚊虫。

　　对了，当年白教授精神恋爱某韩星时，如有丘比特神助，体内少女灵魂和诗人灵魂双双被激活了，多少年了，我如今依然喜欢她那句："阳光流进你最爱的眼睛，像无穷无尽温暖的河。"

笨拙的父爱

澄怀老人

每逢长假都能看到些"爱的后备厢"之类的暖新闻,返程的"孩子们"车里被父母塞满了各种家乡菜,看了心里暖洋洋的:有家真好。

不过,触动我写这篇文章的不是后备厢,而是车前盖:一位父亲用钢丝球帮儿子洗车——把漆刮坏了,但这个举动和儿子的反应,让人看到了一种值得珍藏的爱循环。

湖南永州的程先生去帮人家接亲,车上贴了喜字,懒得去洗就跟朋友喝茶去了。父亲想帮他把车洗干净,拿毛巾和洗衣粉都擦不净,便用钢丝球把车子擦了一遍,导致车前盖的漆掉得跟雪花似的。如果去4S店喷漆,要花一两万元。他觉得这有点"像自己小时候做错了事,父亲打不得你骂不得你的感觉"。因此他决定不把损失告诉父亲,省得他自责,也不会去维修,"多好的父爱啊,而且这车也不会准备卖了"。

多好的父子情啊!一个给关心,一个懂珍惜,这是爱的闭环。我很赞赏这个"孩子"的处理方式，比起父子感情的增进，车子掉点漆又算得了什么呢？小程可谓知轻重也。在我看来，这车由于这层"因爱导致的损伤"，反而大为增值，它成为父子感情的一个标志物，一个珍藏品，承载着一个美好的家风故事。

如果小程做出常规的反应，板起脸来，把父亲训斥一顿，告诉他说损失至少一万元，这位父亲一定会非常懊悔："我怎么就老糊涂到这个地步呀，想帮他省50块洗车钱，结果损失一万"。一万元也许不难挣回，但这自责会是很重的心理包袱，压在心头，对情绪对身体都不好。

生活中太多本末倒置的家庭关系，比如有人摔破了一只碗，家人的第一反应往往不是问"手割到没有"，而是责怪"你怎么这么不小心"。更别说那种"找 bug"、说话带钩子式的家庭关系，总是搞得神经紧张，美好生活平地起惊雷。相处是一门艺术，第一反应往往是最差的，要想想有没有更好的认知框架和表达方式。好的关系需要一种带着美好预设的难得糊涂，就像小程所做的那样，化腐朽为神奇。

父母慢慢老了，难免有跟不上时代的地方，比如对于莫名其妙的广告短信也会琢磨个半天，手机也总是用不溜。可这又有什么关系呢，只要设好防线不被诈骗，其他就都只是浮云。年纪越来越大，脑子转不快了，身体走不快了，但是对家人的感情又加深了——这是有心理学研究依据的。面对半小时的闲余时间,老年人选择把时间留给家人的比例远远高于年轻人。

中国人并不擅长表达,笨拙的父爱,实是一种常态。朱自清在《背影》里写到的父亲也是笨拙的,为了给儿子买几个橘子带在车上吃,"可是他穿过铁道,要爬上那边月台,就不容易了。他用两手攀着上面,两脚再向上缩;他肥胖的身子向左微倾,显出努力的样子。这时我看见他的背影,我的泪很快地流下来了"。

我自己现在也忝为父亲,在照顾孩子方面笨手笨脚,由于工作繁忙,陪伴孩子的时间很少。我的父爱表达是尽量避免他情绪上的大起大落,尤其是我离开的时候,总是悄悄的,以免孩子由此而来的伤心哭闹。而在我心里,最希望他能够拥抱生活的变化,学会适应各种环境,做一个乐观豁达的人。

父子关系是很特别的,愿天下人都有更好的父子关系。

老阿哥范志毅

夏正玉

我们这代人是看着范志毅踢球的。

1996年央视春晚首设分会场,一代曲艺掌门姜昆化身球迷姜球球跑到上海分会场与戴志诚合作了一段《其实你不懂我的心》,盛赞1995年甲A冠军上海申花,上海分会场更是拉起了"球迷与中国足球心连心"的横幅。球市红火,球迷用心,可见一斑。

镜头切到第一排观众席,对着范大将军狂扫,而且毫不避讳地特写大将军和身边的女友。在大年三十国家综艺的镜头里如此高光地扒一对情侣的八卦是罕见的,但也算是共全国人民的情了。

彼时的大将军红得无以复加,英雄身边怎能没有美女?

耸肩脾气暴,人们习惯把范志毅叫作范大将军。大将军是什么?无非是在最激烈的战斗打响之时身先士卒,敢于冲锋陷阵,士气高昂还要气定神闲。就是在大家都慌了不知道怎么办的时候,你要站出来,不管前面是万丈深渊还是超级门神。

尽管后来他踢飞了那个遗憾整个职业生涯的点球,但历史再往前倒推五秒钟,又有谁敢走向点球点呢?"结果导向"的当下,"过程担当"是不是很不值得一提?勇气不是与生俱来的,也不是每一个人的肩膀都能扛得起历史的骂名。

跟后来人很难描述范大将军当年的风采,即使用一连串的弹幕也不行——如果你不亲身经历那个简单而快乐的90年代。那些在一幕幕一场场酣畅淋漓的比赛后,足球老记们骚气四溢的文字,足够让你热血沸腾回味悠长。

在远离球场的那些日子,大将军经常会成为话题人物,上了社会新闻的版面,风风雨雨,球场上是明星,球场下就是凡人一个。不过,名气加过身的人在日后庸常的岁月里要默默活着,本身就是件难事。

但在球迷的眼中,这些都不过是人设魅力指数的一次升级,彪悍的人生不需要解释。没有魄力又哪来的魅力,没有魅力又哪来的魄力,这两个力都没有,又怎么能在球场上一呼百应?

作为根宝一生的爱徒,范大将军每年大年初二都要去给根宝拜年和祝寿,帮着师母料理一大摊子。根宝基地天伦之乐的笑声激荡人心。根宝都78岁了,给一众弟子谆谆教导。他告诉弟子们,你们球场上的日子还长,而从球场上下来了,那些未来的日子还要长……

年少轻狂，父慈子孝，就像是大将军岁月的一体两面，这样的故事总是在街头巷尾口口相传。

上海是一个海纳百川的城市，有海派审美，有海上文坛，也有石库门弄堂，各领风骚。而海上幽默是另外一番景象，从小听着滑稽戏长大的一代人，从本土沪语转换而出的词汇和节奏，以一口洋泾浜的"沪普"脱口而出，自成一派，很有味道。

我在上海生活许久，这些年渐渐发现，上海人的幽默是日常而友好的，即使声量偶有放大，定不会拿你开涮，那种纯粹的消遣真不叫幽默。

吐槽大会上的范志毅，更像是一个纯正的上海老阿哥，一如多年前球迷叫他范大将军。他在舞台上娓娓道来，就像在弄堂口咪着半杯老酒跟你一边回忆当年的英雄往事，一边吐槽当下的种种。不少观众还在关心有没有台本，那其实一点也不重要。到了他这份上，中国体育那点事，他完全可以张口就来。而你们说的这些出圈、带劲，不过就是弄堂口老阿哥们的日常聊天罢了。

当然，有人说，如果用上海话讲，还要闹猛。我完全同意，那一定是吐沫横飞，旁若无人了。他吐槽周琦、郭艾伦两人算是轻的，真要把舞台换成了球场，他早就肩膀一耸骂开了：你们这些小赤佬，这么好的条件，也能打成这样。

大将军还提到了姚主席。是的，吐槽都是玩笑，姚主席也不会当真的。这两天正好看到有人在圈里推了一则视频，两位上海男人，一个是速度，一个是高度，视频的对白主要就是"兄弟，快来救驾"。仔细想想，这么多年，那位大个子男人不风趣吗？那位闪电一样的男子不风趣吗？这些幽默不是装出来的，更不是艺术创造出来的，更多是一种笑面人生的态度。没有这些打底，又怎么挺过那些风风雨雨，又怎么能够面对辉煌过后平淡如水的日子。

岁月长，衣衫薄。从神坛回归弄堂口的老阿哥终将越来越柔软。弄堂里的烟火气熏出来的浓油赤酱总是有一味甘甜，正像上海老酒，不辣、微醺、一醉释然。

而那些弄堂，也历经风风雨雨，"表面上是袒露的，实际上也有着曲折的内心。他们也全都是用手掬水，掬一捧漏一半地掬满一池，燕子衔泥衔一口掉半口地筑起一巢的，没有半点偷懒和取巧"。弄堂背阴处，如果还有绿苔，那可能就是老阿哥们心口结的疤，要靠时间来抚平。

女性回归家庭后，还能独立吗？

预 言

我的大学室友余蕾（化名）预产期在2022年1月中旬。由于临近预产期，彼时的她即将进入广州一家医院的妇产科里待产。这几天，她在我们四位室友的微信群里分享了一个老公无法与她共情的生活场景。

她说感觉老公作为一名男性，即便他在日常生活中非常尊重、照顾她，但在怀孕这件事上，还是很难跟她共情。在怀孕早期开始孕吐的时候，"我老公就坐在旁边看着，瞄几眼，有时候甚至没有任何反应。到现在快要生产了，有时候感觉孩子在踢我，晚上根本无法入睡，失眠、尿频，这些我老公根本无法体会到！"

作为余蕾大学时期的好友，我旁观了她从结婚再到成为人母的角色。她跟我年龄相仿，生于1993年4月，在广州经营着自己的抖音、小红书自媒体账号。如今自媒体账号已经做得小有名气，每月靠接广告赚钱，纯收入维持在2万元左右。

2019年,她兴奋地告诉我,她终于找到了一位可以和她一起走入婚姻殿堂的对象。斌哥比她年长几岁,工作较为稳定,且凡事尊重她的意见,"小到晚上吃什么都会问问我,会非常在意我的意见"。

从2021年4月21日发现怀孕到现在即将生产,余蕾依然坚持每天工作,想选题、拍视频、剪片、跟甲方广告公司对接产品需求,井井有条地安排着这些工作,从没有停下来过。我曾经问过她,为什么怀孕还要坚持工作?

她说她认为在传统的婚姻关系里,男性占据大多数的主导权可能是因为男性是家庭的经济支柱。而现代婚姻里,受过高等教育的女性有自己相对稳定的职业。即便进入婚姻里,也不愿意完全放弃自己的职业,百分百回归到家庭里。她希望在这段婚姻中保持自己的主体性,能够在斌哥面前做一个"有底气的老婆"。

如果说婚姻让女性的社会角色和所承担的责任发生了部分变化,那么生育对于女性来说是一个重新塑造的过程。此前曾有人类学家认为女性成为母亲的过程,"就像重新经历了一次青春期,你的荷尔蒙正发生变化,你的头发和皮肤不是你想象的那样,你的个人身份似乎正在经历重塑"。

在女性个人身份重塑的过程中,女性除了经历身体和生活上的骤变,情绪上也会担心自我身份的丧失。我曾做过一些新手妈妈的访谈，不少年轻的新手妈妈在访谈中提到最多的是害怕与焦虑，"我属于自己的时间越来越少了，我完全回归家庭后，我以后还能做什么工作？我之前给自己规划的人生目标被我的家庭、我的孩子替换了……"

女性结婚后，为人妻、为人母的同时，怎么在婚姻中保持自己的个体性和自主性？女性回归家庭后，就不能独立了吗？

在现代中国，"女人走出家庭"和"女人回归家庭"的拉锯战近一个世纪以来就没有停止过。如果女性要在婚姻中保持独立，很关键的前提是女性在经济上的独立，有一份属于自己的职业，确保有稳定的收入来源。

余蕾跟我分享，她和斌哥婚后的生活目前也维持在自己花自己的钱，两人分开消费的状态上。"我们买东西会各自AA，我不知道他有多少钱，他也不知道我有多少钱，婚后到了纪念日或者节假日我们会各自互送礼物。"

孩子出生后这笔账又该怎么算呢？余蕾说，目前她和斌哥的计划是两人共同设立一个育儿基金，每个月两人各自存钱进去，房贷、物业管理费、水电费继续 AA 平摊。

余蕾暂且代表了部分有工作的现代女性进入婚姻之后的选择，那么另外一部分女性选择婚后成为一名全职太太，是否就意味着自己毫无价值呢？带孩子和全职照顾家庭这笔账怎么算得清？

2021年4月7日，山东省高级人民法院公布了一起被告为全职太太的离婚案件，判决有效维护了全职太太的合法权益。

这起案件中，原告朱某与被告刘某于2009年经人介绍相识后确立恋爱关系登记结婚。婚后，妻子刘某在生下子女后辞去工作，一直在家照顾子女起居上学，所有的收入靠丈夫朱某每月支付的固定生活费。

由于妻子刘某表示，丈夫朱某经常实施家庭暴力，甚至在公共场合也一言不合便动手打骂，最终两人决定自愿离婚。山东省烟台市芝罘区法院判决丈夫朱某于2021年1月23日前支付妻子刘某财产的补偿款93万元。如丈夫刘某未按期足额支付上述补偿款，则应立即按照100万元支付补偿款。

法律帮助全职太太维护了自身权益，但如何去理解全职太太的家务劳动价值，去认识夫妻平等互爱、共担家庭责任的价值，不光需要法律的判决，还需要全社会通过积极的讨论和交流形成共识。

在结束和余蕾的聊天后，我让她总结过去一年当中，怀孕后的婚姻生活最重要的是什么？

她说："还是得把握住自己的生活。"

每个人心中都住着一个刘小样

李勤余

人是很矛盾的生物,千百年来多少伟大的哲学家都没能说清楚。有时候,心中满怀理想,恨不得立马仗剑走天涯;有时候,又觉得应该知足常乐,珍惜眼前拥有的一切就好。大多数人,就是在这样的纠结中度过每一天。

但人之为人,最可贵的一点还是"超越性"。说白了,人生在世,还是要有点追求的,否则,和咸鱼还有什么两样呢?理想主义者值得尊敬的理由,就在这里。

20年前,一位农村妇女刘小样给央视《半边天》栏目写信,震撼了节目组的每个人。她有什么特别之处呢?"人人都认为农民,特别是女人不需要有思想,她就做饭,她就洗衣服,她就看孩子,她就做家务,她就干地里活。"但是,她不接受。

20年后,人们又找到了她。她曾经像娜拉一样"出走",但最终还是回归普通的农村生活。绕了一圈回到原点,好像什么都没变，但其实又变了很多。比如，她对世界、对人生的看法。

"农村+妇女"的组合，很容易让人联想起韩仕梅——那位农妇诗人。如果再往前推，还有余秀华。我们还能想起安娜·卡列尼娜、包法利夫人、达洛维夫人……总有一些人，渴望着心的自由，与传统的束缚、环境的要求时刻进行着斗争。

正因为如此，不必给她们贴上"女性"或者"农村"的标签。这样做，只会把刘小样的生命意义狭隘化、简单化。是坚持抗争还是屈服妥协？其实，面对这个问题的，又何止是她们呢？

在舆论场中，人们对刘小样的评价并不一致。有人赞扬她的所作所为是生命的觉醒，是对另一种生活路径的探索和憧憬；有人说她是眼高手低、不懂珍惜；还有人为她最后的妥协感到惋惜、哀伤。

每一种观察视角都有道理，可是生活毕竟不同于数学公式，不可能沿着一条直线前行。要月亮还是要六便士，没有绝对的对错，但是苏格拉底说过，未经反省的人生是不值得过的。明白自己要的是什么，想要成为什么样的人，这样的生活才是有意义的。

刘小样不需要追捧，更不需要被同情。或许，我们更应该庆幸她有一个包容她、爱护她的丈夫。她说她自己的生命是个"悲壮"的东西。悲壮，是因为她努力过了，实践过了。光是这一点，就足以赢得所有人的尊重。

很多人都说，看完了刘小样的人生故事，心中有一种难解的惆怅。这种感觉好像很难用语言来表达，但其实，电影《立春》里的王春玲讲得特别形象："每年的春天一来，我的心里总是蠢蠢欲动，觉得会有什么事要发生；但是春天过去了，什么都没发生，就觉得好像错过了什么似的。"

如果在每天繁忙的工作、生活中，你有时候也会不自觉地望向窗外，感到内心的"蠢蠢欲动"，那么这就说明，你的心里也住着一个刘小样。

高三的青春，翻涌成夏

白晶晶

还有 10 天，就要高考了。还记得，我高考的那个夏季，各地笼罩在对"非典"的恐惧里。偏居一隅的东北小城，更炙烤内心的还是对考试的焦虑。

窗外的蝉，鸣个不停。夏风吹过，窗帘拂起。偶尔停下手中的笔，望向窗外，隔壁班校草打篮球的身影，似乎仍然清晰。少年鬓角的汗水，记下青春的痕迹。

十八年过去，五年高考三年模拟的试卷，多数题目我都回忆不起，但青春的印象，永远留在心底。这，可能也是多数人对高考的记忆。

这几天，一段高三喊楼的视频，让人心潮澎湃，也看哭了好多小伙伴。浙江省杜桥中学，高中三个年级 2 000 余名少年，手拿荧光棒唱响 18 首歌曲，为即将奔赴考场的学子加油打 call。

这一代孩子，勇于自我表达，敢说敢为，他们不羞涩，不给青春留白。网友也纷纷晒出学校的青春告别演唱会，不一样的歌曲，一样的震撼。

荧光虽小，也能聚成火炬，夜色中照亮前行的路；歌声稚嫩，也能唱得响亮，迷茫中寻找未来的方向，这就是青春最好的模样。

"十年寒窗，百炼成钢。这个夏天，不留遗憾。"这些口号，写下来有点鸡汤，但你去听听师生们的呐喊吧，那真的是心底的呼唤，会让人秒回拼搏奋斗、一往无前的年纪。

如果有一个夏天可以重来，我希望是高考的那个夏天；上了大学，才发现自己最怀念的时光是高中……互联网上，网友们展开一场青春回忆杀。七嘴八舌，用过来人的口吻，唱响青春赞歌。

当然，尝过生活的苦，才知青春的甜。如果时光倒流，回到高三，我们也会抱怨刷不完的习题集、做不完的模拟卷，也会有少年维特式的烦恼，也不免陷入困惑不安。

但经历过高考才会明白，一分耕耘一分收获，是学生时代的铁律，却未必是成人世界的游戏规则。即使高考不再一考定终身，但它仍是人生重要的转折点。坐在同一个教室的小伙伴，或许从此就不再相见，人生也走上完全不同的路线。

人们追忆青春，怀念高考，或许还是在致敬心无旁骛的努力，怀念斗志满满的自己。学生时代，努力和付出是纯粹的。走进社会的熔炉，"条条大路通罗马，但有人就生在罗马",现实会让人动摇、迷失方向,怀疑努力的意义。

近段时间,躺平学、摸鱼学、内卷式焦虑盛行,这一切固然与社会环境脱不开干系,但从某种角度看,又何尝不是身未老、心已老的真实写照?一味抱怨,注定会给人生留下遗憾。就像人人皆苦的高三,奋力提笔才能填满试卷,躺平放弃只能交白卷。

高三的青春,翻涌成夏。希望那份放手一搏、不枉韶华的勇气,也能留下。我们不妨只管埋头努力,把问题交给时间,相信它会给出公平的答案。

时光不负磨剑人,更愿时光不负少年,每一位拼搏奋斗的学子,都能得偿所愿。

毕业季，与老师漫长的告别

李勤余

我突然惊慌地发现，已经想不起高三毕业班的班主任长什么样了。那个在黑板前的亲切轮廓，那副架在他鼻子上的眼镜，还在记忆里清晰可见，可那张脸，却渐渐模糊起来。

时间是很可怕的东西。各科老师的谆谆教导、高三那年的日夜拼搏、参加高考的紧张心情……原来以为这些都会刻骨铭心，但蓦然回首，它们竟然都已经尘封在记忆深处。

既然如此，与老师的告别究竟意味着什么？

这两天，张桂梅老师再送150名学生高考的视频感动了无数人。最令我印象深刻的，倒是高考结束后她一个人悄悄"躲进"办公室，不准学生来向她道别的情景。

我很理解张老师的心情。因为大学毕业以后，我也做过老师，带过毕业班。告别的时刻来了，我也希望孩子们一直往前走，不要回头看。孩子们长大了，就该放手让他们飞翔。

看看华坪女高的宣誓词："我生来就是高山而非溪流，我欲于群峰之巅俯视平庸的沟壑;我生来就是人杰而非草芥,我站在伟人之肩藐视卑微的懦夫。"也许,她不希望学生来告别,只是希望这些大山里的女孩一定要勇敢地走出去,不要再有一丝一毫的留恋和犹豫。

用大白话来说,这就是真正意义上的"为你好"。

别小看这一点。换了工作、转了行业,在社会上摸爬滚打多年后,我才真正体会到,在这个世界上,不计付出、不求回报的"为你好",有多么难得。除了父母家人外,也许就只有老师能真正做到这一点。

因为贪玩,所以在放学后偷偷到学校后门踢球,去黑网吧打CS,结果被老师逮个正着。至今还记得,那时挨了一顿胖揍,心里很恨,恨得咬牙切齿的。现在想想,老师又何必多管闲事呢?在家泡杯茶,看看电视不好吗?

后来自己做了老师,听说班上有学生离家出走,心急火燎地跑到火车站,一把抓住他的时候,这熊孩子还没说什么,我的眼泪差点流了下来。

曾经有一位领着孩子、带着老公、抱着一大堆钱来学校捐款的毕业生,只因为做了"全职太太",就被张桂梅老师拒之门外。当时,有很多人觉得张老师的思想太守旧。其实不然,真懂老师的心,就能明白她的想法——老师,永远是真心希望你不断成长和进步的那个人。

也许,在毕业之后,大多数人都成了普通人,未必有多大的出息和成就。不过，我知道，老师虽然提出了很多要求和期望，但只要你过得幸福、充实，他们也就满足了。

老师送走了一届又一届学生，传递给他们的不仅仅是知识，更是人与人之间最美好的情感。既然已经接受了这份最珍贵的馈赠，就应该在再出发的时候，把它藏在心底，把它当作前行的动力，好好做人、踏实做事，过好接下去的每一天。

感谢互联网，我打开母校的官网，找到了高中老师的照片。原来老师还是老样子，只是脸上已经有了岁月的痕迹。谢谢老师，我正在努力生活，请您放心吧。

五角场的孩子,毕业快乐

秋 果

学院毕业典礼,邀请老院长陈桂兰教授回校出席。坐在我旁边的同事和陈老师相见甚欢、拥抱连连,感慨地和我说起陈老师是她当年的导师,对待学生真的就像对待自己的孩子一样。是啊,我们这一生,谁不曾受过老师的恩泽?我的硕博导师都在远方,日常不怎么相见,却总在学生需要的时候倾力相携。导师似乎有一种超能力,他总能感知到学生在什么时候或许感到了无助。

而我们自己也是导师了。年复一年,总在梅雨季节唱起骊歌送学生们启航。复旦大学的校歌写得是真好,刘大白和丰子恺两位先生的词曲,每每唱起来,心里都会开启一片光明,观照着我们已不轻易谈起却始终珍藏着的理想,关于大学、学术以及人生。

导师服不太透气,闷热天里要一直穿着和本硕博学生合影。轮换班级的间歇擦一擦汗,忽然笑了,这不就是做导师的感觉吗？辛苦却不舍，年复一年。

　　这几年做导师，感觉越来越难，社会的急速变迁投射在校园里，光怪陆离。我常常对学生说：老师教不了你们功名利禄，但希望你们永怀赤子之心。许多学生听了，在每一个阴晴雨雪的日子里去光华楼前看树读书，去五角场听着城市的喧嚣仰望天空，去做了《恋人絮语》里忐忑的恋人。另一些学生，奔赴着他们选择的前程，以青春的沸腾全力奔跑，为师能做的，是捡起他们在途中掉落的行囊，有一日归来再还给他们。

　　毕业典礼的开场节目是由学生合唱团演唱的歌曲《少年》。我大概是第二次听这首歌，前一次是看平均年龄 74 岁的母校清华大学校友合唱团的视频，那一刻热泪盈眶。新韵合唱团里有我指导的学生，站在她身边的是在毕业季的困苦中照顾她的辅导员。恐怕从今往后我都会记得那刻灿烂放歌的少年们，愿他们也同样记得生命时空中曾有这样美好的一刻。

　　学院的草坪上，L 同学跑过来找我合影。跑到面前忽然眼睛一红，"老师你怎么有白头发了？"我说早就有啦，她说不对，我大三时你还没有呢……

　　师生一场，学生对老师，也是春风化雨，有声的，无声胜有声的……为师者也时时受着学生的惠泽，在这条路上，阳光雨露也好，披荆斩棘也好，不至于孤独无朋。

　　毕业快乐！像校歌里唱的那样，"交相勉，前程远，向前，向前，向前进展"，五角场会永远照看你们！

人到中年，我终于听懂了"知交半零落"

伍里川

深夜，一位朋友突然在群里说，今晚是陈总的生日。

陈总还有一个称呼叫"老陈"。这个群是当年他去世后，兄弟们建立的。每年总有几个特别的日子，有人会在群里打开一个话题，引来一片唏嘘。

18年前，我离开部队驻地城市，不顾一切地辞别打拼十多年积累的"前景"和所谓的"人脉"，回到故乡南京，接受又一次人生的剧烈颠簸：求职。

那一天暴雨倾盆，面试我的就是陈总。他欣喜地对我说："你文笔很好，希望你给我报多润色。"他给了我种种"破格"，包括在两年后成为他手下一名负有重要职责的中层干部。他让我明白，世上真的有无私的伯乐，尽管性格刚烈的我时常顶撞他。

在他离世前的一年里，因为他的重病，我们在精神上更为"粘连"。我们无话不说,彼此宽慰,彼此惺惺相惜。他的离去,对我是一次重创。我快一年都没能走出内心的困境。我不知道没了他之后,我内心那些不为人知的块垒,还能和谁尽情显露并得到指点。

偶尔,我会不发一言,开车几十公里,到他的墓前独自坐一会儿,再默然而归。他的墓在他的故乡角落里,被他的父亲母亲的坟茔轻轻抱着。

他在报社的座位,我原样保持了很久,直到有一天被新同事"占用"。我挨着这个特别的座位坐了七年,每个夜班下班的时候,我总能感觉到他还在。

活了半辈子,我有两个能称为异姓哥哥的人,老陈是其一,另外一个是我的老班长老蔡。

我在北方当新兵时,下连队时分在有生死考验的工程连,后来接到团部调令,走出茫茫大山。决定我命运的,就是老蔡。

他在老家江苏海门大婚时,我在南京江宁花了近一个月工资买了床毛毯,坐了一夜船赶赴喜宴。喜宴上,我被淳淳的米酒整晕,夜和其父同卧。临走我连回程路费都不够了,跟老蔡悄悄借了二十元。后来才知,买的毛毯就是"海门造"。二十年来,老蔡在人前无数次讲述此事,每每泪目。

他后来上学提干,从大机关转业到国务院某部委。只要我去北京,就在他的北京住所静静地喝酒,啃猪蹄子,吃红烧螃蟹。他善做这些。

他出过两本散文集。第一本散文集,是我们上将司令员题的书名,汪国真做的序。第二本散文集的序言有几篇,头序是贾平凹写的《原来如此等后生》,提及老蔡在他面前泪花盈盈地回忆过路遥,于是"喜欢上了这个后生"。

去年深秋,他带老母亲来南京。晚上,我和妻子做东,继而同船游秦淮。桨声灯影,语落无声,让人疑惑是幻是真。

今年3月,他再来南京,不顾医嘱,与我对饮长叙。说得最多的是一起走过的日子,还说想再出一本书,"只让你给我写序"。

此后情势急转直下,他奔波各处希求续命。其间我父亦染重疾,我把父亲拍好的CT片子,微信传给老蔡,由他请教北京名医。几次下来我颇为不忍,他却说:"我是你哥。"

他在6月里微信回复我:"这一次恐怕见不到你哥了。"他向来喜欢开生死玩笑,这是唯一一次没开玩笑。

7月于我,是黑色的,因为陈总在7月远行,老蔡也在7月远行。他们走后,我听过的最深情的一句话是:活在我们心里,是最好的活着。

我们活在世上,依然在物理意义和精神意义上离散。活在俗世,我们明明没有那么多的深情,却将所谓的深情分给每一次社交活动。而越是如此,我越是珍惜那些可爱的人,依然在我内心深处向我微笑、为我点烛的感觉,并且和真心怀念他们、记得人间彼此美好的人们结成情感的同盟。

也许有人会说，这是他们离去未久的缘故。其实不然。

"长亭外，古道边，芳草碧连天"，你竟没悟出什么？

今年国庆长假期间，我和妻子孩子一起去了仰慕已久的作家汪曾祺的故乡高邮。这个小城，依然在怀念着汪曾祺，依然在吃着"汪味"，依然在向世界推荐着一位文人的文化遗产。在这位"中国最后一位士大夫"曾经无数次行走过的东大街、傅公桥，我慢慢行走着，打量着每一处檐角和石兽。

我觉得汪曾祺先生从未离去，他的《受戒》，他的"油条斩肉"以及他无尽的乡愁和才情，就在运河的落日里，就在驿站的风铃里，就在人间草木里，就在每个谈论者的视线里。

离去的人余温未散，活着的人念念不忘。在俗世内外，"活者"和逝者终究达成了无法言表的精神共鸣。古往今来，这样的例子，何止于此？

和郎平一起成长的日子

伍里川

昨天下午,中国女排3-0击败阿根廷,这也是郎平的谢幕战。

对中国女排乃至全体国人而言,这一次,郎平真的是渐行渐远了。那个站在场边指挥若定的"郎指导",即将告别这支敢拼的热血队伍。

赛后,郎平和每一名女排队员拥抱,姑娘集体鞠躬致谢郎指导,现场哭作一团。在场外,郎平收获了媒体和无数网友发自肺腑的致敬。这场告别,只有暖色和感动。

和奥运会比赛失利相比,郎平带给我们的欢乐更多。如果不是郎平用了八年时光,把当初沉入低谷的中国女排重新带上世界之巅,不少年轻人可能都没有机会去感受中国女排在球场上的霸气。毕竟,中国女排在20世纪80年代创下"五连冠"神话,距今已甚为遥远。

作为一名中年人,目睹郎平的背影,我心里多了一份苍凉。

和我同龄的很多人,从小学就开始"追"中国女排,"追"郎平。那是一个黑白电视机都稀缺的年代,一台时不时雪花闪闪的黑白电视机前,挤满半村老少,看中国女排一分一分地追赶对手。

那时也是中国的武侠片和日本的《排球女将》风靡城乡的年代。当人们知道小鹿纯子打趴对手的"晴空霹雳""幻影旋风"只是臆造的绝技,"射雕"里的武功也只是想象出来的,内心的失落,就被郎平和女排姑娘们的高光表现抚平了。在那时的我眼里,排球是一门真正的"武功",中国女排是"绝世高手"。

中国的官宣国球是乒乓球,但排球是另一种国球,精神层面的。

正如我对郎平和中国女排的记忆,起点是那个生活粗粝的村庄,和那个对胜利、交流、改变充满了饥渴的年代。体育英雄的从天而降,呼应了我们不甘平庸的青春年华,让我们精神上不单薄。

郎平带给我们这一代人的最强烈感受,还不只是她在球场上的"无敌""不服输"。在我的印象里,郎平一直是中国女排的"救火队员"。

我上高中时,已经退役的郎平被从海外召回,重新加入中国女排,参加了在国内举办的第11届世界女子排球锦标赛，获得亚军。

她执教中国女排，也不只在最近这八年。1994年第12届世锦赛，中国女排仅排在第8名，再次陷入窘境。1995年，郎平接过教鞭，在四年时间里，战绩显著，重新将中国女排带上世界前列。而后，郎平再一次闯荡欧洲，成为一代"名教头"。接着，是祖国的又一次召唤……

一位好球员、好教练的黄金时光，没有一般人想的那么长。46岁的丘索维金娜还能第八次参加奥运会，70多岁的里皮还能执教国家队，这些只是屈指可数般的存在。究竟是怎样一种力量，让郎平总能在得意之时驰援、在风光之时返乡呢？或许，每个人都可以列出一堆词来回答，例如爱国、敬业、忠厚……这些词都很有道理，但都不如最动人的那句：郎平，祖国真的需要你！

也许是年岁渐长的缘故，如今的郎平在我心里，早已从不食人间烟火的世外英雄，成为我尊敬的郎平大姐。我知道，她本是凡人一枚，而且是背负着不为人知的压力、伤痕累累的凡人。她一点不出世。

多年前，郎平在接受采访时直言，人知天命身漂江湖，其实最想做家庭妇女。她还说过，"我伟大什么啊，我就是肯付出罢了，把自己统统贡献出来"。这两句话，我一直记在心里。也正因为在我心中，郎平渐渐脱去了英雄光环，她如今的卸任，才让我在些许惋惜后，又瞬间释怀。

感谢那个把我们拎到前台的人

伍里川

今天是教师节,我在朋友圈发了段文字,回忆我的三位语文老师,引来不少朋友点赞。

中国人为什么尊敬老师?或许可以从我的经历说起。

我从小有个作家梦,但我小学时,语文成绩很一般。我最终成了以写字为业的人,就是因为遇见了他们。我是笨拙的,也是幸运的。

我的小学语文老师叫王永生。那时他年近五旬,脸色很重,生气时青筋凸显,把我们吓得大气不敢出。我路上远远见了他,就赶紧躲开。有一天,王老师突然和颜悦色地向我借《儿童文学》。我受宠若惊,因为我是个不起眼的学渣。

还书时,王老师把我喊到校园的桂花树下,问我读书的感受,嘱咐我用功。

他教的语文课,在全县都有名,经常供同行观摩。有一次,语文泰斗袁微子专门从北京来到我们这所南京乡下的小学，听他的公开课。他声情并茂的讲授，让很多人都落了泪。

在我心里，王老师是最好的乡村教师之一。他让我明白，语文课里藏着精神密码；他使我相信，文字是有力量的。

几年前，他去世了，我写过一篇《这世间曾有王永生》，倾诉怀念和感激。

上初中后，我成绩依然糟糕，好在读书的爱好还保持着。初二时，历史老师名叫唐开生。他五十岁左右，爱笑，话多。我们在背后喊他"唐老鸭"，他听到却不恼。但在讲清末那段历史时，他总会有愤然难释的神色。我是历史课代表，考过满分，他对我很器重。

初三那年，他突然成了语文老师。他布置的第一篇作文，是让我们写一篇关于《少年中国说》的记叙文。我交了一篇大概叫"青春之我"的作文，满纸慷慨，又带着草野的激情。他给我打了可能是本校空前的 95 分。此前，我的作文从没有达到过 80 分的。

我对文字的野心绷不住了。我开始了"作家训练"：用白纸装订出一本"文学集"，专门录入自己装腔作势的习作。

他嘱咐我多看书。我没钱，就到马路上捡废铜烂铁，换钱买《中篇小说选刊》。他大为赞赏，认为我一定能学好语文。为了这份期待，我在牛背上读书，在煤油灯下用笔和心赶路。

他教我语文的第一学期，我拿了全班第一。后来，中考语文 120 分的卷子，我考了 106 分。初三毕业那年，16 岁的我在县广播站发表了第一篇文学作品。

如果没有遇见唐老师，这些都不会发生。

高一时，我在省作文大赛本校赛区得了第一，但很快陷入"瓶颈期"，或许因为文字矫揉造作，人还自负。高二时，语文老师李俊卿直言我走进了误区，但他没训斥我，而是在对我善意提醒后，说自己"鸡蛋里挑骨头"。

文字变铅字，是那时文青的梦想。我一再投稿，却屡屡接到各家编辑部的退稿信。他找我谈心，劝我不要泄气，也给我提出建议。

我夜以继日地苦读、勤写。18 岁那年，终于在省级杂志上发表了人生第一篇铅字文章。

入伍后，我凭写作能力进了团部报道组。我写信向李老师求教如何写消息，他很快回信，自谦只在县报发过一篇不怎么样的消息，然后给我灌了很多"鸡汤"，说我必能成器。

如今李老师已 80 多岁，住在学校的教师楼里。去年，我和同学去看他，提及这件往事，他一下子就想起来了。

很多时候，身为学生时的我们，并不能想到，授业之师对我们人生的影响，对我们命运的改变。我们和老师的关系，更多成为一种怀念与被怀念的关系。这使得我们对老师的回忆，成了"致青春"的一部分，但这并不能完整地说清这份关系的核心。

在我看来，好的老师，会塑造出以不同优势处世的学生。我喜欢文字，就从三位语文老师那里，得到了宝贵的养分和信心。其他老师，也会给我其他的影响；其他人，也能发现自己成长和老师培养之间的联系。

比如我的高中英语老师。那时我的英语成绩差到极点，英语课上，我都在打瞌睡或看文学书。这位素来温和的英语老师对我痛心疾首：你这样偏科，会把你拖累死的——她的话，不幸言中。

毕业后，得知我不想复读，她写信寄到村里，鼓励我。很难说，她对差生的这份责任心，没有帮助到我的写作和人生。我30年没有再见过她，但同样心存感激。

我一直觉得，老师之于学生，不只是一份职业，更在于一同合作进行一项实验——把每一个"不可能完成的任务"给完成，把每一个可能被忽视、被轻视、被耽误的孩子，从"后台"拎到"前台"，让他们今后的人生有了更多可能。这样的人，怎不让人致敬、感恩？

在满街 Tony 的时代，怀念和平美发厅

李勤余

上海顺昌路 430 号，经营了近 80 年的和平美发厅，停业了。未来它会何去何从，目前还没有答案。虽说天下没有不散的宴席，但离别的时刻，总是让人有些伤感。

很多年前，我大学刚毕业，在卢湾区的一所中学当老师。单位离顺昌路，也就是和平美发厅所在地不远。所以，上班下班时常经过这家店，但老实说，我并没有太在意。

白底金字的店招、蕾丝帘布做衬的玻璃窗、贴满电影剧照和老式海报的墙面……和平美发厅充满了"老上海"的情调。从我记事起，去过的上海理发店都是这个格调和布局，因此，也真没觉得和平美发厅有多么与众不同。

也许，应该庆幸的是它能保持"原汁原味"那么多年。小时候，还不懂什么是美发厅，只知道自己拿着几块钱到弄堂里的"剃头店"理发，碰到的都是上了年纪的老爷叔老阿姨，就跟和平美发厅里的王师傅一模一样。

没有那么多废话,也没有什么办卡啊会员啊之类的套路,上来就剪,三下五除二,老师傅拍拍肩头,就表示大功告成。几个小朋友互相嘲笑对方的西瓜头,然后嬉闹着跑出店面,身后只有老师傅的声音:"小巨头(沪语:小朋友),当心点。"

现如今,大街小巷和各大商场里已经几乎没了"剃头店"的影子。我们只能看到"××工作室""××造型",从装修到"首席""总监",Tony 满街走,一个比一个洋气,理发店成了追逐时尚的场所,但也离小时候的味道越来越远了。

其实,头还是那个头,工具还是那几件工具,手艺嘛……也许,这正是很多人愈加怀念和平美发厅的原因。

明星和名人喜欢光顾和平美发厅,因为他们都把它当作异域风光。但斑驳脱落的墙面、吱呀作响的椅子、各种老物件老招贴……这里面封存着的,其实是许许多多上海市民最最普通的日常生活和一去不返的旧日时光。

记得那时,我从地铁一号线黄陂南路站出来,面前就是淮海中路,上海最繁华的街道之一。但拐个弯,走进顺昌路、崇德路、吉安路……就会看到不一样的风景。

班级里的同学基本都住在学校附近,很多家长是外来务工人员,家庭条件也相对一般。做老师要家访,想要找到他们的家真不是一件容易的事。门牌号混乱甚至缺失,要是没个同学出来带路,还真会在弄堂里迷路。

就算找到了,要走上去也很难。有个同学的家没有楼梯,必须通过梯子爬上三层楼,让恐高的我吓出一身冷汗。这样的老房子,居住条件可想而知。不要说洗衣服、做饭,就是上个厕所都有难度。

孩子们大都挤在狭小的屋子里,有的连一张写作业的独立书桌都没有,更不用提私人空间了。有时候,一张被单一遮,就多出了一个"房间"。目睹此情此景,心情是复杂的。

生活在顺昌路的街坊,盼着旧城改造已经很久了。这几年,顺昌路的拆迁和改造一直在陆续进行。"十四五"期间,也就是从 2021 年到 2025 年,上海将全面完成中心城区成片、零星的旧改工作。

原来工作过的学校已经搬离原址,偶尔经过那里,狭窄的马路、破旧的房屋早就焕然一新,不见当年踪影,变得"高大上"起来。有时还会在微信里得知以前的学生搬迁新居的消息,看他们晒出来的照片就知道,新房子宽敞多了,生活也便捷多了。

尽管他们也会在朋友圈里写下伤感的文字,毕竟顺昌路留下了他们的童年时光和青春岁月,但怀旧归怀旧,生活不会永远停留在原地,城市和人,都要不断往前走。

和平美发厅里的王师傅现在还没有找到接班人,但我相信,会有的。把这份老上海的"时髦"延续下去,不光是王师傅的心愿,也是许多老顾客以及上海市民希望看到的结局。

哪来的野生"情感挽回大师"?

白晶晶

相声大师马三立有个经典段子,叫"祖传秘方"。说的是,某人皮肤瘙痒,恰逢一人摆摊卖药,说是包治此疾。此人兴冲冲买下药,拿回家打开锡纸包,里面是白纸包;打开白纸包,里面还是白纸包……如此一层又一层,最后的包里只有两个字:"挠挠"。原来卖药的是个骗子。

在很多人看来,段子可笑,但这个"当"上得莫名其妙——谁会相信街头的"祖传老中医"呢?这不是明摆着吹牛皮吗?你还别说,病急乱投医的事情,真不止存在于段子里。

近日,上海警方抓获了69名"情感挽回大师"。这一犯罪团伙打着"专业情感咨询机构"的旗号,利用话术诱骗受害者购买"情感挽回服务",以此骗取被害人大量钱财,初步查实涉及全国各地的案件500余起,涉案金额700余万元。

"大师"变圈套,情感挽回变诈骗捞钱。这样的真相,显然让一众陷入感情泥淖的痴男怨女表示接受不了。不过，借情感之名行割韭菜之实，类似的黑产业链由来已久，做得风生水起的也不少。

受传统观念影响，国人怯于向他人吐露心声。一旦遭遇情感危机，情愿上网"求医问药"，也不愿对身边人坦露心声的，不在少数。于是乎，各类"师"粉墨登场——有专攻婚姻危机的"小三劝退师"，有号称让恋人回心转意的"情感挽回师"，更奇葩的则是"小三培训师"，开课PPT上赫然写着"没有拆不掉的家庭，只有不改变的自己"。

然而，一面是情感咨询需求的火爆，另一面是市场泥沙俱下的尴尬。

不规范的市场，催生出大批浑水摸鱼的情感掮客。有人伪装成咨询导师，虚构情感修复案例，采用搪塞、拖延、敷衍和提供不靠谱不可行建议等手段，应对被害人；有人利用网店售卖灵符、佛牌、佛珠，推销所谓"回心转意、化解家庭阻碍"等法事；更多的骗子明明自己还是情感菜鸟，更不具备相关心理咨询资质，愣是满嘴跑火车，虚构事实引诱受害者上钩……

论常理，一个成年人，要辨别这些忽悠术、骗局，并不难，但奈何，深陷情感漩涡的人们，理性的判断力往往都要打折扣。作为局外人，我们对这些被情感PUA蒙蔽的人们，应当多点理解和同情，少点苛责。谁也无法保证，终其一生，我们都不会陷入同样的困境。

围猎失恋者的"情感挽回大师",往往专门针对年轻人。在媒体报道的案例中,一些年轻男女找"情感挽回大师"指点迷津,恰恰说明了他们对感情认真、专一,这些都是好的品质。只是他们对骤然离去的恋人过度依恋,不能自行从痛苦中解脱出来,才让骗子们有机可乘。

有句歌词唱道,"爱恋不过是一场高烧,思念是紧跟着的好不了的咳"。陷入失恋情绪的人,一旦落入情感挽回大师的圈套,很容易将对方的虚与委蛇视为暂时的止咳药。

有的咨询师建议失恋者网贷购课,在被要求退款时,回应称:"没有钱不要做情感咨询,毕竟感情是高级需求,先把低级需求满足了,再来谈恋爱。"这种说法当然冷血,该受到市场监管部门的规训,也该刺痛一些人以看清现实。

人与动物最大的区别,是人类拥有复杂的情感。缘起缘散、情深情浅,就连最高级的计算机都解释不清个中缠绕,更别提野生"情感导师"了。奉劝红尘儿女,遭遇情感困扰,还得寻求正规专业的心理咨询机构帮助,不要给一些人以机会,让自己在失恋之余又遭破财打击。

我们都曾是"小镇阅读家"

伍里川

《南方周末》一篇题为《小镇阅读家:打开隐秘的快乐》的报道,讲述了凭借阅读打开视界,并走出小镇成为出版从业者的陈密的故事。

小时候,陈密的父母不支持她阅读杂书,县城最大书店里的书目单调,令她无书可读而烦恼。她也为遇见前舅妈而庆幸,这位在陈密看来活得很有力量的前舅妈,带她读了《小妇人》,让她进入了一种隐秘的快乐境界。

这些细节令我怦然心动。因为我也曾是一名小镇阅读者,而如今我和陈密算是同行,也曾感受过阅读带来的隐秘快乐,并最终凭借写作的特长一酬志向。

在我的老家——南京某郊区,书香虽然不浓,但也曾温润少年心扉,让少年看到了另外的处世方式。

20 世纪 70 年代,我爷爷从苏州药店退休回乡的时候,带回了一箱旧衣物和一部线装本《三国演义》。有一次,这部书被村里一老汉借去很久都没还,爷爷让我这个几岁的娃娃去讨回。当他发现有书页破损后,大发雷霆,竟欲去"声讨"。这让我明白,书比很多俗物甚至所谓的人情都更重要。多年之后,这部书成了我的案头"熟客",继而不翼而飞。

我有一位慷慨的父亲,在我读小学的时候,他不仅为我订阅了《儿童文学》,还曾准许我有些"过分"的阅读要求。例如,上初中后,我迷上了金庸的武侠书,当我得知某本故事类杂志连载精缩过的《天龙八部》后,在某个深夜嗫嚅了半天,向父亲提出自己需要二角五分钱。父亲答应了。在那个年代的乡下,这样的父亲并不多。因为更多的父亲会认为买杂志的钱,可以斩一份咸水鸭、打一份老酒,这样更能慰藉劳累的身心。

村里还有两三位年龄相仿的孩子爱读书,我和他们时常换书看。痛苦在于,"书单"很久才能更新。因为有余钱买书而且愿意买书的人家,实在不多了。当我打草药存够了几毛钱后,唯一的冲动就是去乡镇上的百货店和县城的邮局,买文学杂志。

不知道陈密年少时待过的县城如何,我旧日的小县城,其实也乏善可陈,最让我心驰神往的地方,莫过于图书馆和售卖文学杂志的邮局。

农活之重常常让一个少年难以承受。但在牛背上读书,却带给我莫大的幸福感。有时暴雨突来,在河岛上被淋成落汤鸡,但随后而来的彩虹和白鹭,却与书中的奇异世界形成了难以言说的默契。

在我看来,这种隐秘的快乐、幸福的冲动,是每一代"阅读家"们所共有的。阅读,几乎可以说是改变很多小镇少年命运的第一次机会。

是阅读让我的心飞出了乡村的狭窄空间,并立志写出那些不为人知的故事。多年之后,我从军去了远方,靠文字谋生至今。无论生活如何动荡,很少停止过读书思考。

我很少把阅读分为过去的阅读和现在的阅读。相对来说,阅读,是这个世界上最没有年代感的事务。昨天沉浸在《小妇人》悲欢中的陈密,和今天为《乱世佳人》而牵肠挂肚的00后,有着相近的阅读体验,也有着对阅读这件事相近的暖意。

阅读,为个体带来了奇妙的转机,也为我们共同生存的空间添加了诸多精神力量,让自己更好,让世间更好。

正如前述报道指出的:我们欣喜地发现,阅读的意义又一次回归到其本质——对世界无差别的科普。不论贫富阶层,不论教育背景,不论生活环境,这种"普惠"催生出越来越多的小镇阅读家,让阅读的城乡壁垒在道路建设和最后一公里的落实中,被一步一步消融。

事实上也如此,尽管人际的栅栏将彼此的经历隔开,命运让我们在不同的"格子间"干着活,领着薪水,但阅读和想象,却带给人一种普遍的信心:世上所有爱书的人,都在书的光芒里同行。

用温情和敬意，对文庙书市说再见

张明扬

2021年10月7日，上海文庙迎来闭园前最后一批游客。10月8日，上海文庙暂停对外开放，实施修缮改造，预计工期两至三年。

作为上海市文物保护单位，上海文庙自有其独特的儒家文化意义和古建筑意义。但是对于很多上海市民而言，文庙更是这座城市最有代表性的旧书集市，承载着淘书往事的追忆：从1993年开始，文庙周日旧书集市已运行了28年。

我最后一次去文庙大概也是六七年前了。事实上，那也是我最后一次去各类型的旧书市场了。在那前后，我买旧书的需求，基本都是在孔夫子旧书网上满足。再之后又有了"多抓鱼"，我不仅买书，偶尔还卖一些书。甚至，我连实体书店都不太去了。

想起来颇有一些唏嘘，多少还有些羞愧。我曾经是一个如此热爱逛旧书市场的人，不仅是文庙，从家乡扬州到上大学的南京，从复旦门口的旧书店到多伦路一带的旧书店，我乐此不疲了十多年，家里还堆了很多封面泛黄的"战利品"。

我至今还清晰记得，小时候母亲带我去家乡的古籍书店，去淘特价旧书的那份温暖。

然而有一天，母亲突然问我："我们很久没有一起去淘旧书了？"我当时只顾着茫然，却不知如何回答。不久后，我看到母亲买了一堆旧连环画回家，这既是她的青春回忆，也是她陪伴儿女成长的家庭回忆。

于我而言最感念的是，在我很小的时候，母亲就带我共享着这样一种淘书与阅读的欢乐，让我受惠至今。

回忆固然是一种心理现象，但是总有些地方、有些人、有些事物，可以帮你把记忆固定在心灵的某一个深处，不至于无所依托。我真的早已称不上一个旧书市（店）爱好者，文庙这样的传统旧书集市对我而言，仅仅是一个回忆。

但是我仍然怀念逛旧书集市的昔日欢乐，视作我生命当中一段无法被替代的记忆，也因此为文庙书市的关闭感到惋惜。我相信很多人有这样的心理：有些地方即使自己早已不去，但还是将其视作生活的一个可选项，只是"暂时"不去而已。这自然是一种矫情，但最好的相忘于江湖，难道不是仍然保有相见的机会么？

我知道，即使到今天，还是有不少人保有着逛旧书集市的习惯，这是他们的生活方式。我只要想到这样一种美好的旧时风物，因为有人参与而令其保持真实世界中的活力，我就感到一种莫大的安慰：嗯，它没有因为我的疏离和漠视，而渐行渐远。

在互联网时代的大潮中，很多旧时风物都在褪色中，这或许是一个经济规律。但人类的独特情感就是：在承认规律、接受结果的同时，固执地想放缓这一过程，让过程飞得更久一点，甚至身体力行地做一个"不合时宜"的人。

好在，如我一样很多年不去书市的人，或许还可以这样宽慰自己：我们还在阅读，读书和买书只是换了另外一种形式存在，它还在那里。从这个意义上来说，文庙和书市参与构建的青春阅读回忆，已经内化在我们的生命里。书市可以消逝，但它带给我们的成长不会消逝，这条生命的文脉还在静静流淌。因为成长，回忆更加珍贵。

唏嘘之余，我想，一定有很多人和我一样还是默默希望：文庙旧书集市还会在两三年后回来，无论是以哪种形式。据说，阅读大体上总有这样一种效果，就是让我们对生活的过往有一种"温情与敬意"。

年轻时，我们不懂"成年人的崩溃"

伍里川

深圳地铁上，一男子听闻母亲去世的噩耗，放声大哭，乘客及安保人员递上纸巾对其安抚。这一镜头引人唏嘘。

人在外地，无法得见亲人最后一面，这种正面插入中年打工人心脏的悲伤，是任何面纸都无法擦拭干净的，它会成为一个人心头永远的痛点。好在，这个突发事件的结尾令人心生暖意。

1984年的春天，我爷爷去世，他只活了70岁。从苏州大药店退休回到南京的乡村后，他竭尽所能帮衬着自己唯一的儿子，也就是我的父亲，但这一局面戛然而止于一个中年男人最艰难的时刻。那时，学有一门中药制作技艺的父亲，在医院苦盼着"转正"进编，他一边在药香弥漫的中药房里碾药、抓药，一边以瘦小的身躯在农田里学着鞭牛耕田。

爷爷走得很意外，他死于一个非常闷热的春日。那时我才12岁，还不太懂死亡的含义。爷爷去世后，父亲很忙很沉默,在所有需要在人前显现的仪式里,他的哭泣是得体的、节制的。他获得了"为人子至孝"的声名。

但多年后,在尽心尽力照顾了我奶奶的晚年并把她送走之后,他表达过这样的意思:要是娘老子安然在世,要那虚名何用?"哪怕他们瘫在床上,只要活着让我照顾,我也开心啊"。

爷爷是村里第一个火化的。安葬了爷爷,我们家似乎恢复了往日的宁静。这种农家表面秩序的获得,代价是父母的更加辛劳。我的母亲是务农高手,但心怀梦想的父亲不能成为"专职农民",我们家人口多劳力少,常年是超支户。没有了爷爷的退休金,全家唯一的收入就是父亲微薄的工资。

出了"七",在一个清晨,父亲担着两只木桶,从厨房穿过堂屋,打算去池塘担水回来把水缸蓄满。那时村外的池塘,水很清。这是父亲几乎每天都要做的工作。我和弟弟妹妹在堂屋坐着吃饭,以为父亲会和往常一样,带着一股风走过堂屋,走出门口,走出槐花小巷。

可父亲看了我们一下,突然撂下木桶和扁担,趴在桌上呜呜哭了起来。声音很大,但他极力压制着,他的肩膀激烈地抖动,仿佛要撑破那件已经打上补丁的蓝布衣服。我们面面相觑,以为自己做错了什么事。

我们一直觉得父亲是最坚固的城墙,父亲的瞬间崩溃,让我们不知所措。

父亲很快自主结束了这场意外事件。他无声地挑起水桶，走出屋外。

现在想想，他那时也就三十几岁，比我现在的岁数还小上很多。父亲是有资格崩溃一次的。遗憾的是，我们那时还不懂得该怎样面对这样的场景，既没有询问，也没有上前去拍拍父亲的肩膀。如今一想到父亲当年独自一人走出内心困境，而我连"安抚"的言行都没有，就觉得遗憾。

我家邻居大妈，也曾在80年代的一个清晨，坐在屋门前的石头上崩溃大哭。她哭的是，上学的儿女时常要本子要笔，这种情况再正常不过。但她缺钱，因而经常借钱，压力太大了。她哭了片刻，回家烧饭。那块石头安静如初，好像什么都没有发生过。虽然此后的日子慢慢好起来，但我始终忘不了她那一刻的极度无助。

在村庄，"崩溃"经常成为生活的节拍器。只是这种崩溃时刻，不会在村庄的公共空间留下任何印迹。崩溃，没来由地发生，没来由地消失，这种无人关切的场景，在时间的长河里发生过多少次？我们无从统计。

刘震云的小说《一句顶一万句》，我读了不下十遍，越读越苍凉。那份挤压在一代又一代人内心深处的无边孤独，生发过多少"崩溃事件"？又被多少人间草木无视过？仿佛个体的孤独和崩溃，只是众人生涯里一枚无关紧要的黄叶，落了也就落了。

出于这样的观察，我越发珍视那种陌生人"加持"给陌生人的温暖。这些年来，我们目睹了太多这样的镜头，并为之共情。深圳地铁上的那一幕，又一次戳中了我们最柔软的心。这既是社会文明进步的结果，也是世道人心逐步打开栅栏的结果。

　　每个人的"生存不易"都可以被看见、被呵护，不是吗？

　　人们总说，成年人的崩溃，只需要一秒钟。在我看来，意识到我们可以呼应、慰藉成年人的崩溃，却可能是一个漫长的过程——甚至漫长到从幼时到中年时分。但无论多久，都有意义。

参加了那么多婚礼，
我还在思虑"何为婚姻"

预 言

2020年6月5日，我在苏州参加了研究生女同学派派的婚礼。

我27岁，大众语境下最佳适婚年龄，至今单身。研究生毕业后，细数下来，我总共参加了至少五场同学的婚礼。每次参加完婚礼，都对婚姻有一些个人新的理解和看法。尽管从青春期开始，亲密关系这门课程，我跌跌撞撞摸索了这么久，到现在我依然是一位"不及格"选手，空有一些对婚姻"不切实际"的理解和感触。

在苏州阳澄湖半岛的婚礼上，新郎对新娘派派说："是你让我懂得爱一个人是多么的开心和重要，是你让我有理由坚持我们自己的生活。今后的生活，哪怕是平淡，又或者是灰暗，但有你在身边也已足够。"

那一刻婚礼来宾都非常感动。

这对出生于1993年的年轻夫妻，高中毕业后开始谈恋爱，其间经历了7年异地恋。2018年研究生毕业后，新娘选择从上海去男方所在的城市厦门工作生活，两人终于结束异地情侣生活。毕业两年的时间里，他们的工作生活进入平稳期，开始进入人生下一阶段——婚姻。

我发现，他们口中对于婚姻的理解跟父母那一辈相比，已经发生非常大的变化。父母那代人的婚姻，幸福与否似乎并不取决于自己的主观感受，而更取决于婚姻生活的稳定性和持久性。在他们看来，婚姻维系的时间越久，生活会越稳定，至少在外人看来，"日子是过得还不错的"。

比如我的父母，90年代初因为相亲而结婚，尽管他们认为两人最初不是因爱而结婚，但时间让他们经历了生活的起起伏伏，至少这段婚姻，他们认为还是成功的。就像2007年的电视剧《金婚》，至今被我父母认为是成功婚姻的象征，爱情与情欲在婚姻中从来不重要，婚姻中重要的是责任和承诺，还有恒久忍耐和相互扶持。

而现代婚姻，受过良好教育的年轻人，至少我自己，因为年龄到了，为了结婚而去结婚，选择主动跳入婚姻这座"围城"里，是万万做不到的。2021年10月，共青团中央面对2 905名18至26岁的未婚城市青年做了一组关于恋爱与婚姻的调查。在影响结婚意愿的因素中，有60.8%的青年认为，"找到合适的人很难"，位列第一。

什么是合适的人？

既是婚姻伴侣又是热烈的爱人，既能够一起面对婚姻生活的琐碎，也能在平凡之中制造属于两人共同的浪漫，这也许是当下很多年轻人包括我自己对于婚姻的期望。

我们这些从90年代初成长的女性，接触过西方的dating culture（约会文化），也看过《欲望都市》《婚姻生活》等西方影视作品对于恋爱和婚姻故事的呈现，此外各种功能丰富的网络交友平台，甚至主流文化环境里，也在鼓励女性多多约会。我们开始改变过去在恋爱关系里较为被动的角色，开始积极寻找适合自己的亲密关系，似乎无法接受我们拥有的不是适合自己的亲密关系或者婚姻。

这种独立且具有强烈自我意识的感情观导致我和父母那一辈对于婚姻的理解截然不同。此前播出的纪实真人秀《再见爱人》，将三对失败婚姻场景里的琐碎、复杂和夫妻相处中各种沉默压抑的细节展现在镜头面前，也让观众看到了婚姻的另一面。

也许婚姻光有激情之爱是远远不够的，婚姻是复杂的，它同时兼具了社会契约和亲密关系的属性。选择和伴侣进入婚姻，不仅意味着与TA持续维系浪漫关系，此外还要面对双方各自的家庭关系。

恋爱时期，是彼此的男朋友女朋友。婚后，是妻子，是丈夫，是孩子的家长，面对身份可能发生的转变，我们做好心理准备了吗?

前几天,我在微信上问已经结婚一年多的派派:你现在对结婚的感受怎么样,目前你认为,婚姻中最重要的是什么?

她给我看了一段话,是她写给老公的,她说:"我们付出了很多时间去认识且愿意接受对方最真实的样子。在这个过程中,我们不光是学习如何和对方相处,也是在探索如何更好地生活,如何成为更好的自己。"

也许一段好的婚姻关系,就是可以更好地做自己。

一封永远无法回复的信

伍里川

我偶尔会想起紫薇。

这种想念大致是没有什么意义的。陈慧娴唱过"人生何处不相逢",可是如果不出意外的话,我和她此生都不会再相逢。非要说有意义不可的话,只是因为有些过客,在岁月的崖壁上留下过很特别的刻痕。

她给我的最后一封信,时间停留在 1994 年 11 月 18 日。信的最后一句,是"快写信来保持联络,别忘那首小诗,别忘我这朋友",但这份联络并没有实现。27 年来,我只要想到她的失望,心里就挺不是滋味。

1994 年秋天,我还当着兵。那年我 22 岁,和高中时代最喜欢的诗歌《四月的纪念》中的"我"同龄。周末休息,我去一个著名景点闲逛。很多大爷大妈都坐在地上,我也坐在地上,她走过来,正打算也坐下来,我递上一张地图给她,让她垫着坐。她微笑着接受了我的好意。

她是一位与我年龄相仿的香港女孩，是来北京亲戚家小住的。那一年，艾敬的《我的1997》已经很流行。

这是一场再寻常不过的路遇。如果不是因为后来她面临危险，而我的一腔热血又不容我坐视不管，这场路遇一定不会扩展出更多的内容。我请她喝了饮料，并且拒绝了她的 AA 制。我活那么大，第一次知道 AA 制。喝完各奔东西，只字未留。

第三天晚上，我再次来到这里散步，一位陌生老大爷拿着一张便条对着我上看下看。便条上，是她用圆珠笔画的我。寥寥几笔，把我画成了鱼刺一样的外星人，旁边标注着"瘦高""军装"。显而易见，她缺乏绘画基础，但又想做出某种努力。

老大爷受人之托，拿着这样一张不合格的"接头便条"，完成了不可能完成的任务，而我也在第四天见到了她。她告诉我，就快离开北京了，想爬一次长城。她认识了一位大叔，可以一起爬慕田峪长城。

还没等我说上话，那位长着乌贼脸的大叔就来了。在一个没有手机和呼机的年代，他的精准现身使我生出的第一感觉是，他对她不怀好意，而她却涉世未深，对陌生人少了几分提防。于是我强行加入他请她的饭局，这确实是"乌贼脸"所说的我请不起的一顿饭。

虽然我在人生第一次喝咖啡时出了糗，但是吃饭间的唇枪舌剑中,我用我的天真打败了这个据称很富有的小老板大叔,连紫薇也为我的表现鼓掌。这并不符合她所接受过的礼仪,可能是受到我的提示后,她越来越认识到对一个白纸青年"英雄救美"的粗糙计划,应该表现出一种不用拘泥场所的认可。

吃完饭,"乌贼脸"提出和紫薇合影,快门即将启动的瞬间,我突然加入进去,将两人照硬生生变为三人合影。这么做有一点"促狭"的味道,但我丝毫不觉得有什么问题。我的天真还粉碎了大叔的慕田峪计划,她决定不和他爬长城了。后来她告诉过我,"乌贼脸"果然有问题,后来又约过她,说话也渐渐露出轻佻本性。她说遇见我很庆幸。

告别时,她把那支画过"外星人"的圆珠笔,作为礼物送给了我。

我回到山沟里的部队后,收到了紫薇的信。这封信,她写了很长。信中提及,与我一席话后,她始终未能忘怀。在北京与我告别的时候,她大步往前走,"不想挂着伤感的面孔,唯有扮其洒脱!"

我给她回了信,不久我收到了她的第二封信也是最后一封信,信中所述显示,她并没有收到我的信。她告诉我,她在盲童院任教,看着盲童努力求生、不怕困难,她为自己常常自怨自艾而十分惭愧。

她还说,她第二年要去英国进修。我拿着这封寄自香港皇后大道的信，像是拿着一条并不确定的线索，一不留神就会消失。我很快回信，但很久没有回音。再寄一封，同样石沉大海。我想过很多原因，或许，她提前去了英国？

人生中，我们以为的暂别，很多都是永别。但是我一直没有忘记过她，这个像露珠一样纯洁的女孩，这个给予了我友情和尊重的女孩。很喜欢这句诗，"忽有故人心上过"。

2011年，当我站在香港的街头时，有过一阵想象：她已经成了怎样的妇人？那些感动过她的盲童院的孩子们，命运又如何了？这也许是分别多年后，我和紫薇离得最近的一次。在香港的那天，我并没有去寻找过紫薇。当年那封信所留的是一个略微模糊的地址，而我又是一个不喜欢打扰别人的人，就此别过。

她给我写过的诗，我已丝毫没有印象了。一代人的青春已逝，唯有人心深处的纯真还留在原地，一如人间烛光。

2

职场

不妨少扯些情怀，多说说五险一金

张明扬

这几天，一篇关于出版机构"洗稿、PUA年轻员工"的控诉帖刷屏文化圈。该帖子的作者"易潇雨"声称，在编著叶嘉莹纪录片同名图书《掬水月在手》的过程中，遭遇出版方活字文化"洗稿"并被剥夺包括署名权在内的著作权。一时间刀光剑影，事件相关人都不惮以最极端的面相来揣度对方，朋友圈和豆瓣又开始了汉贼不两立。

在世事艰难的大环境下，这两年，出版圈也好，媒体圈也好，类似的控诉和纠纷越来越多。对于这则个体事件，我无意站队，但总感觉此类事件不会是哪方单方面的责任，也不存在深文周纳的大恶人，更不牵扯什么公共利益，这不就是一起劳资纠纷嘛，我们就事论事即可。

就是说，千万别扯情怀。

不知道从何时开始，情怀成为公共舆论的辩论利器。尽管事件苦主易姑娘认为自己的文化情怀被"所谓德高望重的文化前辈欺诈、算计、PUA"，但她的控诉同样是情怀导向的："三座大山（封建学徒等级观、剥削观、伪社集体观）依然巍然碑立于出版圈"；而出版方活字文化的辩解也是主打情怀，"活字作为一家民营小公司，涉水其中，也常有风雨飘摇的不安之感。但是激励我们可以一直坚持下去的，仍是我们无法放下的做好书的执念"。

一位豆瓣用户说得很有趣，"这不就是基于电影的衍生品吗，怎么就开始卖情怀了？好好说理也就算了，却变成比惨大会，一本基于采访录音的编著书，被各方描述得像司马迁在写《史记》似的"。

一件哪儿都会发生的劳资纠纷，就是因为发生在文化圈，然后情怀作为炮弹在舆论场无制导飞行，弄得大家都不会好好说话了。有人不禁要问，文化圈是不是太把自己特殊化了，只要情怀在手就可以克服地球引力了？

对于出版圈、媒体圈的年轻人而言，他们进入这些事烦钱少的行业自然是带有情怀追求的，这无可厚非，甚至可以说是好事。但情怀不是生活，成年人做选择时要做好各项准备和心理建设。一方面，择业是人生大事，情怀取代不了合同和规则，不要因为别人说几句好话你就把自己当成了中国文化托命之人；同时，既然情怀和兴趣对你来说重要到压倒一切，那就意味着你做好了舍弃一些什么的准备，不要事到临头突然觉得自己其实只是头脑发热，进而将自己包装成被侮辱和被损害的人。

对于文化机构而言,这年头,媒体难,出版难,民营出版更难,一线城市的民营出版难上加难,这些都是事实。这意味着它们吸引头部的优秀人才的难度越来越高,但越在这样的艰难时刻,你越要谨慎地将情怀和理想作为招贤工具。特别是在各种物质准备都很不完善,连员工温饱都无法保障的情况下,变本加厉地将情怀作为天花乱坠的话术,这不是情怀,这是忽悠。

简单地说就是,一家大城市出版社大可以告诉员工和有志青年,在这里工作可以收获什么——解决温饱问题也不难,但如果你想发财和买房,请谨慎考虑。其实买不起房没什么,但如果你非要用文化老人的语调谆谆教诲员工,"年轻人想着买房就是没出息没大志的表现",这就真的是PUA了。

你越利用情怀,情怀将来越会反噬你。对于文化机构,对于有志青年而言都是如此。

不就找一份工作么,不要自我感动以至日后万事后悔;不就是招一个人么,把扯情怀的冲动收起来,好好说一说五险一金。

我一点也没有否认情怀的意思。情怀是一个竖在那的巨大存在,绕不过去。我们在对生命中很多事情作决断时,情怀多少是一个变量,甚至是重要变量,文化人有,快递小哥也有。不想过工厂流水线的生活,不想困在系统里,难道不是滔天的情怀么,因此知识青年和文化机构千万不要将情怀"私有化",仿佛自己有了情怀,就可以践踏常识了。

说白了,情怀这东西是对自己说的,是喃喃自语是夫子自道。但是,情怀不可共情,不是用来评判别人、规范别人的。有大情怀你就对着夜空大喊"其实我是一个编辑",千万千万不要再对着别人说,"其实我们都是有情怀的人",然后一年后,化情怀为飞刀。

我们就放情怀一马吧,情怀在中国几千年历史上都没被这么密集骚扰过。

想乘风破浪还是风平浪静，都是诚实的欲望

与 归

《不孝有三，不考公为大》，《南风窗》最近的这则报道，在社交媒体上引发了不少讨论。

有意思的是，报道的本义，是在讲述那些被父母"逼"着考公务员的年轻人，内心和行动如何困惑与挣扎，而留言区则是一片"你妈是对的"的反劝。例如，"如今考公务员还要父母逼迫吗""求求你们使劲反抗，不要听从父母的意愿安排……然后把岗位留给我这位想考的吧""我是自愿的，在受到企业毒打之后"……

以前，我也曾以为，来自父母亲人的"劝考公"是一种传统的、狭隘的、落后的观念，是一种为了满足自己面子的动机。后来我发现，对于大多数父母来说，他们只不过是希望自己的孩子过得好一点，不那么累，有稳定的保障，平安喜乐，哪怕普普通通。

这几天，清华教授刘瑜的一句"我的女儿正势不可挡地成为一个普通人"，也以心灵鸡汤的方式，势不可挡地在社交媒体热传。

前不久，女朋友的母亲在读到我写的一篇关于互联网社畜的加班日常后，立刻打电话劝在互联网上班的女朋友辞职，回家考公务员。她的诉求很简单：我不希望女儿过得那么苦，做个普通人就好，还能在我身边。我想，这才是广大父母发自内心的想法。

近年来，我身边的年轻人，确实有一些从企业辞职然后考公务员、高校或其他事业单位的。其中有一位，在上海一家头部互联网公司工作一年后，选择了裸辞，花了两个月的时间备考，考入一家高校从事行政工作，过起了朝九晚五的生活。当一个人受够了"996"，便会特别渴望朝九晚五加双休，哪怕收入低一点，哪怕工作内容自己并不喜欢。

我把《南风窗》的这个报道下的留言截图，发给了一个在北京某区政府部门上班的同学。他研究生一毕业就选择了考公，拿到了北京的 offer。工作至今也只有一年多，但却跟我流露过好几次想辞职的想法。

他总想到未知的企业试一试，觉得自己现在的工作太平稳、单调。我曾劝他说："公务员和互联网都是一座围城，外面的人想进去，里面的人想出来。"

让他看了网友的留言后，我问他："你还想辞职吗？"

他的回答让我略微意外:"其实还想。"

挣扎,本就是一种在思考的状态,是求新求变的欲望在躁动。他说:"就怕自己习惯了,越干越没有上进心。"

是的,没有一成不变的想法,只有分阶段不断调整的目标。不舒服了就挪一挪,太舒服了也会想着刺激刺激自己,这或许就是人生、就是人性吧。具体到考公或不考公,它仅仅是选择一种生活方式,基本无关人生观和价值观,更无关孝道。无论是以前不想考现在考了,还是以前考了现在想辞职,其实都是诚实的欲望。遵从自己内心的这种欲望,当它达到一个临界点后便做出选择,这便是走心。它看起来或许没那么潇洒,但足够真实。

每个人都有乘风破浪的权利,也都可以选择风平浪静的港湾。它们或许是不同的人生追求,但都是人间的一缕烟火。

不爱加班，是这届年轻人的觉醒

夏熊飞

看到"为什么年轻人不爱加班"上了热搜，我一脸懵，暗暗发出灵魂拷问：为什么年轻人就该爱加班？不是年轻人，就爱加班吗？

"不爱加班"这个锅，年轻人不背，也背不动。

这个话题有一个预设的语境：职场上，越来越多的创业型公司都要求员工加班，扬言要模仿互联网公司的狼性文化，但现实却是，大部分企业员工——尤其是刚毕业的年轻人，不愿加班，甚至面试时会直接问公司是否加班，如果有，就不考虑。

这就不难理解了。发问的，应该多是企业管理者、单位领导，或长辈吧。在这些过来人眼里，加班似乎是理所当然的，甚至是褒义的，是一个人爱岗敬业、拼搏上进的体现；而"不爱加班"具有某种贬义，是不思进取、懒惰、怕吃苦的表现。占着年龄、资历优势，对年轻人或规劝，或批评，似乎也有某种正当性，因为其出发点都是"为你好"。

就像高赞评论"说得好像年纪大的人爱加班一样"所说，要明确的一个常识是，"加班"与"爱加班"是两个不同的概念。"加班"是一种行为和现实，"爱加班"是一种心态和选择。身在职场，没有加过班的人很少，但打从心底爱加班的，只会更少。

这届年轻人看得明白：将"爱加班"挂在嘴边的人有两类，忽悠员工无偿卖命工作的领导或老板，和以此讨好巴结领导或老板的员工。他们都有些不好拿上桌面明白表达的诉求，这才转而以"你应该爱加班"或"我爱加班"为由，绑架员工或表现自我。否则，主动"爱加班"，只怕是得了斯德哥尔摩综合征。

如果说加班是职场人的无奈和妥协，那么质问"你为什么不爱加班"就过分了。这是将对员工的管理之手，从"怎么做"伸向"怎么想"，管得太多了。说它是职场PUA，也不为过。它脱离现实，更违背人性。

曾经，"加班费没给到位"是人们反感加班的主要原因。且不说这种状况如今仍然存在，就算有了加班费，很多人还是会拒绝加班——如果有得选的话。"不加班是对八小时工作制最起码的尊重""如果非要加班，那正常上班的时间是个什么意思？"这些话不是抬杠，而是基于法治和常识的理性声音。

一些职场人过度加班导致健康问题，也让人们反思。"年轻时用健康换钱，年纪大了拿钱换健康"，显然是亏本买卖。"为什么年轻人不爱加班"的话题下，李开复的答案是：我一生都在996，患癌后才明白自己错了。

说起来，"现在的年轻人为什么不爱×××了"，似乎成了每一届年轻人都躲不过去的"代际指责"。但事实是，"不一样"不一定是年轻人的错，有时候，它反而是一种进步。"不爱加班"的年轻人，代表了一种智识上的"早熟"和个人权利意识的觉醒。

那些升职加薪的说教和职场成功学，已经很难给他们洗脑。除了工作，他们还有丰富的生活和选择，打一场酣畅淋漓的篮球，瘫在沙发上追两集综艺，来一次说走就走的旅行……可能不那么"励志"，但做一条自由自在的咸鱼，真的很香。现代文明社会，应该接纳这种多元化、个性化的选择。

比过来人幸运的是，互联网和社交媒体的兴起，让这一届年轻人的声音，总能被迅速释放、凝聚、扩散。他们不再轻易陷入"异类""矫情"的自我质疑，而可以在求同中不断强大内心，不断追求自我。

那些身体不再年轻的人，可以在心态上继续年轻。质疑"为什么年轻人不爱加班"，不如想想年轻时也不爱加班但只能私下发牢骚的自己，想想能为年轻人不加班做些什么。起码要明白，"不爱加班"不是错，更不是年轻人的错，它只是一种好恶的真实表达。

　　那些兢兢业业、任劳任怨的职场人,我们应该致敬。可换个角度,如果能合理安排好工作与休息,让加班越来越少,让人们有更多自主安排的时间,不好吗?

下班比领导先走,这很90后

阳　柳

昨晚,我在B站刷到一个视频,一个刚毕业的女孩子,进入某一线城市的互联网企业实习,早八晚九,下班到家快深夜11点了。虽然"没有自己的时间""每天都特别累",她还是打起精神挤地铁上班。一个月后的上班路上,她从地铁站里的楼梯上滚下,左腿三处骨折,得卧床休息三个月。

这名女生梦想做一名"厉害的游戏策划",对工作有高度的热情和责任感,摔倒后还在担心工作进度。不过即便如此,她也直言,每晚加班并不是因为活多,她也会"摸鱼"。

明明事都做完了,下班却不走人,为啥?很可能是因为领导还没走,打工人不敢先走。所以,在看到今天有条热搜是"7成90后不等领导下班就先走"时,我忍不住为这届年轻人点了个赞:你们是真的"勇"!

有人理直气壮:工作都干完了,为什么不走?有人"阴阳怪气":不走等领导请吃饭吗?还有人戏谑:我是单身女性,为了领导名誉，我选择先走。这些声音，似乎从侧面印证了报告结论的真实性。干完工作就下班，不必管领导爽不爽，被多数 90 后视作理所当然。

但 80 后的我记得，在几年前，打工人们还是不能做到如此决绝、如此洒脱的。

五六年前，我在一家广告公司做文案。众所周知，这一行是加班的重灾区，偏偏我又遇到一个加班十级爱好者领导。她喜欢看到员工晚上十点还在公司，和她分享名牌衣服，或者外卖炸鸡；在周五的深夜通知周末到公司加班，然后全组花一整天想一个稿件标题……最奇葩的是，她规定每天到了下班时间员工不能走，必须向她报备，同意了才行。

有一次，6 点半了，我干完了活，又遇到点事，想申请下班，但她一直在开会。等到 8 点多，还没散会，我就先走了。刚到家，一看手机，有四五个未接来电，回电过去，被她劈头盖脸一顿说：你怎么没经过我同意就下班了？

那一刻，我终于下定了辞职的决心。在这之前，我经常因为无效加班、形式主义加班，一路狂奔赶末班地铁，或者在公司通宵，第二天赶早班地铁回家。我妈很担心，一次次电话催我赶紧换工作，但我总觉得还可以再忍忍。

半年后，跟我同组的一个女生离开了那家公司。她之前因为连续加班，在地铁上晕倒。她毕业的学校很好，性格也比我强势，但她对领导的奇葩规定，居然比我还能忍，这是我没想到的。

　　站在今天回过头看，我和我的前同事，包括视频中的那位女生，可能都是被主流 90 后们不理解甚至批评的对象。但不得不承认的是，哪怕是今天，哪怕反对无效加班、保障打工人下班权和休息权已成共识，也真的不是所有人都能对职场中的奇葩现象、奇葩规定，扬眉吐气地说一声"不"。

　　除了性格使然，每个人的选择都受到现实条件的约束。这两年，年轻人找份工作不容易，因此会格外珍惜，而职场萌新的热情，也帮助他们稀释了一部分苦和累；中年人要养家糊口，还面临中年职场危机的隐忧。哪有那么容易，真能不看领导脸色，实现下班自由呢？

　　且不说那 7 成"不等领导下班就先走"的 90 后中，有多少人是"口嫌体正直"，这一数据的背后，是还有相当一部分人，只有在等领导下班后，自己才敢走。虽然是"沉默的少数"，但他们也应当被看见，他们的权益也要得到维护。

　　不过，"7 成 90 后不等领导下班就先走"仍然是值得肯定的进步。它是一种观念的革新——对职场上一些不合理但长期或隐性存在的现象，这届年轻人给出了明确的否定态度；这也是一种高声量诉求——以提高工作效率、保障工作完成为前提的准点下班，应该得到更有力的呵护。除了期待领导们看到这种呼声，管理更人性化，也应该让各项法律和制度发力。

一次跳槽，治好了他的失眠和焦虑

曾 颖

前不久，一份名为《互联网公司一线领导黑名单》的在线文档疯传。这份文档为当下最火的互联网大厂的众多管理者和岗位进行了评议和打分，并提出警示：哪些领导不好相处，哪些团队坑深，哪些offer不能接，哪些老板的下属应该赶紧逃……

现在，文档因为被投诉已经无法打开了，但影响力却一直在职场中荡漾。那些大厂主管们打死都不敢相信，在他们天天KPI别人的时候，也有人在对他们进行评议。而且聪明的人，会将这事做下去的。因为现在职场的人们，越来越在意工作环境和氛围，而企业的管理风格，就是最大的环境。

我的一位朋友，不久前辞掉了月薪一万多元的工作，跑到一家短视频运营机构应聘了月薪六千元的岗位，很多人都觉得他的举动不可理喻。瘦死的骆驼比马大的道理，他本应该懂的。况且与他放弃的大企业相比，他所选择的新去处，连马都不敢比,至多算一只小白兔。

但他却不可理喻地做出了选择,且义无反顾。

有天晚上和他喝茶,我将自己的也是大家的疑惑说了出来,想听听他的真实想法。

他说,之所以跳槽,就是因为工作气氛。原来的地方,领导们一个个都牛气冲天,对人说话,从来都是限令式的:你必须怎么怎么,否则下课!你必须那么那么,否则走人!"虽然我知道那只是他们的口头禅,但那种强势的拿着鞭子驱使人做事的方式,让你找不到一丝丝的工作快感。"

聊天中,我还得知,很长一段时间,他焦虑、失眠。原先的工作让他感觉不到快乐,越努力,越觉得是自己欠了别人的,像个童养媳。"明明拼死拼活地干活,甚至把身子都搭进去了,而夫家却说你是被他们养着吃闲饭的。你说,那种感觉好受吗?"

他之所以决定到现在的公司上班,是因为几个小细节决定的。其一,是公司的老板请他去的,还将创业计划和营运策划书给他看,征求他的意见,让他了解目前的财务状况。其二,是和老板在办公室聊天,老板请助理帮他们续咖啡时,永远不会忘记说"请"和"谢谢"。

他在讲这些的时候,眉飞色舞,我感觉,他是真的比以前开心多了。几个月过去了,他的脸色也明显好了很多。

他现在对工作付出的努力,并不比在原单位时少,但所做的工作,领导总是以欣赏的态度对待,即便有觉得不妥的地方,也都是以商量和探讨的方式来解决。大家上班时认认真真做事,下班开开心心 K 歌喝酒玩剧本杀,生活一下子变得轻松而有趣,失眠和焦虑的老毛病,居然无药而愈。

他盯着我的眼睛问,"比之那一万元的索命钱,你说究竟哪个更值?"

他说话的表情,让我想起不久前看过的电影《布拉格练习曲》中的主人公:一位老教师,他衡量是否在一个地方工作的标准就是是否感到快乐,当他不再感觉快乐时,他就会毫不犹豫地选择离开。

用快乐与否来决定工作去留,在以前,是难以想象的。因而,焦虑与抑郁成为社会第一大心理隐患。但对于 80 后、90 后的很多职场人来说,这种选择则不足为奇,套用一句港剧老台词:"做人呢,最重要的是开心!"这是他们很多人的价值观。

正是因为这个原因,才有《互联网公司一线领导黑名单》之类评价文档的出现,甚至可以说是应时之需了。不知道,被点名的那些大厂管理者看到后,是否会有所反思?

令人头秃的公司团建,可以少点吗?

易 之

贵阳一个小伙,没去参加同事的生日宴会,被总经理罚款100元后又直接被开除了。事不大,但够"奇葩",自带热搜气质,引发热议。

总经理回应称:没有罚款,群里发消息是警示一下;小伙被辞退,是因为工作态度有问题;网上消息是爆料人哥哥"抹黑"公司,将追究其法律责任。真相如何,还得让新闻"飞一会儿",但回应里的一句"让员工参加同事生日会是企业文化",真是瞬间戳中了职场人的泪点。

前两天,"90后大型社会性死亡现场,它排第二,谁敢第一"上了热搜。

不管是动用经济杠杆强制员工参加聚会的"企业文化",还是隐藏在温情面纱下的吃喝玩乐式"公司团建",这届年轻人并没有想象中的那么多热衷,而只有四个字:累觉不爱。

不能怪年轻人,而是怪这些团建花式折腾员工:占用休息时间，被拉到荒郊野外；领导老板们迷信野生管理学，用力过猛，哪怕是游戏，也要用竞争分出个高低名次。以至于一提起团建，职场人心中的关键词就三个：早起、熬夜、疲惫不堪。

更狠的，连员工安全和人格尊严都得不到保障。新闻报道过，有公司组织徒步越野赛，结果18人被困、6人失联；有公司入职训练，38人里11人进了医院；有公司团建让员工在地上爬行，被路人脚踩……这些案例虽然极端，当对当事人来说，就是不可承受之重。

因为，员工往往没得选，不敢对团建说不。

团建有它的作用。它让平时忙于各自工作的职场人，可以换一种环境和心情，增进同事间的了解，加强情感链接，强化集体认同感和凝聚力。现在太多的企业喜欢团建，市场上出现了专业承接团建业务的公司，自然有其道理。

但问题是，怎样的团建才是好的，才会受到职场人——尤其是一线年轻员工的喜欢？

就像本文开头的那个案例，试想，如果当天的生日宴就像亲戚朋友间的聚餐，大家自行决定是否参加，参加者其乐融融，缺席者不必有心理负担，还会闹出一通风波吗？这就是问题所在：单位团建也要分清边界，不能以集体之名，以居高临下之态，随意管过界，侵蚀员工"地盘"。

一些管理者喜欢搞"强行同构"思维，把公司和家庭、同事和亲朋，进行情感上的合并同类项，模糊彼此边界，要求员工"像爱家一样爱公司"。在团建时，总要用些"破冰""融入"等高大上的名词，内容设置上增加员工的身体接触，还动不动就去冲击泪点，好像不把员工煽情到哭，就不算成功的团建。殊不知，这样的操作，员工只感到身体和精神的双重折磨。

真的，大可不必。

有些事是没有必要强行融入在一起的。"公司像家"，这种理想化的愿景，多数情况下，真的有可能么？要真可能，子女还敢拒绝爸妈，又有几个员工敢拒绝领导呢？

亚当·斯密早就说过：我们期望的晚餐并非来自屠夫、酿酒师或是面包师的恩惠，而是来自他们对自身利益的特别关注。现代管理制度下，公司和员工的关系也是这样。他们之间，根本上来说，不需要过多基于情感的付出、奉献，而应当基于互惠互利的契约。

陌生人社会，是市场经济的底色。陌生人之间，在乎的就是守信、尊重、共赢。企业和员工，又何必别别扭扭地谈情说爱呢？更该谈的，就是"加班也要遵守劳动法，加班就要付加班费"这种话题，硬邦邦，但掷地有声。

有人会说，不强制规定、不做硬性要求，团建都没人参加了，咋办？

这是搞错了因果关系。员工不愿意参加团建，只是结果，根源还在日常。一定是公司的制度、领导者的管理出了问题，让员工感到委屈，积极性不高，办法只能从公司日常运行中去找，去纠正，去完善，而不是在团建时临时抱佛脚，逼员工参加。

所以，团建这类单位集体活动，真的可以少点套路。职场人对单位的诉求，只是一个权责分明的"打工环境"，不是在公司再安一个家。

抢白酒的年轻人，
为啥不爱喝白酒？

陈禹潜

热搜神器茅台又带火了一个产品——筋膜枪。近日，有网友晒出拿筋膜枪敲击手指抢购茅台的视频，引起网络热议。与此同时，白酒股作为市场宠儿，相关股票股价不断创新高，让投资白酒股的人赚得盆满钵满，不少没上车的年轻股民大呼："年少不知白酒香，错把科技加满仓。"

但其实，有调查显示，白酒市场火热的同时，年轻人却更青睐于度数较低的酒类，啤酒、鸡尾酒、果酒，才是年轻人的最爱。这些抢茅台的年轻人，只是把白酒视作送长辈、送领导的经典礼品和囤积转售的"外快利器"。

马云和季克良说，年轻人不爱喝白酒是因为年轻人还没长大。也有观点说，白酒对年轻人具有"油腻"的暗示，所以年轻人对这一套早已不感冒。观察不同年龄群体对白酒的态度，确实是一个有意思的话题。

《礼记》有言:"酒食所以合欢也。"在传统中国的酒文化中,酒主要代表的是幸福、开心。在数千年酒的历史中,"酒文化"是"对酒当歌,人生几何"的慨然感悟;是"此时吸两瓯,吟诗五百首"的纵酒狂歌;更是"应是天仙狂醉,乱把白云揉碎"的诗酒风流……

而不知从何时起,酒文化带给人的美好想象,在被阐释为"酒桌文化""劝酒文化"之后,画风突变:

"能喝半斤喝八两,这样员工我培养;能喝八两喝一斤,这样员工我放心;能喝一斤喝一桶,这样员工提副总"等段子,在实际中屡见不鲜。"感情深,一口闷;感情铁,喝出血""不喝就是瞧不起我""没醉就是没喝到位"这一类不合常理的劝酒词,也在酒桌上畅通无阻。

这样一来,白酒不仅成了酒桌上衡量酒量的"硬通货",更代表着上级和下级的身份差别,隐藏着各种说不清道不明的潜规则。这让在饮酒上更有主见的年轻人,有点感到不适。所以,年轻人不喜欢白酒,不是不爱"喜酒""庆功酒""满月酒",而是讨厌"罚酒""劝酒""拼酒"。

对健康理念的重视,让年轻人更喜欢"微醺"而非"豪饮"。前些日子,《巴啦啦小魔仙》的主演之一酒后猝死的新闻登上头条,除了大量惋惜的言论外,也有更多年轻人分享了自己"保温杯里泡枸杞"的养生观念。

归根到底,新的"酒文化"就是新社交。三五知己,桌游开场，酒酣耳热，把盏言欢，这样的交往形式也会形塑出更具当代意义的"酒文化"。白酒对年轻人来说是"财富密码"，却不是"文化密码"，就可以理解了。

累丑,全是职场的锅吗?

白晶晶

"我不知道大家有没有 get 过一种丑,短时间内五官没有变化,体重没有变化,皮肤没有变化。但经过连续熬夜、加班、高强度劳动、没有良好的休息后整个人呈现出一种枯草一样被吸干的丑感。当你拍照片的时候,镜头里的自己怎么看都没有青春焕发的活力,看起来很呆很丑。"

冲上热搜的"累丑",让不少打工人对号入座,发出深深的认同感。有职场"大叔"现身说法:"我们单位的小姑娘,刚毕业的时候水灵灵的,连着加了俩月班,整个人状态都差了,黄恹恹的,更别说被摧残了两年的我。"还有人全新演绎辛丑牛年,是辛苦了变丑的牛人过年……

一石激起千层浪,一词激发好多愁。其实,说什么累丑,不就是深度憔悴、满脸倦容、浑身疲惫?生造个词儿定义变丑,不只是人们"为赋新词强说愁",更像自我调侃、自我解围,笑对职场压力的幽默。

如果说，有一种丑，叫职场累丑，那有没有一种滤镜，叫工资卡滤镜？每当卡里工资到账，镜头前的你又元气满满？

必须承认，累丑是打工人的心酸，这话有一定道理。曾有调查研究显示，工作3年左右是职场"过劳肥"高发期，超1/4的人体重较刚入职时增加5公斤。我身边的不少男同事，已从刚入职时的瘦削少年，变成走路很有分量的职场"重人"。

"5+2""白加黑"的工作模式，让"加班成常态，常态在加班"的职场文化深度融入我们的生活。长时间熬夜、劳动时间过长，挤占了本该睡美容觉的时间，也让流汗不留累的锻炼时间成了无力兑现的空头支票。

不过，颜值倒退、身材走样，这么大的锅，全让职场背也不合适。

首先，单纯从人类生理机能来看，女性巅峰年龄在20岁左右，男性在25岁左右。不少人都有相同的感受，高中时熬夜通宵看书，第二天上课不打盹，下午体育课还能打场篮球，晚上朋友聚餐，还能生龙活虎。一过30岁，熬夜做个PPT，第二天就哈欠连天，全靠咖啡提神。进入职场，我们都不再是青葱少年，变老也是自然规律使然。

其次，看看娱乐圈那些冻龄颜值，乘风破浪的姐姐哥哥们，违背自然规律的年轻，很多人表示艳羡，其实他们都付出了比常人多得多的努力。

职场"累丑"也是如此，同家公司、同年入职，有人修炼成"小腰精"，有人变成胖大叔，丑不丑还要靠个人自律和坚持，不能把口无禁忌、放飞自我的锅，全甩给职场背。

我身边有位美女同事，每天坚持爬楼梯上班，在工位上端坐笔直，还辅助一些瑜伽姿势。午休时间，常在楼道跳绳踢毽子。现在年近四旬，还能穿进18岁时的校服。还有位年轻男同事，还不到30岁就遭遇脱发困扰，小伙子为了锁住颜值，毅然决定去植发补救。

当然，如何拯救职场颜值，纯属个人选择，评价美的标准，也绝不是白瘦幼、A4蜂腰、4 cm手腕、能养金鱼的畸形审美。关键是找到职场和生活的平衡，多关爱自己，别让岁月摧残了容颜。

解决"累丑"的秘诀，不是尽可能不照或少照镜子，而是充分正视公众讨论"累丑"的诉求，倾听打工人的情绪宣泄，尽可能改善工作环境，保障劳动者的休息时间，让他们有条件变得美美哒。当然，打工人也不能进入放弃自我的恶性循环，加班后再报复性熬夜，用"我熬的不是夜，而是自由"的理由，让自己更头秃。

哪有职场妈妈不想美？

白晶晶

不会送礼的"猪队友"年年有，母亲节前特别多。

鉴于往年盲盒式送礼，拍马屁都拍到马蹄上的惨痛经历，今年我家里的钢铁直男，早早打起了有准备之仗，"咱去拍一套民国风全家福吧，我看不少明星拍过，效果杠杠的"。

主观想法是好的，可一想到本不窈窕的身体，硬要塞进娉婷多姿的旗袍，还要被镜头记录下来，我心底立刻打起一阵退堂鼓。

作为职场妈妈，这些年最大的恐惧，都来自数字。体重秤上不断攀升的重量，工资单上日渐消瘦的金额，孩子成绩单上为数不多的分数，每月雷打不动的房贷扣款提示，股票账户动辄缩水的尴尬……

我身边还有些妈妈，回归职场，日渐成为"负重前行"的女超人，负担的不止是家庭之重，更是体重之重。几点一线的单调生活，打地鼠式的多头任务，千头万绪的家庭琐事，让吃吃吃成了化解焦虑的良药。

夜深人静的时候，躺平刷剧之余，再配一碗热气腾腾的泡面暖胃，才能熨平一天的不如意。在《中国妈妈"焦虑指数"报告》里，买买买和吃零食也是妈妈们排解焦虑的主要方式。

不过，藏得住的是焦虑，藏不住的是肥肉。身为职场妈妈，面对既要貌美如花，又要赚钱养家的高标准严要求，只想用表情包回怼："臣妾真的做不到啊。"

近日，某招聘平台发布了一份职场妈妈调查报告。报告中提到，希望比别人更好看、时常对容貌感到自卑的职场妈妈，占比低于未婚与已婚未育女性，且27.7%的职场妈妈对容貌感到很满意，19.5%给出了"外表怎样无所谓"的洒脱答复。

近五分之一的职场妈妈，竟认为"外表无所谓"？拜托，这明显不是洒脱答复，而是敷衍应付吧。

身为职场妈妈，如果同样一份问卷摆在面前，我想替妈妈们说句真心话：不是我们不焦虑，而是压根没时间。要考虑的事情太多了，容貌远远排不到前面；也不是我们放弃自我管理、爱咋咋的，而是若想带娃职场两不误，留给活得精致的时间太少了。

数据显示，近六成职场妈妈每天投入1至3小时在子女抚养、教育等方面。扣除人均通勤时长，这意味着职场妈妈把除去工作和睡眠外的时间,几乎都贡献给了家庭。我也想深夜加班回家,再来一套帕梅拉减脂操,但实力实在不允许啊。

这几年,主打育儿题材的影视剧颇受欢迎,年轻妈妈们性格迥异,或"虎妈"上身,或泼辣前卫,或温婉可人,但人设可以有"妈味",身材却丝毫不能变形走样。

无论是《三十而已》里的童瑶,还是《辣妈正传》里的孙俪、《虎妈猫爸》里的赵薇,远超同龄人的傲人身材和冻龄颜值,都让现实中的妈妈们对照自己,不免发出一声叹息。相比之下,《小舍得》里的蒋欣,真实还原了中年"鸡娃"妈妈形象,却屡被指责为虎背熊腰,过于"魁梧"。

被职场妈妈放在秤上衡量轻重的,不只是几斤几两的体重,更是事业、家庭和个人之间的平衡。化解上秤的焦虑,靠的也不只是身材管理的自律,而是营造对女性更友好的职场环境。

建设育儿友好型社会,通过更完善的托育体系,把妈妈们从母职中解放出来,才能让她们有更多时间变美、"悦己"。

职场男女的"安全距离"是多少？

苏月遮

避免异性同事单独约饭；

避免异性同事喂食；

避免单独送异性同事或让异性同事坐副驾驶；

避免下班后异性单独相处；

避免异性过分亲昵或疑似亲密……

这份 N 个"避免"的清单，有没有让你回忆起初中老师千防万防、防你早恋的清规戒律？有没有让你感觉是"女德班"培训教材？这其实是工商银行发布的一个内部倡议，提出了 10 条异性员工相处的准则。

因为涉及男女职场相处的许多细节规定，话题敏感，甚至让人想到不堪回首的中学防早恋的措施，加上"宇宙第一大行"的国企背景，这则内部倡议引发了很多争议，有的网友称之为"最迷倡议书"。

这封名为《致创研中心全体员工倡议书：恪守异性相处

尺度 拒绝职场零距离》的倡议书列出了10条异性相处的准则，而且图文并茂，内容包括：避免单独约餐、避免封闭空间独处、日常沟通注意分寸、注意职场礼仪着装、日常称谓合适恰当、尽量避免肢体接触，等等。

光看条款，感觉问题不大，职场上的行为举止本就应该遵守相应规范。像里面提到要注意职场礼仪着装、尽量避免礼物授受、平等交际等，这不就是职场应该有的样子吗？但是细看漫画内容，却有点太平洋警察——管太宽的意思。比如不能"让异性同时坐副驾驶""吐槽女朋友""拧瓶盖""起昵称"之类，尽管如果现实当中真的出现这种互动，很可能会被吐槽"绿茶"或者"渣男"，但是公开制止总有些干涉私人生活的意思。

倡议中有些内容，容易让人往"禁止男女私相授受"的封建思想上联想。更进一步，也有人担心畏首畏尾、如履薄冰的职场氛围，很可能加重一些企业对岗位的性别顾虑，影响就业平等。

但是另一方面很多人注意到了，工行的"最迷倡议书"，是以一种痛定思痛的口吻表明立场的。文中讲到"身边人、身边事闻者足戒""深刻吸取前期相关事件教训，为保障好大家的个人职业生涯和家庭幸福"，似有万般苦衷。

有人认为，这起倡议的发起与金融圈的诸多桃色绯闻有关。为了禁绝此类事件，工行不惜犯众怒，"班主任附体"划定红线。这番解读也有一定合理性，银行机构与钱打交道，职场氛围触发的可不只是家长里短、鸡毛蒜皮，动辄就是大额的利益输送。而监守自盗恰是金融圈的大忌，所以内部规范从严一点，似乎也说得过去。

在我看来，如果视角拉远一点，这则倡议以一种矫枉过正的不恰当姿势，触发了企业对职场男女交往边界问题的必要思考。这正是为何网友一边吐槽它"画风感人"，一边赞同它为职场划定界限避免了很多职场尴尬瞬间。

性别平等的社会氛围中，男女正常交往本不应该多做限定，要警惕以任何名义宣扬的性别隔离。可是，在职场这个特定场域中，性别角色之上还有上下级权力关系，如果不加限制，权力关系很容易成为职场性骚扰的"春药"，应该引起警惕。

其实有过国外企业工作经历的人，都知道职场性骚扰警示教育是内部培训的重头戏，各种"清规戒律"让人抓狂：不能向女同事吹口哨，不能在办公室张贴人物穿着暴露的海报，更不要说和女同事讲荤段子。而且不仅有培训，还有考试。是国外的企业"班主任附体"吗？不是，而是因为法律明确了防止职场性骚扰是雇主的法律责任，一不留神就可能遭遇天价索赔。

从这个角度来说，中国企业履行反职场性骚扰的雇主责任才刚刚起步。虽然这回工商银行的教材里有一些容易被吐槽、被质疑矫枉过正的地方，但是，企业要求员工绷紧这根弦，仍是一种进步。

发语音为何成为职场大忌?

白晶晶

曾几何时,打工人职场恐惧 NO.1,就是微信语音。

打开手机,没有什么比收到领导一段 60 秒的语音,更让成年人崩溃的。如果有,那就是好几段语音连环轰炸。你一边听一边怀疑人生:为什么语音不能暂停、不能快进,也不能直接划重点?

在一项关于"你喜欢听语音还是发文字?"的调查中,超过 70% 的网友选择了"打字,一听语音就哆嗦"。还有条不成文的职场规则:事关工作的语音,只能上级发给下级,反过来就成了职场大忌。领导们发语音,是百忙之中指导工作;下属发语音,则有工作态度不端正之嫌。一些职场"小白",不知道这里面的道道,用语音向顶头上司汇报工作,直接被当成反面教材,在公司会议上被通报批评,一不小心还上了新闻。

正所谓"看君一行字,胜听十条语音",有人做过实验,读 100 个字大概需要 9 秒钟，听 100 个字却要 22 秒。在讲求效率至上的职场，难怪有人搬出鲁迅先生的名言，"浪费时间就是谋财害命"，将职场发语音视作浪费他人生命流量的"抢钱"行为。

除了职场，另一个考验听力的地方就是家庭群。爸妈"爱的语音"，在不少年轻人听来，成了《大话西游》里唐僧神曲"Only You"式的魔音入耳。

早在 2016 年，媒体就聚焦过 60 秒微信语音轰炸现象。根据当年的微信年度报告，55 岁以上微信用户发送的消息中，五分之一是语音消息；21 岁以下用户发出的消息中，语音占比仅为十分之一。

也难怪，不少人将语音消息视为老年人的专利，纷纷表示"我妈就是这样子，每个语音满满的 1 分钟，甚至 1 分钟不够说，说不完就中断"，"我妈每条都是语音，都是潮汕话，还不能转文字。"

必须承认，与文字相比，语音沟通的效率不高。有些时候，发个表情包，都比啰嗦几十秒来得有效，更能让对方明晰自己的态度。

看过一位网友吐槽，人类好不容易发明文字，进入了文明时代，你们这些人居然倒退回去用语音？这话显然经不起推敲，身为智慧生物的我们，沟通的终极目的包含了高效，但高效并不是唯一目的。人不是机器，有时候，"爱的唠叨"

也会显出奇效。

我经常在给别人发完语音后,重新点开听一遍。爱人发来的情话,父母发来的叮咛,或是家里小朋友发的稚嫩童音,我都会一键收藏。因为这些已经成为声音的记忆,刻上了爱的痕迹。

微信拉近了人与人的距离,却也模糊了职场和生活的界限,人际交往被切割成细小维度。微信语音也是如此,声音本身并没有原罪。是否用对了地方,才是判别它是"爱的唠叨"还是"打扰对方的自私行为"之关键。

一句话,让职场的归职场,让生活的归生活。

要分清场景和对象。不论是对客户、上司,还是对同事、下属,都要"口下留情"。条件允许用文字的时候,就少发点语音。多一分体谅他人的共情,多一分尊重他人的自觉。

珍惜父母、爱人、孩子等关系亲密者发来的语音,不要只用"好的、收到"来搪塞,让他们也听听你的声音。在他们耳中,这就是爱的天籁。这种"闻声如面"的沟通时光,也是一种爱的传递与温暖陪伴。

张一鸣说的"平常心",戳中你了吗?

张 丰

平常心,就是"吃饭的时候好好吃饭,睡觉的时候好好睡觉"。张一鸣的这句大白话名词解释,戳中你的心了吗?

他提出这个概念的语境,是最新的公司内部讲话。他希望员工不要唯短期的业务、考核、数据,而产生焦虑和患得患失,要认识到每个人都是平常人,抛掉标签和自我设限,关注当下,正视竞争,对用户保持敏感的同理心,对未来拥有开阔的想象力。

张一鸣是以一个企业管理者的身份,说出这番话的。但这些讲话内容,明显不只是适用于他的预期受众,很大程度上,它具有"普世性"。

他举的一个公司内部"双月会材料"的例子,很有意思:"过去我们主要依靠推荐技术赋予的信息分发能力、跨端联动抖头西、分多个产品自研,实现深度共建,形成组合拳,打造内容生态闭环,以此赋能客户用户创造价值。未来我们要增加横向不同场景价值，延长服务链路……"

是不是很有画面感？我仿佛看到了一名办公室文员"写材料"的艰辛背影。

这段话值得每个人好好看看。它充满了高大上的"概念"，没有一句话是"平常"的汉字排列组合；每一个句子都有修饰词，把所有的"人话"，都翻译成了充满焦虑感的"行话"——让读者因为看不懂而焦虑。它就像是一段充满密码的语言，不在一定语境中，你可能完全搞不懂汇报人是在说什么。

这让我想起昨天中午在楼下吃面，两个女孩走过来，看了一眼我碗里的牛肉刀削面，叹息一声："又要吃碳水啊！"这就是减肥的"行话"。我注意到，她们都偏胖，可能有身材焦虑。但说是这么说，并不影响她们继续吃面。

这就是张一鸣说的"动作扭曲，容易搞复杂"。在所有的扭曲中，语言的扭曲可能是最严重、可怕的，因为它不仅把事情搞复杂，还反映了人的思维变形。当人"不好好说话"，奇怪的表达，往往就是在掩饰内心和思考的贫乏。

所谓"平常心"，就是按照事物本来的面目来看待它、认识它、表达它。用网友的话说，就是"说人话"。以前我在报社上班，一位领导告诉记者："怎么写好一篇报道，其实很简单，你就想着回家怎么向家人讲这个事情。"

道理简单，做到不易。"要有一颗平常心"这样的鸡汤，每次考试前，父母都会这样给孩子讲。但不是你讲了，孩子就能做到，甚至可能相反。就像有一个小品里演的，一直提醒自己自我介绍时不要紧张，结果一张口就是"大家好，我叫不紧张……"

张一鸣的话引起共鸣，说明"复杂化""焦虑"已经不是一个公司的事，而是一种社会性"疾病"。我们从小就被教育要在竞争中获胜，哪怕你门门功课都 90＋了，父母也会说："提高一分，干掉千人"，你必须在 PK 中比别人做得更好。

过去几十年，中国经济和社会都在突飞猛进，一种"绩效"的观念深入人心。公司内要考核 KPI，很多人还把它引申到生活中。今年去了多少个地方旅游，比去年增加了几个？这个月跑步多少公里，比上个月多了还是少了？这是一种自我"内卷"现象，它引起的是普遍的焦虑和抑郁症的增加。

抑郁症的一大根源，是"对自己不满"。人们会劝一些抑郁症朋友："你已经那么优秀了，为何不能开心一点？"其实，他们只是不肯放过自己，在和那个"过去的自我"竞争，每天都想"进步一点点"，最终在无穷尽的内心交战中压垮了自己。

以减肥来说，只要明白"吃得多会胖"就行，没必要去背诵每种食物的热量。人最终需要的是有节制的生活，而不是看到一桌菜，马上指出哪些是碳水；哪些是动物蛋白——要知道，焦虑本身就会让人多吃东西，在不知不觉间摄入过多。

　　当然,为了获得"平常心",花几千块钱报一个禅修班,在连续"996"一周后,还要早起去上课"修行",也不会有太大收获,只会让你"更不平常"。累了的时候,瘫倒在床上,好好睡一觉,就是最好的选择。"该吃饭吃饭,该睡觉睡觉",这几乎是动物的本能,不需要花钱去刻意练习。

更快更高更强的中国老板们

李勤余

雷军又在朋友圈里刷屏了。不过这一次不是因为"Are you OK",也不是因为小米手机要出新款了,而是因为自身超强的运动能力。

在庆祝小米11周年的跑步活动上,一名白衣小伙子本来一马当先,却在冲刺阶段"不慎"摔倒,让董事长雷军顺利撞线,留下一脸灿烂的笑容。

我仔细回看了一下这个视频,认为这位白衣小伙子必须好好感谢一下跑道旁边的小姐姐。是她及时出手拉了小伙子一把,把后者从"鬼门关"前拉了回来。这一幕,不由让我想起当年在篮球场上乔丹、科比、詹姆斯同时附体,大杀四方,如入无人之境的许家印。

对于这些领导,还是热评第一名说得精彩:"雷总人还是很好说话的,前两年跟雷总打篮球我盖了他一个帽,现在我在华为不也干得好好的吗?"

调侃归调侃，大家的无奈也是掩饰不住的。我翻了翻评论区，许多网友都在诉说自己和领导交往的"血泪史"：有打球假装不会发球的，有喝酒假装酒量不行的，有唱歌假装跑调的……反正，看上去大家在日常工作中都挺"懂事"。

有朋友告诉我，她所在的公司有个"明规则"：每个月拿到工资后，必须在群里发消息感谢老板。于是，每个月底群里都要来一次队形整齐的"行为艺术"。据说，有新来的年轻人懒得搞这一套，结果下个月就另谋高就了。

有问题，有毛病，就得有人指出来，去勇敢面对，这样一家企业、一个单位才能保持健康的发展。要是大家真的都太"懂事"，没有人愿意"跑到前头"，那么纵然有上上下下一片祥和之声，又有多少意义呢？

前几天，张一鸣的演讲触动了无数人，他专门强调，要用"平常心"对待自己。最基础的是，认识到每一个人包括自己，都是一个平常人。他还说，能取得很好成就的人，往往能保持很平常的心态。

一个组织的健康成长和茁壮发展，也离不开"平常心"的加持。不管是领导还是员工，如果都能不被私心杂念困扰，做到坦诚相待、开诚布公，就会产生绝妙的化学反应。

说起来容易，真要做到也不容易。比方说，领导碍于身份，不敢说自己不懂的问题，生怕被别人笑话；又比如，年轻人明明觉得有话要说，但又说不出口。这时候，能不能营造健康、积极、宽容的企业文化，就显得格外关键了。

雷军自己也在微博上转发了跑步活动的图片，还留言："凡是跑步超过我的，已经全部……"敢于自我调侃，是好现象，更说明他看得明白、清楚。只要能保持一颗"平常心"，中国老板们就能更快更高更强，而且不只是在运动场上。

互联网工牌，时代的铝饭盒

白晶晶

电影《一秒钟》里，范伟演活了一名电影放映员。吃饭时，人未落座，印着"电影放映员001"大红字的搪瓷缸先"坐定"。在娱乐相对匮乏的年代，这个身份带给他的，是食堂师傅多给的一勺油泼辣子，是人们超乎寻常的礼遇和尊重。

上个世纪，先进生产者的跨栏背心，劳动竞赛奖的脸盆搪瓷缸，一度是职场身份的象征。同样的配方，熟悉的味道，现在的年轻人和范师傅一样，也流行晒"身份"。

互联网盛传，北京"人上人"的三大证，不是车证、结婚证和房产证，而是人大附中的校服、北大的饭卡和字节的工牌。朋友圈里，晒包太低级，高级炫是晒互联网大厂的工牌。印有公司LOGO的袋子，透着一股低调的奢华。

段子手出没，把大厂工牌搞成了一场互联网凡尔赛——有人编排，丈母娘本来要30万元彩礼，看到我的字节工牌，直接倒贴30万元；有人调侃，把互联网大厂工牌插进ATM

机，一顿操作直接取钱；还有人写起了小作文，带着字节工牌去同学聚会，桌上法拉利、兰博基尼等豪车钥匙也会失去光彩。

有人说，现在的年轻人，痴迷互联网大厂像极了60后痴迷国企。晒工牌的年轻人，和当年端着铝饭盒，拼命挤进大食堂的工人一样，寻求的都是一份人才金字塔尖的优越感。

十几年前，年轻人最想进入体制内，进入大国企，考公端上铁饭碗，才是职场的康庄大道。现如今，"996""35岁危机"都拦不住年轻人向往"大厂"的心，因为在他们眼中，互联网公司是代表未来的产业。在那里，薪酬高福利好，拥有更多成长机会，也让互联网成为最大的人才净流入行业。

然而，2021年，我国高校毕业生将突破900万人，创历史新高。华为、阿里巴巴、腾讯、百度等科技互联网企业最受"一流大学"毕业生青睐。这也意味着，能进入头部公司就职的，注定只有少数头部学生。

有个朋友，身在某著名互联网头部企业。他告诉我，现在招人门槛越来越高，公司也开始迷信名校，不像当年重能力、轻学历，中专生也能进"大厂"。有的团队还有招人潜规则，默认给清北学生开绿灯，招收这两所高校的学生，不占用人名额，为的就是面子上好看。

互联网公司招聘也开始搞学历内卷，难怪大厂工牌成为新时代人才的"身份牌"。不过，人才削尖脑袋挤进"大厂"，凡尔赛式晒工牌，也等于将人生早早放进了设定好的程序，在算法的运作下，失去了尝试其他方向的可能。

有人将互联网公司比作巨型机器，人才进入其中成为螺丝钉，工牌就是螺丝钉上的编码。越来越多的年轻人只想成为优秀的螺丝钉，缺乏独自打造一台机器的动力，是否也可以看做是人才资源的浪费？

每个时代，都有属于自己的铝饭盒，它代表着安稳、从众、随潮流而动。这个时代，是互联网大厂工牌，下个时代，又将是什么？20世纪的铝饭盒，已没有用武之地。我更想知道，如果更多年轻人愿意摆脱格子间的冷气，不满足于螺丝钉的命运，未来的世界将会怎样？

离开大厂进工厂，会成常态吗？

江 城

很多人可能都有这种感觉：提起工厂，想到的是流水线、螺丝钉；提起大厂，想到的则是互联网、高薪、高学历人才。

记得刚工作那会儿，一位朋友考进了一个"给户口"的大企业。但是这个企业要求应届生第一年要进工厂车间实习，被安排的工作就是组装收音机。那段岁月并不好过，他挂在嘴边的话是"拿到户口我就走"。

那个车间就是很符合传统印象的工厂车间，工作就是在流水线上敲敲打打。我那位朋友也是985高校硕士毕业，这个工作环境对他来说完全是陌生的，也是意料之外的，所以这段经历对他来说即便不是"煎熬"，但也绝对是场锻炼。

其实，我那位同学当年最难受的事，并不是工作环境一般，而是专业知识在那个环境里完全没有价值。他学的是文科专业，完全无用武之地，每天都是和工长和工友计较谁上班的时间长一点、哪天的夜班费忘了算，感到的是一种"价值真空"。这种对自信的磨灭，恐怕比单纯的苦与累更难熬。

不过，今天看到一个消息，却和我这位同学的经历大不同：研究生、博士生开始青睐工厂，一些程序员主动离开大厂走进工厂。消息的来源是，2021年12月3日，有知名新能源企业在宜宾开展招聘，吸引了大批求职者，现场人山人海，热闹程度堪比春运，而不少岗位就是在工厂里。

是的，新兴产业的崛起，高新科技制造业的发展，工厂也正在吸引越来越多高学历人才加入。

报道中还采访了几位在工厂上班的海归，他们也很满意自己的工作。他们穿着工厂的蓝色工作服，但工作内容似乎和白领没什么区别，主要是技术工作，看看仪表盘、记录专业数据等。他们手上拿着的是纸、笔和平板电脑，而不是锤子、螺丝刀。

这已经不是我同学当年的那个工厂了，这完全是个技术化的高精尖工厂，它足以匹配高学历人才理想中的工作环境，何况待遇还颇为可观。所以，"离开大厂进工厂"，一点也不奇怪，只要工作环境、内容、待遇，能够和专业背景相匹配，那么进工厂、进大厂都是正常的。

重新走进工厂，绝不是一种劳动力"返祖"，而是随着产业升级，实体经济往高精尖发展，制造业的吸引力不断提升必然会出现的现象。

此外，人口红利逐渐减弱，未来的趋势大概率也应该是工厂跟随人才的需求,而不是反过来。既然人口素质整体已经高学历化,这也在倒逼工厂升级,不断高层次化。如果还停留在低权益保护、低技术含量的传统面貌,未来只怕很难招人、也很难发展了。

当然,客观来看,"离开大厂进工厂"这种现象,恐怕还谈不上普遍,毕竟新闻报道里的企业是行业内翘楚,各方面条件都十分过硬。像我那位朋友,最后还是离开了那家企业,去了一家金融公司。

只是希望这则新闻能够给广大实体经济创业者一些启示:要是想把人才从大厂里挖出来,其实也没什么不可能的。

人同此心,心同此理,打工人的诉求其实都是类似的,不过是更人性化的工作环境,更技术化的工作内容,更具前景的职业未来。只要提供了这些,"天下英雄入吾彀中"不是什么难事。

对不起，我不想再说对不起了

土土绒

无意中看到一个热搜话题——"职场上不要随意道歉"，不由得大吃一惊：现在混职场的规矩都这么大了吗？道个歉都得三思而后行？

作为一个心大且迟钝的职场人，我对"职场生存法则"这种话题本来是毫无发言权的，不知不觉中踩踏过多少职场红线，也毫不自知。不过，好巧不巧，这么多年来，还真有一段关于"道歉"的职场经历让我念念不忘。

那还是在读大学的时候，我在某报社实习，有一次报道了一个公益捐赠的新闻。事是好事，热心市民也很让人感动，怎么看都是皆大欢喜的结果。万万没想到的是，报道出来后，有一个参与捐赠的公益组织就找到报社，说新闻中的捐赠数字跟他们统计的不一样。是我写的新闻稿，自然由我接待投诉。我第一反应就是赶紧道歉，并保证会重新核实数字，给他们一个交代。

作为一个实习生,我当然转头就把事情原原本本地告诉了带我的记者老师。然而,一向温和的老师却反问我:谁让你道歉的?我当时就懵了。道歉还需要理由吗?很多年以后,我才模模糊糊地悟出点道理:道歉,就表明是自己的错,某种意义上,就是承担责任的前奏。而在责任还没有厘清前,不能随便道歉。

在过去,我们接受的教育大多是,要做一个谦虚谨慎的人,要多反省自己的问题。

《论语》里曾子有句名言:"吾日三省吾身,为人谋而不忠乎?与朋友交而不信乎?传不习乎?"对此,朱熹说:"曾子以此三者日省其身,有则改之,无则加勉,其自治诚切如此,可谓得为学之本矣。"

总之,多反省自己的错误是没错的,那么,出了问题先道歉当然也是没错的。

而且,在熟人社会,道歉也并不意味着一定犯了错。很多时候,它首先表达的是一种放低姿态的态度。因为,在人情更重要的社会里,有时是非对错反而不那么重要。我跟你亲近,便不在乎谁对谁错,最重要的是我们的关系不要受影响。

然而,现代社会是一个陌生人社会,特别是在商业文明的影响下,权责分配变得前所未有的重要,成为一切社会行为的基础。一个人可以做什么,不可以做什么,都由规则决定,而不由感情决定。于是,"勇于担责"这个说法也变得微妙起来。

我跟你关系再好,也不能随便背锅,该谁的责任谁负责。既然不想背锅,那么就不能随便道歉。这个道理,我花了十几年才明白,现在的年轻人却似乎自然而然就觉悟了。果然,人与人的差距太大了。

除此以外,"不随意道歉"还暗示着一个职场人的自信心态。我对自己的工作有信心,并不认为需要低头去讨好任何人——这种心态,恐怕也是这些年才渐渐在年轻人中产生的。

一个人的行为习惯,与他所受的教育和生活经历密切相关,也与社会环境密切相关。"不要随意道歉",看上去有点斤斤计较,其实也没什么不好。人与人之间界限分明,很多事情就简单多了。

这不是躺平,而是新一代职场人选择的生存技巧。

爱你所爱，无问西东

阳　柳

17岁"汽修女孩"古慧晶吹来的"飒美"风还没停，又有两位年轻人引发热议："快递小哥"宋学文、95后"砌墙工"邹彬。

做了近10年快递员的宋学文，作为全国优秀共产党员、全国劳动模范，参加了庆祝中国共产党成立100周年大会。他表示要"心中有信仰，脚下有力量"地工作，在最平凡的岗位上把自己的价值发挥到极致。

邹彬也是"老名人"了：16岁初中肄业后，跟随父亲成为一名砌匠，19岁夺得第43届世界技能大赛优胜奖，首开中国在砌筑项目上拿奖的先河，23岁成为湖南省最年轻的全国人大代表；他获得过全国劳动模范、全国技术能手、全国优秀农民工等称号。最近，他出现在了央视专题片《敢教日月换新天》中。

他们的共性很明显：都很年轻；所读的专业、从事的职业，属于劳动技能型，岗位平凡，缺少"光鲜"的标签；但，都取得了耀眼的成绩。

不过，更打动我的，是他们成熟踏实的心态。

在上职校前，古慧晶面临着读普高还是职高，读"适合女生"的专业还是读汽修的选择；在成为砌匠和快递小哥时，邹彬和宋学文对未来或许也会忐忑。但他们勇敢选择了所爱的行业，踏实地为自己的选择努力着，直到在平淡的坚守中迎来希望、实现价值。有句鸡汤说"不是因为有希望才坚持，而是因为坚持才有了希望"，他们因此做到了很多人做不到的事情。

在"出名"后，有人问邹彬，"你现在红了，还愿意当农民工吗？"他回答："我一直都是农民工，原来我只是一个没人知晓的农民工，干活是为了让家人生活过得更好一点，因为获得了一些荣誉，在圈内小有'名气'，但我希望把我的经历告诉更多人，只要肯努力，成功并不难。"——多么清醒的一番话。

逆境不自轻、顺境不自负，让他们对自己的专业、职业有了一种理性的热爱，对人生有了一种更通透的理解。"职校生都是在混日子、女孩不能学汽修，这些都是刻板印象。""我的人生我做主，其他的就让别人说去吧。""学历不见得是成功的唯一标准，懒惰肯定是幸福的硬伤"……这些朴素的话，分量并不亚于一些名人金句。

我们赞扬宋学文、古慧晶、邹彬们,不是要每个人都去读职校,做技术工人,做快递员,而是要扭转长期以来的刻板印象,破除偏见,让有志于此的人能轻松地选择心头所爱,并为他们的学习和职业发展培育更好的社会环境。

从还在上学的古慧晶,到工作多年的邹彬、宋学文,我看到了一种改变:越来越多的年轻人,主动打破传统观念的束缚,选择成为技术工人,并通过接受职业教育,早早为今后的职业道路积蓄力量。技术工人不再是少数人退而求其次的选择,而是值得奋斗、可以大放异彩的舞台。

正如邹彬所说,"感谢这个崇尚工匠精神的时代,这确实是行行能出彩的时代"。

这些年,从党和国家提出完善职业教育和培训体系,培养高素质劳动者和技术技能人才;到以法律更新促进观念革新,明确提出"职业教育与普通教育具有同等重要地位";再到各种级别的职业技能大赛层出不穷,我国选手屡屡出征世界技能大赛并斩获佳绩……年轻人以眼光和胆识拥抱时代,时代以持续的利好回应,让更多一线劳动者出彩。

爱你所爱,无问西东。只要立足本职、默默奉献,在平凡的岗位上也会干出不平凡的成绩。

给领导提意见的正确姿势

宁 皖

一名实习生发消息给高管提意见的事引起热议。热议的原因当然不仅仅是实习生给领导提建议,而是该实习生提完建议后还对领导用上了"务必回复"一词。初入社会的年轻人,有着鲜明的棱角和锋芒,这是活力和朝气的体现。实习生给领导提建议,年轻人,很有勇气。

曾几何时,人们对于上下级之间关系的理解是刻板的"绝对服从",这位初入职场的年轻人,还是个实习生,就敢于给高管提建议,看来当代年轻人确实无所畏惧,这正是大家对这条消息感兴趣的原因。

下级勇于提出建议,上级善于采纳建议。这是多好的一件事,甚至可以变成一段美谈。只是,这位初入职场的实习生在给领导提完建议后还意犹未尽,用上了"务必回复"一词。这下可好,这四个字成了表情包,还成了大家调侃的对象。

人人都有表达想法的自由，当然也有表达不同想法的自由。年轻人畅所欲言是没错，但拿出命令式的语气对领导说话到底对不对？对这点，大家的意见就不一致了。

这一次，领导正好有空，也就顺手回了一下。但如果高管没有给予这名实习生回复或者否定了他的意见呢？是不是就错了？

建议是为了建言献策，员工提出建议，初衷是为了企业能够更好地发展，但是建议是否被采纳，还要取决于企业的实际情况。

一名高管和一名初入职场的实习生，他们的差距并不仅仅在表面的职别，更在于他们从事工作的时间。作为一名高管，在一般情况下，他的工作经验和生活阅历要超过一名初出茅庐的实习生。因此，具体该怎么做才有利于企业，老员工不会比新员工知道得少。说这些，不是新员工的意见不重要的意思，而是老员工未必看不出有些事情的问题到底在哪里。

归结起来就一句话，不管新员工还是老员工，不管实习生还是高管，大家都有表达意见的权利，但不管是什么样的交流和沟通，总还得建立在互相尊重的基础上。

年轻人大胆表达自我，这是新新一代带来的全新气象，无疑给职场文化注入了新鲜空气。但咱们也别光看到年轻人的勇气，光顾着给他们鼓掌，这反而可能"害"了他们。

初生牛犊虽然不怕虎，但入了职场和社会，也要学会表达的艺术，至少要学会怎么去尊重别人。拿出"务必回复"一词来增强语气，不管是领导还是员工，都没必要。有话好好说，这才是提意见的正确姿势。

论语有云，三人行，必有我师焉，择其善者而从之，其不善者而改之。老师必然不会永远正确，但作为学生也要学会尊重老师。任何一家企业要发展，还是得首先保证交流渠道的畅通。各方相互尊重，才能聊得起来嘛。

有人说，那个勇敢的年轻人"还没有被社会捶打"，以后自然会被"教做人"。我倒觉得，没必要用这种看笑话的心态去看待他。应该从此事中看出，新一代的新气象确实不一样了，年轻人的勇气和锐气永远值得珍惜。但越是这样，越要好好爱护他们，让他们少走一些弯路。两代人在职场上相互扶持，才能走得更稳。

隔离不忘锻炼,全红婵有没有震到你?

张 丰

参加完东京奥运会的中国运动员已经回国,却挡不住他们继续上热搜。一段视频显示,在酒店隔离的全红婵,正在上铺做着拉伸运动。

另一位奥运冠军、乒乓球运动员孙颖莎,也有健身视频流出。她在酒店举桶装水锻炼臂力,把脚搭在一只箱子上练习腿部肌肉,还用绳子拉门把手来运动。

这些视频给我的震撼,不亚于奥运赛场上中国运动员的夺金瞬间。

奥运赛场上她们是英雄,我们练习一辈子也可能达不到她们的高度,而在隔离期间健身的她们,却是和我们一样的平凡人。她们吃的是隔离餐,"运动器械"也是随地取材,这反而更让我感到惭愧:我们除了在屏幕上看运动会,现实中坚持运动为什么如此艰难?

通常来说,奥运会后运动员会有一个放松的小假期,但是即便在隔离的时候,她们仍然在运动。这不是为了比赛而进行的训练,而是她们已经养成了运动的习惯,过的是一种"自律生活"。

奥运会上苏炳添给国人带来一针强心剂,"我们黄种人一样可以"。相比于百米冲刺带来的震撼,平常的苏炳添,其实更值得我们好好研究。他已经32岁,按照中国田径界的老观念,"这个年纪"的运动员通常已经退居二线,但是苏炳添却打破了这种印象。

他的外教兰迪·亨廷顿给了他很大帮助,但最重要的还是他的自律。他多年来从不碰烟酒,不吃猪肉,每天坚持在晚上10点上床睡觉。很明显,能参加奥运会的运动员都具备常人没有的天赋,普通人对这种天赋只能仰望。但是,成功的运动员往往又都极其自律,而这一点即便是普通人也能学习。

很多朋友都抱怨平常没有时间和条件锻炼。但是,如果你像全红婵和孙颖莎那样,哪怕只是在办公室,也能做到"每天锻炼40分钟",而且还完全不会影响工作。即便是没时间去健身房,在自己家客厅,也可以做不少运动,比如俯卧撑,只需要一两个平方米的空地,就能施展开。

我自己也有这方面的体会。我从2019年4月开始跑步,在那之前,每天下班回家就是躺卧在沙发上。

跑步时遇到的一个难题是,几乎每次跑步之前,都会有一点畏难情绪：外面是不是很热？会不会中暑？如果是阴天，过一会儿会不会下暴雨？到目前为止我已经跑了300次，2 300公里。有一点经验是：每一次跑完步，都会有一种畅快和赚了的感觉。事实上，你不需要任何借口，只要按照自己定的计划，跑出门就行。

所谓自律，其实并不在于内容，而在形式本身。当你抱着"不管如何我都必须做到"的想法，你所追求的就是形式了。不断重复，越来越乏味，会开始怀疑自己，但是最终又会收获只有你自己才能体会到的快乐。这就是自律，它完全不需要他者的监督。

据说举重冠军石智勇为了保持体重，有一阵子每天只吃几颗花生米，每一颗都分成两半来吃。我完全能够体会到这种妙处，我刚减肥那阵子，奉行"三个月不吃晚餐"，有时候晚上会和朋友一起聚会，和他们聊天，看他们吃喝——其实我知道，即便吃一点也不会影响"减肥大业"，但是我还是要坚持只对自己才有意义的原则。

或许，没有经历过这个阶段，真正的自律就无法达成。

每年年初，都有很多朋友立下Flag，减肥，或者学习外语，看着都挺让人感动，但是到了年底，很少有人总结一下，自己定的目标是否能够完成。有调查显示，在立志减肥的人中，只有7%的人能够成功（而且不反弹）。人们最缺的不是"决心"和"方法"，而是真正自律的生活。

对生活在大都市中的人来说，自律非常重要。并不是每个人都需要减肥或者健身，但是每个人都应该有点自律，那是对自己的要求，你不为任何人也不为任何外在的考核，而只是对自己进行着某种隐秘的约束。

在这个过程中，你会经常"看到自我"，光是这一点，就受惠无穷了。

愿每一位"苏筱"都能抵达自己的理想之城

李勤余

《理想之城》很好看,家人每天吃完饭就准时守在东方卫视,看完之后还要为女主今后的前途热烈讨论一番。这样的情景很久没出现过了。

建筑行业也好,造价师这个职业也罢,我都不太了解,给不出非常专业的评价。但女主苏筱的职场经历,却引起了很多人的共鸣,这可能才是吸引大家一集一集看下去的主要原因。

比方说,工程突然发生事故,没有资历和背景的苏筱就成了"背锅侠"。推卸责任的领导还各种假惺惺,虚伪地表示自己帮她求了情。又比如,后来苏筱又遇上"老狐狸"上司。他年纪大了,只想安稳混到退休,不希望下属能力太强、风头太劲,影响到自己的位置,于是在明里暗里排挤、压榨年轻人苏筱。

即视感实在太强。在职场摸爬滚打多年,谁没有碰到过类似情况呢?难怪很多剧迷一边看电视剧,一边感到"拳头硬了"。尤其是苏筱那不通人情世故、看不惯的事情就一定要怼到底的做派,不就是当年的自己吗?刚从校园走向社会的时候,年轻气盛,年少轻狂,总觉得众人皆醉我独醒,很有激扬文字、指点江山的冲动。现在回想起那时做过的傻事,嘴角也会微微上翘。

大家都是这么一步步走过来的。也许,现在的你已经"成熟"多了,在职场里学会了见什么人说什么话,学会了以退为进、适时妥协。总之,你再也不会像苏筱一样"犯傻"了。不过,这真的是好事吗?

男主夏明一开始这么评价苏筱:"她太干净了,还得在尘土里滚身泥才行。"这话当然有道理,但要是完全陷在那层"泥"里,人也就变味了。

不知道从什么时候,一些老同学、老朋友的变化已经大到让我认不出来。有人在微信群里和你日常聊天也会官话连篇,官腔十足;有人刻意和你保持距离,生怕你有什么事要求他帮忙;也有人忙着和你套近乎,一口一个"兄弟",目的就是花式推销。

回想起当年寝室里、教室里肆无忌惮的欢声笑语,不由产生世事沧桑之感。人都是会变的,但人生的历练,不是为了让一个淳朴的年轻人转变为"老狐狸""老油条"。我们应该从职场里学到智慧，但不应该以丢弃初心为代价。油腻味十足的"成熟"，不要也罢。

苏筱说，"造价表的干净，就是工程的干净"。对于她的理想主义，也有一部分网友不以为然。他们说，这是一句不切实际的漂亮话，现实生活中哪有这么容易。很多人更相信夏明说的话——"每一张造价表，都是一张关系表"。

不必争论谁对谁错，因为生活从来不是非黑即白的。两个角色说的都有道理，但或许更值得问问自己的是，我们还记不记得入行时的理想？还记不记得选择职业时的初衷？还记不记得自己的人生目标？

我更愿意相信，我们可以和夏明一样，在职场上变得更聪明、更老练，但这不是为了达到纯粹的私利，更不是为了踩在对手的头上，而是为了更好地完成工作，实现理想。

生活当然不是电视剧。苏筱能一步步战胜挫折、走向成功，但我们不知道这一天什么时候才会来。或许你也正怀才不遇，或许你也正处于低谷，或许你很难有苏筱一样的好运气，但我们依然可以有坚守、有相信。

再说，如果苏筱是个会被轻易打倒的人，没有不服输的那股劲，也就不会有后来的逆袭了，对不对？这份难能可贵的坚持，不正是我们工作、生活的意义所在？

苏筱要感谢自己的主角光环，更要感谢每每在危难时刻愿意向她伸出援手的贵人。有时候，一杯热茶、一句鼓励、一次帮助，就可能改变一个年轻人的命运轨迹。我们没有生活在文艺作品里，未必能实现走向人生巅峰的梦想，但至少可以在职场里做个宽厚、温柔的好人。

苏筱受尽委屈回到家，发现父亲特地来到上海，摆了一桌子她爱吃的菜。瞬间，她破防了，泪水决堤。屏幕前的我们是不是也感到眼眶有点热？也许，就是为了这份爱，我们也该再努力一下。

这听上去有点天真，有点"鸡汤"，但我依然想要送出最真心的祝福——愿每一位"苏筱"都能抵达自己的理想之城。

是什么在驱使着你去上班?

白晶晶

钱锺书先生说,婚姻就像一座围城,城外的人想进去,城里的人却想出来。

当代年轻人说,婚可以不结,工不能不返;工作虐我千百遍,我却待它如初恋……对于很多打工人来说,嘴上总是吐槽,但是身体却很诚实地上班下班。

2021年8月23日,发生在地铁里的一个小故事,猝不及防上了热搜,让无数人读出画外音、解出题中意,看尽成人世界的心酸。

故事是这样的:早高峰期间,一男子疑似因癫痫发作倒在车厢内,摔破眼角,满脸是血,男子醒来后第一句话就说:"我要上班。"经驻站民警及轨交人员及时救助,男子恢复意识后表示可以自行前往医院处理伤口。

人摔成这样,下意识的举动不是请假休息、入院就诊,而是操心"我要上班"……这可能就是"理想很丰满,职场很骨感"。不少网友认为,"我要上班男"并非真正的猛士,他有的只是真实的无奈。是的,对于一些打工人来说,一天不上班,不仅全勤奖无望,年终考核都可能受牵连。

在转发这则新闻的时候,不少网友都加了一句"领导,你看到了吗"。但也有人担心,新闻万一被领导看到,打工人可能反而保不住这份工。这种担忧并不是无的放矢,现实中,为了规避风险,遇到生病、怀孕的员工,一些老板也只想甩包袱、卸负担。

"世人慌慌张张,不过图碎银几两。偏偏这碎银几两,能解世间万种惆怅。"成年,才知万事难。这则新闻,不该只当作一个段子看。避免"上班囧途"再度上演,除了为打工人纾困解难,进一步保障劳动者权益外,也不妨探寻何为工作的真意。

如果物质实现极大充裕,如果没有"996"的野蛮考核,如果职场环境相对宽松,人们是否还会义无反顾,发出"我要上班"的灵魂呐喊?

日本管理学家稻盛和夫,曾将工作定位为"治疗所有疾病的万能药,是一剂可以克服所有磨炼,让人生好转的灵丹妙药"。这样的提法,在当代年轻人看来,无异于站着说话不腰疼。其实,出问题的可能不是工作,而是工作的异化。真正的工作,不仅为了解决生存压力,更应该给人们带来意义感、满足感和自豪感。

六年前，女教师顾少强因"不想上班"走红。她写下"世界那么大，我想去看看"的辞职信，告别按部就班的教师岗位。六年后，她并未"浪迹江湖"，反而留在成都，结婚生子、开民宿，"不知道铺了多少张床，刷了多少个马桶"……在很多人眼中，她背叛了理想，落入"打工人打工魂"的窠臼，可顾少强丝毫不后悔当时的选择，因为她已经看到想看的"世界"。

稻盛和夫还有一句话，叫作"如果只想获取生活食粮，我们将会错失工作的重要意义"。的确，即使把职场比作围城，它也不只有眼前的苟且，它更该是一片自我实现的田野。

同为打工人，如果每天起床第一句和脑海里浮现的都是"不想上班"这句泄气话，尽是枯燥乏味的抵触情绪……这时候是该想想了，要么是工作，要么是你，一定有一个出了问题。

中年辞职创业，人生需要一点开盲盒精神

曾 颖

老友马兄最近做了一个重大决定——放弃了即将上市的一家公司的区域负责人的职位，去创业了。

饯行时，大家随意给他算了笔账：年薪加期权，再加七七八八各种看得见和看不见的福利和收益，他所放弃的，是我们在座几位这辈子不可能企及的财富。大家都啧啧叹息，八分为他，二分为自己，真诚地遗憾了一把。

马兄说：人生最大的魅力，就在于它的不确定性上。你永远不可能知道下一秒钟会发生什么事情。就像阿甘妈妈说的那样，你永远不可能知道你吃的下一口巧克力是什么馅的。而渴望知道，却是诱惑和促使你向前走的最大动力。

老马用这段话，作为解释离开的理由。朋友们基本不信，满脸问号地各自在心中寻找更隐秘更惊奇更八卦的答案。因为问题与答案之间的差异实在太大，让大家不敢轻易地在两

者之间画上等号。

对于这个答案,我是相信的。不唯因为相信老马不可能编个文艺范的理由忽悠几个老哥们,一座城就这几个人,拿十万元不必打借条那种,装腔作势会被当场嘲笑且一笑几十年,所以没必要。

朋友们暂时没跟上他的节奏,是因为没有相同的经历和认知。而对于我,老马的选择,我完全能够理解,并且明白。

作为一个晃荡了几个城市,干过二十多个工作的散仙,我完全能够理解马兄所说的那段话,并且发自内心地认同。从某种意义上讲,我就是那一种人,总是期待生活中出现奇迹,总希望明天和昨天完全不同,总以开盲盒的心态,面对每一个明天的到来。

每一次睁眼,就仿佛是开启了一个盲盒,这盒子里装着的,不一定是美好或幸运,更不一定是上楼梯般的提升,像公司的 KPI 那样永不知疲倦地往单一方向累积。

对于这类人来说,负面和反向不是最可怕的,一成不变才是。在他们的价值体系里,失去新鲜感和创造性的生活本身,就相当于死亡。无怪乎常听人感叹:"许多人在二十多岁就死了,只是七八十岁才埋葬而已。"

这种人,在人群中并不是少数,只是绝大多数时间,在环境、氛围和习惯中,隐藏并压抑了天性。就像宫崎骏笔下那些为生计所迫不得不变身为人类的果子狸或狐狸,一旦在某个场景和气氛下,就原形毕露,蹦跳飞扬,展示出对不确定性未来的强烈渴望与期盼。

对我的朋友老马来说,创业未尝不是这样一件事情。于他而言,打开意味着打破,打破意味着新生,而这新生与旧生在世俗价值上的差异,其实并不重要。

就像我的一位侄子,对他在银行当了半生职员的妈妈喊:"像你们这样每天准时上班下班生活一辈子,我做不到!"对他来说,他的面前需要放一个巨大的盲盒,里面装的也许不是安逸、优渥、平静、富足,但至少不是一成不变。

这也许就是有"世界那么大,我想去看看"那类辞职新闻出现时,有那么多默默的点赞和心向往之的评论。那些都是困在生活的水中,向往天空的鱼儿们的艳羡和叹息。

正像鲁迅先生在《过客》中所写的那样,总有一种声音,在催促和引诱年轻人们前行,而一到老年,就听不见了。这可能是区别年轻与衰老的一个重要指标,无关褒贬,只是事实。

正是基于这个原因,我对老马的选择,举双手双脚赞成。

天底下哪有容易的工作?

江 城

浙江理工大学的硕士生郝治伟,曾在国际顶尖学术期刊 Nature 上以第一作者的身份发表学术论文,结果毕业后选择回到自己家乡安徽省宿州市当一名公务员。

有网友觉得可惜,觉得好苗子没继续做科研。不过说实话,放到今天人才流动的大背景下,这一点也不奇怪。别说在顶级期刊 Nature 上发表论文的硕士生,即便是成果丰硕的博士,甚至教授、副教授,到头来选择从事其他行业的也不少。

我也相信郝治伟的学术训练,对他在公务员岗位上的工作也是有用处的。科学素养,实证精神,哪个领域不需要?所以,不妨尊重郝治伟的人生选择。还是那句老话,是金子到哪里都会发光嘛。

不过,网上有一种声音很有意思——"庆幸他没有选择千难万险的学术"。

这个说法有点道理。因为现在的学术道路并不好走，就以郝同学为例，他还只是刚刚摸到学术的门槛。就算他天赋异禀，至少还得去考个博士。然后再过个三五年，攒出一些成果，再去找工作，顺利的话，可以像现在一样有个稳定的工作。然后继续做科研、写论文、评职称……

网友说着"可惜"，但真正的学术道路确实并不像有些人想象的那么容易。不然，广大博士研究生为啥都这么担心脱发？

话说回来，公务员也不容易。就说郝治伟考上的这个岗位，报录比超过 60∶1，刷下了多少人。如果还有网友把基层公务员的日常想象成"一杯茶一张报纸，一坐坐一天"，那就大错特错了。

说这些，并不是想比较两个职业哪个更难哪个更累，只是我们没必要用刻板印象去理解刻板印象。说到底，人生没有捷径可走，无论选哪条路，都离不开努力和拼搏。

学术道路虽苦，但也不乏乐在其中的；公务员事务累心，也不乏处理得游刃有余的。外人对个人选择，还是应该保持点距离。

之所以对职业选择应该少些价值判断，是因为总有人爱把某个职业认定为"有价值"或"无价值"。在职业发展千变万化的今天，我们应该慎用这种思维方式。各行各业都有存在的意义，也凝聚着社会价值。武断的认知，只会构成对人才市场的干扰、对个人选择的过多干预。对郝治伟来说呢,"最重要的就是开心",只要自己满意就好。

更不必担心学术这项事业会被冷落。因为我相信这个世界上还是有很多像数学大神韦东奕一样做题也很开心的人才。职业的形态、个人的选择参差不齐,其实是好事。但不管做了什么样的职业选择,更难的永远是持之以恒地把一项工作做好做精。这个道理,当然不光适用于郝治伟。

谁还没有过"年薪百万"的梦想呢?

江 城

你毕业多少年了?年收入多少?

用这样的问题去问一个三十岁的人,他可能不太高兴;但是你去问一个二十岁的人,他大概率是激情澎湃的。

最近,《中国青年报》面向全国各地大学生发起关于就业的调查,回收2 700份调查问卷,结果显示:67.65%的大学生评估自己毕业10年内会年入百万。

看了看这届大学生的志气,真的很惭愧,我离毕业10年大限已经很近了,但收入还得翻几番才能"年薪百万"。在不考虑彩票中奖等飞来横财的情况下,"10年百万"的可能性无限趋近于零。

不出意外,这个调查结果在互联网被群嘲了。其实我们大可不必太当真,毕竟只有2 700份问卷,范围极其有限,也不知道问的是哪些学校。而且我相信,大一和大四的学生目标差距会很大,不至于都这么浮夸。

想想我自己，大一的时候还跟着学长学姐蹭"挑战杯"，以为下一步就是风投、上市。而到大四时，抢到考研复习座都能开心半天。其实，大多数大学生不用等到毕业就会"清醒"：极低的保研率，屡创新高的考研人数，各种考证刷分，大三大四开始的无薪实习，很快就会被"毒打"了。我甚至猜测，可能不少大学生是在"恶搞"这个选项。要知道，经常有人调侃"年薪百万"是不少互联网平台的入门门槛。学生出于游戏心态，大笔一挥就勾了这项。

说真的，我不太相信这是个普遍心态，我见过不少实习生，也面试过求职大学生，谈啥年薪百万呢，有房补就很开心了。但是，大学生有不切实际的梦想，我想也挺好的。不必急着拿"2020年全国居民人均可支配收入3万多元"的话去教育他们。其实想想自己，谁当年没有过几个梦想呢？

"毕业10年年薪百万"不过是"长大要当科学家"的升级版，没必要嘲笑梦想，有梦想的感觉其实也挺值得怀念的。我们当年在大学宿舍，谈着未来的设想，一个个要么感动中国要么改变世界，心里也隐隐约约知道，讲这些大概率是过嘴瘾。但一个连想都不敢想的青春，还有什么意思呢？

在上大学的岁数，年轻人并不知道社会的深浅、潜能的极限、柴米油盐的烦琐与无奈，所以总有很多在未来看起来不切实际的畅想——有时也接近幻想。这都挺正常的。

没必要要求大学生过于早熟，年纪轻轻就一副老气横秋、看淡世事的样子。社会也需要大学生群体的这份冲劲,来和中年人的佛系与无奈对冲。如此,社会氛围才能保持理想主义和实用主义的平衡。要是所有人都那么现实,生活岂不也很无趣?

看看网络平台上的留言,很多人在说等着社会给这些大学生暴击。我觉得这种心态也大可不必。作为比他们年长的前辈,我倒是真心希望他们都能梦想成真。毕竟,年轻人有梦想,而且有机会梦想成真,这一定是社会欣欣向荣的标志。

所以,各自努力吧。年轻人当然会年少轻狂,中年人也会有不敢说出口的小目标,即便老年人都还有寄希望于下一代的愿望。

没有谁的生活,不需要梦想作为消解苦涩的调剂;也没有哪个社会,不需要有梦想的人站出来引领潮流。歌词里不是唱着"有梦想谁都了不起"吗?

不是谁都能做到年薪百万,但都有权利做个有梦想的人。

《我喜欢加班的理由》，这剧很添堵

与 归

喜欢下班，是人之常情；喜欢上班，是人中龙凤；那么喜欢加班的呢？

最近，有一部电视剧还没有开拍，就已经火了。不因为别的，就因为它的名字很挑衅——《我喜欢加班的理由》。内容提要显示，这部24集当代都市电视剧，讲述了职场新人和设计总监携手攻克难关，获得事业成功和甜蜜爱情的故事。

起这样一个名字，就应该预想到会遭遇一些社会情绪的冲击。而如果是故意反大众常识而行之，制造"喜欢加班"的噱头，那简直是哪壶不开提哪壶，捅了马蜂窝，势必也要蛰伤自己。

细看这部剧的内容提要，我的理解，这大概是一部披着职场外衣的偶像剧，可能剧名叫《霸道总裁爱上我》比《我喜欢加班的理由》更合适。也可以看出，该剧最后是完美大结局。女主人公找到了对工作的热情，男主人公找到了工作和生活的平衡，以及他们相互找到了另一半，简直是一箭三雕。但是，现实往往并没有那么浪漫。

近年来，在一些企业单位，尤其是一些互联网公司，诸如"996""大小周"的加班潜规则盛行。甚至，社交媒体还从日本舶来一个流行词：社畜。

我有一个朋友，这两年换了四份工作，其中两个是头部互联网企业、两个是创业公司。本月初，他刚刚从一家"996"的互联网企业，跳入一家新能源汽车的创业公司。他本以为，当了管理人员会轻松一点，但是却忽略了"创业"二字。很快他就发现，自己是从一个火坑跳入了一个火海，下班的时间更晚了。大家在群聊里说晚安时，他还在下班的路上。终于忍无可忍，他选择了在入职仅仅一周后，又提交了辞呈。

这位朋友的经历或许比较突出，但是我们身边有很多苦于加班的年轻人，这是看得见、听得到的事实。

如果这部剧的名字叫"我喜欢上班的理由"，大概没有那么多人反对。毕竟，对于一些人来说，自己的工作可能就是自己的兴趣爱好，爱上班无可厚非。但是宣扬"喜欢加班"，还为其找理由，未免有职场 PUA 的说教嫌疑。

2019 年，日本曾有一部职场剧引发不少上班族的共鸣——《我要准时下班》。该剧改编自朱野归子的同名小说，讲述了主人公东山结衣不顾职场"加班文化"，坚持从不加班、到点下班，享受人生的故事。

32岁的东山结衣，之所以如此潇洒，恰恰源于她有过度加班牺牲健康的惨痛教训。不可否认，《我要准时下班》一定程度上也是理想主义之作。但是它所传递的企业价值观和职场认知，才是我们对美好生活的向往，才是健康社会该有的样子。

好的文艺作品，应该是能够给观众解压的，而不是给观众添堵的；应该是引导一些不良现象向好转变的，而不是用成功和爱情来掩盖那些肉眼可见的问题。我们应该做的，是提醒有关企业和部门，去改变不良现状，而不是为其蒙上一层爱情的浪漫嫁衣。

有意思的是，在《我要准时下班》中，东山结衣也是设计公司的，她的前未婚夫种田晃太郎也是一个工作狂。对比起来，《我喜欢加班的理由》的剧情设置，更像是《我要准时下班》的前传。

你看，冥冥之中似乎已经注定，工作狂的爱情去得太快，就像龙卷风。

3

网事

"买买买"就是败家吗?

马 青

"双十一"前夕,先生和我的对话是这种风格的:"卷纸要买吗?""不要,还多呢。""洗衣液呢?""还有两瓶。""咖啡豆呢?""这个不能囤,得喝新鲜的。""口罩便宜了,要不要?""囤的现在还没用完!""这件健身衣好不好看?""你还有好多件,不能再买了!"……

在我的严防死守下,这个"双十一",我们的战果主要集中在日用品上,其次是一人添了一件新衣。我最恨换季收拾衣柜,所以新衣计划,我本来也是拒绝的,但先生劝我说:"都说世间有三样东西可以让人快乐,一是恋爱,二是甜食,三是购物。看看我们的年纪和腰围,所剩不多了……"于是,我看在他没有提出买新电脑的份上,就批准了买羽绒衣。

你没看错,在我家,那个不停地问要不要"买买买",喜新还不厌旧的"囤物症患者",是我先生。

他倒不必为自己的消费欲望羞愧,因为同好很多。2019

"双十一"用户数据报告显示，综合类购物APP中的"双11活动中"，男性用户占45.1%，和女性用户几乎一半一半；在垂直电商领域，男性用户的参与比例达56.8%，反超女性用户。

普林斯顿调查研究会做过一个关于冲动消费的调查，发现有过500元以上的冲动消费的，男性以21%的占比远高于女性9%的占比。

可见，在买买买的体量上，性别差异几乎已经抹平了。而在冲动程度上，男性更甚。

就算抛开职业女性"花自己的钱，让别人说去吧"这种政治正确，只要细看她们买的东西，就不难得出一个结论：女性的买买买"有理"。

某平台公布过女性消费者购物的偏好数据：每达成5笔订单，就有近3笔是为他人支出，包括为伴侣、子女、老人和家庭支出，且"为他消费"逐年递增。在各大平台的"双十一战报"里，食品生鲜、家居家装和母婴用品三项，长期霸占女性网购前三。

而男性呢？数码产品、运动户外装备、电脑办公产品，是消费大头。显然，他们多"为己消费"，且价格较高。我先生就时常看着他刚买了半年的品牌手表，对我若有所指地感慨："新的那个型号比这个旧的贵不了多少。"而我，假装听不懂。

有电商大佬曾引用数据说："女性考虑的是家庭和别人，男性考虑自己。"这当然讨好了多数家庭里掌握财政大权、也肩负更多采购任务的女性，但也道出了某种事实。很多网友的现身说法，都是印证。

说清这个问题，不是想制造网购的性别对立，而是想改变一种刻板印象：女性就是喜欢"买买买"，就是容易成为"购物狂""败家娘们"。

有趣的是，今年"双十一"呈现了明显的"三减一增"：到处分享购物链接，广泛发动人脉参与，好让自己多得优惠的人，少了；吐槽商家套路的声音，少了；在朋友圈里分享抢到好货的人，少了。相反，越来越多的人，喜欢在各个场合说自己啥都没买，"不买立省100％"。

与这种"冷"对应的是，电商平台公布的数字依然热血。以至于你都分不清，是数字有水分，还是"口嫌体正直"的人太多。但以不买为荣、以多买为耻，确实成了一个趋势。

对此，我想说：可以，但没必要。

有报告显示，都市女性网购水果蔬菜时，最看重性价比，七成女性会邀请朋友一起拼团购买，以拉低价格成本。我一位在高校工作的同学，就早已过上了"中午下单，到家收菜"的生活，便宜又便利。

这些年的"双十一"，商家们的套路是越玩越复杂了，但一些商品，确实比平时更低价。买到，确实就是赚到。但有个前提：你用得着，不浪费。

　　"双十一"没有那么大威力，可以毁了一个人、一个群体。毁人的，是消费主义的陷阱，是过度消费。自觉抵制非理性消费，当然没错，但如果能以更少的钱，买到有用的东西，不也很好吗？

"小马云"悖论：
流量时代的机遇与残酷

西　坡

还记得那个"小马云"吗？很多人或许都看到过他的照片，用过他的表情包，但不会有多少人知道，"小马云"姓甚名谁，何方人氏，有怎样的家庭和人生。

他叫范小勤，江西永丰县严辉村人，生于一个赤贫的家庭。父亲年轻时被毒蛇咬伤，截掉了右腿，母亲患有眼疾，智力低下。范小勤2008年出生，上边有个大他一岁的哥哥。

澎湃新闻的报道《"消失"的小马云》，不仅披露了范小勤的家庭基本情况，还讲述了突然走红对这个孩子和他的家庭造成的改变。

走红之后，"小马云"被一家公司"挖走"，带到石家庄读书。老板管吃管住管上学，甚至还给他配了一个漂亮的"师姐"当"保姆"。在范小勤父亲范家发眼里，老板是贵人，不但帮他"养"范小勤，还几次帮他装修房子。

但是明眼人都能看出来，老板不是做慈善来了，而是把"小马云"买下来进行商业运作，利用流量来变现。现在情况还有点危急。

从2019年下半年开始，范小勤就很少去学校。2020年上半年学校上网课，同学没有看到范小勤上线。与此同时，关于"小马云"的视频，却在网上每天更新，光是抖音上就有4个相关账号。运作"小马云"的老板身份也颇为可疑，其自称"世界第一华人催眠大师"。需要指出的是，妨碍义务教育阶段学生接受教育是违法行为。如果范小勤父亲出于种种顾忌，不能采取有效措施，地方有关部门也有责任介入。

从评论区可以看出，网友都为"小马云"过早变成"挣钱工具"感到愤怒。这个年纪的孩子，就该在学校里待着。但是如果进入骨感的现实逻辑，不难发现范父的"残忍"决定有一定的理性成分。从同学的印象来看，范小勤实在不是读书的料，"上课不太专注""懵懵懂懂"，甚至无法和同龄人正常交流。读书改变命运这条路对这个家庭来说没有太大的可能性。

而当范小勤变成"小马云"、一夜爆红之后，关注度却为这个家庭的物质条件带来了立竿见影的改变。

当你责备流量时代的残酷的时候，不要忘了，如果没有流量，范小勤只会照常生活在一贫如洗的农家而已。那会是更好的人生吗？

范小勤走红，凭借的不是自身的能力，而是一种巧合。正因如此，这份流量是短暂的、易逝的。流量时代的一项生存法则就是及时变现。写凡尔赛文学的"蒙淇淇"被骂红之后，做的第一件事就是接了一单广告。

一个长期为生存而挣扎的家庭，突然被裹着糖衣的流量大礼包砸中，怎么可能不拼命抓住这根救命稻草？网友关心的很多事，范家发都无暇理会，因为他担心的是：如果自己发生了什么意外，这个家就生存不下去了。

你甚至不能说这个父亲是自私的。趁着流量还未消失，多攒下点钱，对孩子的未来不也是有利的吗？他"感恩老板"也是基于这种考虑，相比其他来蹭流量的人，至少这位老板真的掏钱了。

人生的选择机会并非无限，流量时代的机遇更是稍纵即逝。说实话，把你我放到那个位置，也未必会做出能够说服众人的选择。

"小马云"现象是一个悖论。我们可以做的，是利用舆论压力帮助"小马云"重回校园，但很难再进一步了。比如，逼老板把"小马云"送回原生家庭？那么，他会有更光明的未来吗？我不敢确定。

不要让自己成为"线上"的奴隶

樊 成

像我这样的 90 后,小时候大概都听过一句鲁迅先生的名言:我只不过是把别人喝咖啡的时间,都用在了写作上。其实,他还有一句谈休息的话:坐在椅子上翻一翻书,就算是我的休息时间了。

大概因为不够"励志",后面这句,知名度要远低于第一句。

勤奋又自律的鲁迅先生,如果生活在快节奏的现代社会,应该是如鱼得水的。不过,坐在椅子上看纸质书,可能要变成歪在床上刷电子书。

2020 年 12 月 9 日,中国社会科学院发布《休闲绿皮书:2019~2020 年中国休闲发展报告》。其中指出,过去一年,国民平均每日在线休闲时间为 4.9 小时。我去查了下,以前好像没有"在线休闲"这个说法,它算是个新词。我对它的通俗化理解是:上网总时长减去线上办公时间。

另一个数据是,2020 年 9 月 29 日,中国互联网络信息中心(CNNIC)发布的报告显示,截至 2020 年 6 月,我国网民人均每周上网 28 个小时。算下来,平均每天 4 小时。

两个数据有点出入,但不算大,基本能反映现状。

今天,我坐上海地铁 9 号线去医院,赶上了早高峰。挤得满满的车厢里,绝大部分人都在看手机。不同的是,有些人和我一样戴了耳机——上海地铁已经禁止外放,有些人没戴。相同的是,大家都显得很忙。口罩掩饰不住的眼神变化告诉我,他们在看或听的,"有点东西"。

作为一个自由职业者,虽然与早高峰的地铁脱离很久了,但我对这种状态深有体会。

多年以前,刚开始北漂时,我的上下班通勤时间长达三个小时。这三个小时,我多用来在手机软件上听电子书。因为全身心沉浸,漫长的通勤似乎变得短了很多。这算是我安慰自己的精神胜利法,也让我渐渐养成了出门必带耳机的习惯。

一个多月前,我回了趟老家。跟妈妈唠家常,发现她讲的故事、举的例子,不再只是隔壁谁谁谁、邻村谁谁谁,而是"我在快手上看到……"是的,连智能手机都不太会用的妈妈,也开始沉迷于刷抖音、快手了。时髦地说,我妈也有了"线上休闲"。

我本想告诉她,她津津乐道的有些短视频,只是创作者编出的段子，摆拍的情景剧。但回头一想，电视剧不也是如此吗？干嘛非要拆穿？这种"线上休闲"，给留守父母们增添了欢乐，就够了。

"休闲绿皮书"还指出了一种趋势：年龄越小，在线休闲时间越长。这大概是真的，但只是部分真相。比如我，虽然天天盯着手机，平均日在线时间可能在10个小时以上，但很多时候是为了工作，不是休闲。如今很多人，都过着这种线上线下并行、休息与劳作交融的生活。尤其是疫情时期，这种"在线工作"者更多。

还有一些人，他们的"在线休闲"，是打游戏等行为。作为一种个人选择，我们对此过度批判，已显得过时和死脑筋了，但是仅从"休闲"来说，还是要把握好度。如果长时间、无节制地沉溺游戏和网络，不仅不能让自己得到真正的休息，反而会加剧疲劳，丧失生活的热情。对未成年人来说，更是如此。

关键在于，要让"线上"为我所用，而不要让自己成为"线上"的奴隶。

时至今日，互联网、智能手机已深度嵌入生活，我们从未这么依赖一根网线、一块手机屏，也从未如此忙碌，如此需要"线上世界"来驱散内心孤独，但我们终究要做时间的主人。

APP 年度报告里的你，是你吗？

易 之

又到年末，各大 APP 的年度报告、账单也纷纷出炉。网民一向乐于参与这种年度总结，纷纷在朋友圈晒出自己的总结。

其实，很多人恰是通过这种数据分析来了解自己的。比如打开网易云音乐的年度听歌报告，才发现一首欢快或是悲情的歌，被自己听了这么多遍；发现这一年是那么元气满满或是"人间不值得"啊。再比如微信和支付宝年度账单，人们才发现原来自己曾经这么阔过，而自己的欲望又是如此膨胀，这些天文数字就这么一点点被自己花掉了。

现在人们一大半时间都是活在网上的，手机里的使用时间统计，很多人动辄六七个小时起步，扣掉吃饭与睡觉，都是在网上。如此看来，年度报告其实是把我们的网络生活进行数据呈现，把你一大半的生活总结了一下，展现一个网络世界中的自己。

不过，这些年度报告里的自己，是真实的吗？

某种程度上，这些报告建构出来的，是一个大数据的自己。这些榜单主要是基于数字抓取，通过数据分析得出结论。这些数据当然是有意义的，确实是自己的记录。但如果认为它们就足以代表真实的自己，可能也就意味着承认我们是可以被数据化的，成为可以用算法来解释的个体。

然而很多时候，人跟数据又有点不一样。就以我自己为例，如有人找我荐书，我总爱说几本要么繁体竖排的古书，要么作者名一长串、标题就很拗口的大部头著作，毕竟公开场合不能掉价。但如果自己打开微信读书或是其他读书软件，手指总是情不自禁地向网络小说滑去。后来我索性关闭了"阅读书籍展示"的功能，避免被人看穿。如果出一个根据大数据合成的年度阅读报告，那我大概和中学学渣差不多，天天看闲书。

但是，爱读闲书的我是真实的我吗？我觉得不全是。至少努力装作阳春白雪，注重"社会形象"，假装斯文、爱掉书袋的，才更是真实的我。数据其实很难完整诠释一个人，数据没有那么丰满，因为一个人有刻意掩饰自己的一面，有难以言说的情感需求，有人之为人独特的精神状态。

所以，数据有点像"扒光衣服的人"。但谁都不会是以裸奔的姿态活着的，都需要遮掩与修饰。网易云音乐的年度报告，显示我这一年很"丧"，但是没有记录自己努力微笑的样子；微信的年度账单，显示我这一年大手大脚，但是没有记录自己买到包包时开心到起飞的样子。

之所以有的时候看数据会有"原来我是这样"的感觉，其实也是因为数据没有记录一些特别的东西——比如心情、感受、三观。而这些，对于一个人来说，或许才是最重要的吧？

当然，APP年度榜单依然是有价值的，它能通过无感情偏向的数据，展示一个非常直观的自己。但如果看到数据化的自己，是如此的"庸俗"且"无聊"，高学历的自己竟然大部分时间在刷短视频，也别太难过。

人就是这样，总是复杂多面的呈现，或许你"庸俗"，但你大概永远也不会在心底否认高雅的价值，多年苦读带给你的精神世界，数据不知道，只有你知道。

虾米之死：利不容情

从 易

终于还是要说再见。2021 年 1 月 5 日，虾米音乐发布公告称，虾米音乐将于 2021 年 2 月 5 日 0 点停止服务。

该条微博底下，一片惋惜之声。

事实上，2020 年的 11 月底就有消息传出，虾米音乐即将关停。很多资深用户希望这只是一个传闻。然而传闻还是成真了。

曾经的在线音乐领头羊，如今走到这一境地，实在让人唏嘘。

虾米音乐诞生于 2006 年，一直都以专业、精品、高质量著称，并稳居国内音乐播放器鄙视链的顶端。2013 年，阿里全资收购虾米音乐。

我大概是在 2010 年前后注册的虾米，一听就是好几年。热爱虾米，因为它是音乐爱好者做的软件，平台里汇聚的也是音乐爱好者。除了小众音乐齐全、音乐信息权威准确、歌单质量高以外，虾米还有一些让乐迷心水的、但看起来"无用"的设计。

譬如虾米有一个横屏锁定的"磁带模式",磁带的两个转的孔,点击它,可以上下切换歌曲。团队打造这个复古有趣的功能,目的是希望能营造一个传统"卡带"的概念,让用户感受到过去听音乐时那种情怀。如果从商业角度考量,这个设计实在是很鸡肋。但在一切都讲究效率和利润的时代,还有人在做这种无用但有意思的事,也显得可爱。

但我也得承认,这三四年几乎不用虾米听歌了。根本原因在于,它的版权音乐实在太少了。

2015年7月,国家发布"最严版权令",音乐版权得到重视,音乐播放器开始了争夺版权大战。音乐版权价格水涨船高,价高者得。财大气粗的腾讯开始声势浩大的"圈地运动",阿里虽然也不缺钱,但阿里音乐定位出现了偏差。时任阿里音乐董事长的高晓松的说法是,阿里要做音乐公司,不仅是音乐播放器公司。所以虾米无心于版权大战,依旧保持"小而美"的定位,并着力于对原创音乐的扶持。

虾米音乐在版权大战中落败。这对于虾米用户的直接影响是,他们原本收藏的歌单里的许多音乐变成灰色,他们原本可以在虾米上听的歌曲现在必须去其他的平台听。越来越多人离开虾米。

从某种意义上说,一些音乐播放器"成于"商业,虾米音乐"毁于"情怀。前者是以商业思维在运营音乐,运营者不必多懂音乐、多爱音乐，他们拿着钱大肆买买买，版权音乐足够多，自然就能吸引乐迷。后者则是音乐人在做音乐：音乐品味好，堪称小众音乐博物馆，音乐推荐仿佛能够读懂人心，注重对独立音乐的扶持……这些优点太文艺、太小众，欠缺的恰恰是商业运营。

虾米可以成为一部分人的精神乌托邦，却无法成为受到大众欢迎的商业化产品。

极光大数据和易观数据显示，2019年，虾米音乐的市场渗透率仅为1％，月活跃用户量500万，而同期QQ音乐是2.5亿。在商言商，一款缺乏商业价值、受众有限、入不敷出的产品，慢慢走向消亡，是无法避免的。

因此，虾米停服固然令人惋惜，却不让人感到意外。商业世界无法只谈情怀，因为利（润）不容情（怀）。就像今天的实体书店，需要书香氛围，也需要商业思维的延展。

但这也并不意味着，在商业世界谈情怀、谈文艺、谈理想主义是一件无用的、可笑的事。恰恰相反，一味的商业扩张和一家独大的垄断，对于用户反倒是一件危险的事。

该如何在商业和情怀、经济效益与社会责任之间达到一个均衡？这不仅是虾米的教训，也是人们需要思考的议题。沉浸在精神角落里，可能会与大众隔绝，但走得太快，也会丢掉品味、责任和引导用户的那种精神力量。

再见虾米，那些美好的日子我会一直记在心里。

自家单位的八卦，你会到网上说吗？

张 丰

几年前我还在报社上班的时候，知道有一个离职人员组成的微信群。我离职没几天，就有人找我邀请加入，我拒绝了。在我看来，离职人员聚在一起，每天讨论"前单位"的事，显得非常怪异。他们关注前单位一举一动，进行评判，甚至还因此发生过冲突，把一个人踢出了群。

现代社会，说到底是一个"职场社会"。人每天至少有8小时以上的时间在单位，工作除了给自己带来一份收入外，也在不知不觉间影响人的人格。"单位的事"，就变得没那么单纯，它会成为谈资，也关乎人的尊严。

我能够理解国美前两天发生的事情。有人把单位的"处罚通报"发在网上，所谓"违反员工行为规范"，不过是上班看视频、听音乐，通报里有一个表格，罗列了员工看抖音、腾讯视频，使用微博和网易云音乐耗费的流量。

国美希望自己的员工能够百分百投入，不要摸鱼，但是在网上，这成为一个娱乐事件，引发很多人嘲笑，因为在上班的时候谁不会偷偷听音乐，甚至玩一会儿游戏呢。前几天一个公众号都主动爆料，说自己玩游戏的时候，被领导撞个正着。

对国美来说，员工"摸鱼"不仅是在怠工，也关乎到忠诚度的问题。于是，他们在自己的官方微信公众号上又发了一篇文章，表示公司要进行调查，追究把公司处罚通报"外泄"的人，这有点惩罚"内奸"的意味，接下来是不是"破案"和"抓内鬼"？

对一个现代职场人士来说，应不应该当这样的"内鬼"，或者是否应该在网上吐槽自己单位呢？

实际上，这样的吐槽随处可见。你在网上搜任何一家有名的公司，都有很多"爆料"。否则，媒体也就无法炒作一些互联网大厂的年终奖或者"人均工资"，也就无从参考另一些大厂复杂的晋升体系。在一些论坛，甚至能看到非常详细的"内部人士"的介绍，可以供求职者参考。

作为一个员工，当然应该有某种敏锐的意识，知道哪些事绝对不能说。有的信息不但是公司的商业机密，甚至有可能牵涉到国家机密，泄露出去会承担法律责任。很多公司都会有相应的培训，也有非正式的"师徒传授"，告诉你哪些东西是绝对不可泄露的。

现实是，除了这种法律规定的"禁忌"以及公司在签订劳务合同时专门强调的"纪律"外，一个公司很难保守自己的秘密。

我在报社上班的时候，每一年发年终奖成为一个重大秘密。领导要考虑到同城对手的情况，理想的情况，是能比同城对手多发一点，这样能够更好留住人才，也能彰显自己的实力。当然，对手也是这样想的。这就造成一个僵局，先公布年终奖的会吃亏。

在这个博弈的过程中，员工扮演着有趣的角色。他们不但会"泄露"消息，甚至会编造一些消息，以形成一种"传说的压力"。当然，领导也没那么好骗，所以发年终奖总是在最后一刻才真相大白，让你没有传播小道消息的可能。

在信息社会，类似"上班摸鱼被处罚"这样的事，任何一个单位都无法阻止它的泄露。很多人会发自内心地想把自己单位的"丑事"传播出去，一些微信群时不时传出一些单位的"大瓜"。

这是职场上一道特别的景观。究其根本，作为员工的普通人，无论如何都处于更弱势的一方，在这种情况下，传播无伤大雅的小道消息，就不仅是一种乐趣，也是"劝慰"自己的手段。任何一个单位内，都会小道消息横飞，八卦成为职场文化的一部分，想要把这种传播局限在单位内部，在社交媒体时代越来越困难。

不过，这种小道消息的传播，对自己所在的单位，又何尝不是一种"关心"呢？在向外界喋喋不休吐槽自己单位的时候，一个职员所流露的可能是一种真正的"爱"，是希望单位能够变得更好，杜绝那些"槽点"。要知道，真正下定决心辞职的人，反而会保持沉默。

这个时代的审美悖论

李勤余

又学到了一个新概念——"BM 风"。什么是"BM 风女孩"呢？就是穿着窄紧小上衣、露出小蛮腰的女孩。再简单点说，就是故意穿童装的成年女性。

按理说，女孩子爱穿啥衣服，纯属个人自由。但是有些女孩试穿童装，只是为了摆拍，这就给商家带来了不少困扰。有人把童装撑大了，版型没了；有人把粉底液蹭到领口上，让衣服成了瑕疵品。总之，试衣也要讲文明、讲公德才是。

但更令人费解的是，好好的成人，为啥偏要硬穿童装？看了一众网红"BM 风女孩"的自拍照才明白过来：穿小尺码，就是为了凸显身材。说到底，这就是当下"白瘦幼"（肤白、瘦弱、幼小）审美的一个新变种。

刻意追求这种审美取向，自然逃不过舆论的批评。但是批评归批评，BM 既然能成"风"，恰恰说明，它还是有人爱，有市场。

看看热播综艺《乘风破浪的姐姐》吧，节目想要塑造的是不再年轻却坚强独立的女性形象。可在屏幕前，姐姐们展示给广大观众的，大多还是"白瘦幼"的模样。这些中年女性，还真不太像中年女性。

这不能不让我想起《无依之地》《三块广告牌》的女主角弗兰西斯·麦克多蒙德。年轻时的她，也是标准的大美女一枚，但如今电影里的她，素颜出镜，洗尽铅华。她曾说，脸上的每一道皱纹，都是岁月的馈赠。不知道，姐姐们，敢不敢说这句话？

有意思的是，《无依之地》的导演赵婷，同样从来不在镜头前修饰自己，活出了自我。可能有趣的灵魂与有趣的灵魂坦诚相见，才能创造艺术的杰作，提升人生的境界吧。但眼下，那些"BM风女孩"似乎还没领悟如何才能面对真实的自己，什么才是个体最珍贵的东西。

关于"白瘦幼"审美，也绝不只是女性的事。不久前，在选秀节目上挤眉弄眼、搔首弄姿的男偶像们，用自己的表现成功地让大众失去了对内地娱乐圈的信心。舆论批评这些男选手缺少阳刚之气，没有内涵可言。可我很怀疑，即使高仓健真的诞生在我们这个时代，他能够得到粉丝的认可吗？哦对了，可能今天的许多年轻人，已经不知道这个名字了。

这就是这个时代的审美悖论——我们嘴上说不要，但身体却很诚实。一边猛烈批评畸形的审美，一边遇到"美色"

就迈不动腿；一边强调不要被年龄束缚，一边拼命扮嫩、扮青春；一边肯定价值观、人生观的多元化，一边对不同意见毫不宽容……

所以，"BM风女孩"的出现，不会让我感到丝毫诧异。因为这个时代的审美悖论已经扭曲为一团乱麻，让人看不懂，也解不开。

我们应该爱的是一个人的灵魂，还是颜值？我们应该肯定的是一个人的品质，还是身材？这个时代的"美"，究竟应该是什么样的？不难预测，在舆论的批评之下，"BM风"可能会销声匿迹。但是，只要审美悖论依然存在，怪相就不会消失。

人设该怎么个"卖"法?

敬一山

"在互联网上,没人知道你是一条狗",这是网络世界里的一句活化石般古老的名言。

尽管随着网络技术的发展,语音视频成为入门级的应用。要确认对方的音容笑貌、是人是狗,不再像网络诞生之初那么难,可要分清真实的"人"和网上的"人设",依然不容易。

今天看到一则新闻,某平台两个视频账号,"权哥讲情感"和"权姐讲情感",他们通过拍摄各种家道不幸者的故事,引来网友的关注和同情。打造完善良的人设之后,再以慈善的名义带货卖珠宝。

可是真正善良的人下单之后发现,这些珠宝是塑料的。那些悲惨的故事,则是找人演出来的。这些"权哥""权姐"最终会付出什么代价,现在还不得而知。但愿这些消费者的维权,能得到有关部门的及时响应。

跳出个案来看，如今的网络世界里，有多少还未被揭穿的"权哥""权姐"呢？只要他们"善人"的人设不倒，所能获取的就不只是关注度，还有各种变现机会。像他们这种直接卖塑料珠宝的，当然涉嫌犯罪，是比较作死的冒险。还有更多的，是处于灰色地带的"卖人设"。其实在这个自媒体时代，一个账号要生存，或多或少会面临"卖人设"的考验。

我自己业余也尝试写点自媒体文章，水准确实就是业余。于是常有朋友点拨，说我文章"卖相"不佳的原因，就是人格化不明显。说白了，就是没有鲜明的人设。

比如，如果是写言论类的文章，就得把自己渲染成充满正义感、敢于挑战人间丑恶的勇士；如果是关注日常生活，要么把自己包装成通过奋斗逆袭的青年，要么就像"权哥""权姐"那样，关注底层困难群体，大概就是比较流行的"卖惨"流派。

总之，要找到一个鲜明的标签，方便网友把你"归类"。这样你也就能吸引特定的群体，通过特定内容去撩拨刺激他们的情绪，满足他们的精神需求。否则，做一个没有"人设"的普通人，在网上是不可能吸引到流量的，更不要说带货了。

当然，对这种现象彻底地否定批判，可能也不公平。网络世界和真实世界一样，成功的机会总不可能"按需分配"，总要有筛选的游戏规则。人人都在做公众号、做自媒体的时代，注意力资源流向谁，不通过"人设"来筛选，通过什么呢？

抱怨是改变不了潮水方向的。在这个自媒体时代，无论是做局内人还是局外人，还是多少得拥有一些辨别"人设"的素养。如果打算以自媒体为生，可能就得考虑"人设"问题，这就和创业选赛道一样，往往诚实本分的人才能走得最远。

对于普通的吃瓜群众呢，大概得明白自媒体的内容都是产品。一段小视频、一篇文章，无论作者表现得多么掏心掏肺，也不能贸然全信。看个乐呵可以，动真心掏真钱的时候，还是谨慎点儿好，除非你把这理解成就是对表演的打赏。

怀旧永远不能代替真实的生活

李勤余

"拉面哥"已经被围观很久了。有视频博主在接受采访时称,每天至少有500名博主围拍。这个阵仗有多壮观,大家完全可以想象。

早有网友评论,"流量造神的时代,人人都想成为流量"。许多媒体也纷纷痛斥那些围堵"拉面哥"蹭流量的人。但区区一个"拉面哥",为啥就能带来那么多流量,引来那么多围观?

与其说"3元1碗15年不涨价"感动了所有人,不如说大家从"拉面哥"身上看到了善良和质朴。正因为我们久违了,所以才格外珍惜这些传统的价值观。

今天的社会,早已成为卢曼所声称的"风险社会"。互联网时代,纷繁复杂的社会关系、真假难辨的人际交往,都在降低人类生活的自在感和安全指数。现代性,已经使传统社会与现代社会、传统精神与现代精神、传统思维方式与现代思维方式发生了根本的"断裂"。

我们所能做到的,就是从怀旧中重新找寻生活的"安全感"。

于是,我们会发现,曾经同样引起过围观的"大衣哥"和流浪汉"大师"沈巍,也有和"拉面哥"类似的属性——返璞归真,和现代社会引发的种种焦虑保持着一定距离。

这让我联想起卢梭口中的"高贵的野蛮人"——人类越是远离他们原始善良的本质,就越容易陷入诱惑和堕落。有一天,"拉面哥"引发的热潮过去后,我们还会在下一个网络红人身上继续怀旧,找寻安全感。但是,如果说卢梭有对社会和人性的深刻反思,而今天人们对"拉面哥"的围堵,却只是一种为了逃离现实而创造出来的怀旧景观。

这种人造的景观当然是不堪一击的。"大衣哥"在外演出、回家,都有人跟拍;"大师"沈巍走红后遭遇网暴,身心俱疲,"甚至在一年间头发斑白"。人造的怀旧景观和残酷的现实生活一碰撞,立刻分崩离析、支离破碎。

怀旧的主体通过回想传统,而产生了重新拥有传统的想象。然而,倘若谁想通过抓住每个转瞬即逝的片段(比如围观"拉面哥")而获得在无始无终的历史长河中的安全感,那无异于痴人说梦、水中捞月。

好在,"拉面哥"还是很清醒的。在接受澎湃新闻的专访时,他不客气地说道,那些举着牌说"想跟你学拉面"的小孩都在弄虚作假，"我认为这都是假象，这样的人我不喜欢。我喜欢实实在在的人，有嘛说嘛"。怀旧永远不能代替真实的生活，这是所有人必须面对的现实。

现代社会还在加速前进，很多现代人却感受到自己的灵魂和情感无处安放。如何找回完整的生命状态，已经是最深刻的社会命题。

据媒体报道，为方便游客前来，"拉面哥"所在村庄已经新增免费摆渡车。这倒是个将怀旧和现实结合起来的好办法。人们可以通过这条途径浮上生活的表层，去好好感受一下失落传统和当下日常之间的"断裂感"。

流量时代的凉薄

张 丰

2021年3月12日凌晨,歌手庞麦郎的经纪人白晓在社交媒体上发布了一段视频,说庞麦郎患有精神分裂症,已于年初住进了精神病院。白晓说,庞麦郎体重从130斤下降到了80多斤。庞麦郎老家的村支书透露,他曾殴打自己的母亲,这已经是他第二次入院了。这说明,庞麦郎的身体和精神状态,都堪忧。

2014年,30岁的庞麦郎因一曲《我的滑板鞋》走红。在一些媒体报道中,他是一个拥有艺术理想、逆袭的小镇青年典型,但是,他的形象又是怪异的:"头发板结油腻,被单上粘着皮屑、指甲和花生皮","MV也要一遍一遍看,欣赏他动态的帅气和爆表的颜值。"

这些描写,可能基于现实,但也带有明显的猎奇。在一些人的眼光中,他可以走红,但必须是怪异的、丑的,甚至是病态的。这样才能满足那些人的心理。

很有可能，庞麦郎走红的初期，精神状态就不太好，但他也知道猎奇目光中包含的恶意。他曾经辩解，谁的床单上不会掉下头发和头皮屑？租住在那样差的环境中，屋子里有怪味，也正常不过。但他没有能力逃脱这种猎奇。白晓说过，庞麦郎和公司签约时，公司派出几个"大汉"，强迫他拿出身份证。这种说法或许有夸张，但一边诱惑，一边催促，是有可能的。

好几个有影响力的自媒体写过他，但庞麦郎也难说真的红了。到目前为止，他的微博粉丝数是17万多，离真正的"明星"还差得远。他生病的新闻出来后，最有代表性的网友声音，是"第一次知道这个人"。

他没有那么"红"，但"红"带来的伤害，已经落在他身上。

这是流量时代的凉薄。

庞麦郎的处境，让人想起"流浪大师"沈巍。"大师"身份，只有他作为流浪汉时才成立，才能带来关注和流量。庞麦郎呢，一旦公司和吹捧他的人认为"怪异"是他走红的原因，就会变本加厉地消费和开发这一点，他必须"怪异"和"疯狂"下去。一个想过正常生活的庞麦郎，必须被制止。

庞麦郎要努力隐藏自己对生活的真实渴望，去维持那个自恋、病态、怪异的人设。或许开始他只是在表演，但是这种表演，也让他痛苦。他后面的经历，让本就不好的精神状态加剧恶化。

　　悖论在于，这个过程一旦开始，就很难停止。就连他生病本身，也会被开发，变成流量。有网友认为，白晓拍的这个视频，也有消费庞麦郎的嫌疑，这并非没有道理。白晓曾表示，想开发滑板鞋——那可能是庞麦郎在无法产生好的音乐后，新的利用价值，得榨干净。后来，庞麦郎的网店真的上线了，不过没多久，滑板鞋又下架了。

　　庞麦郎不会是最后一个"牺牲品"。

　　社交媒体赋予每一个人走红的可能，它带来的进步当然是不可估量的，但是对每一个具体的人来讲，能从流量中收获到什么，实在是一个未知数。比如，有些搞吃播的人，因为吃得太多，已经患上严重的"三高"。

　　前两天，我去吃成都一家新晋网红小吃店。不出意外，门口排起了长队。有不少人一边排队一边"直播"，等取到食物，就装模作样、大呼小叫地赞叹。我承认，这让我有点倒胃口。

　　或许应该反思，在庞麦郎走红的这几年，我们自己到底站在一个怎样的位置？是猎奇者、起哄者，还是真的欣赏他？在流量时代，我们是否在慢慢失去自我，变成了博点击的可怜虫，抑或博点击者的工具人？

在社交平台，我想做个"隐形人"

易 之

今天，微博有个热搜话题是"你有社交媒体倦怠吗？"对，没错，说的就是我。

我现在几乎不发朋友圈，除了工作情况"汇报"。微博早已改名，现在也废弃不用，除了工作需要，偶尔上去找找素材。

想想当年，QQ签名一句话都要斟酌半天，不厌其烦地给好友分成"三六九等"的组，又是"隐身可见"又是"上线提醒"，在朋友圈转发一首音乐，希望在意的人能看见……现在全无这种兴致，我选择"社会性隐身"。

这应该不只我一个人，可能很多人都有这种倦怠，比如我身边一些人，干脆直接关闭了朋友圈。其实也正常，中国第一波大规模接触社交媒体的80后90后，如今都已步入中年，要么挣扎于职场，要么埋头于家庭，没多少时间网络社交了。套用一句QQ签名体就是："是青春秒杀了你我，注定回不去当初的曾经。"

当然，总还有后浪，他们是网络社交的接班人。不过在微博里看看相关讨论就知道，现在年轻人社交倦怠的也不少，二十三四岁、甚至00后，都表示不用社交平台了，戒了。这也说明，随着第一波社交媒体用户步入中年，社交媒体本身也已经"中年化"了。所谓"中年化"，就是它有用但无趣，跟人到中年一样，实用主义成了思维底色。

不可否认，现在社交媒体越来越有用了。理发的Tony老师、抄水表的师傅、给宠物洗澡的姐姐等，全在我的朋友圈里。我们需要微信沟通、转账，但我完全不想发朋友圈，给他们展现一下自己的小情小调；打开微博，到处是营销号，你发一句鸡汤——"你的未来，你知道的，所有的磨难，都是成长的祭奠"，好不容易来个评论，结果是问我买不买鞋。

现在的社交媒体，变现能力都十分强大，每家平台、大厂的绩效报表都十分亮眼。商业玩法愈加多元，社交媒体对需求的满足都越发精准，但丢失的可能是一种纯粹无意义的"有趣"。这其实是一种社交媒体的异化。它很重要，功能很强大，所以越发像一个全部生活的镜像，但是已经不具备展示价值和游戏属性。

曾经，社交媒体和我们的生活是切割的。在QQ签名里写一句"爱上你我输得彻底"，线下一样是班里的课代表、老师的小棉袄；现在在朋友圈发一句试试，可能会招来亲朋好友、同事领导的一连串无差别问号。

社交媒体已经将我们包裹，我们活在人间，也活在网上。这里，不再有那么多私人空间，供我们单纯地"搔首弄姿"。我们也不再需要社交了，因为我们和几乎所有认识的人，在手机里都是零距离。

我挺怀念拨号上网的年代。我还记得在网络聊天室，第一个聊天的异性（也可能是同性）叫"心情女孩"。在那个从前慢的时代，我的电脑慢到只能打开一个聊天窗口。但当时社交媒体对于我来说，就是一个新的世界。

但现在，网上网下对于我来说，就是同一个世界，从人际关系到生活状态都是同构的。上网不好玩了，它就是生活的重复。

不知道这是不是互联网发展到如今，我们不得不接受的"归宿"。但我真的希望，有一天可以重现当年那种没有负担的快乐，也不知道有没有哪家企业可以抓住这个需求，再造出一个"新世界"。

BBS：上古互联网的时光

沈振亚

朋友圈里看到凯迪网络"猫眼看人"等板块于 2021 年 3 月 30 日关闭的时候，内心似乎毫无波澜，好像这是一件与我不相干的事情。

毕竟，我已经十来年没有访问过"猫眼看人"了。

然而在 21 世纪初，却并不是这么回事。自 2003 年或 2004 年在凯迪注册账号后，几乎每天都要登录，"猫眼看人"板块更是少不了要去逛逛。这情形，与 2010 年后每天都看微博、现在每天打开微信差不多。

斑竹、盖楼、板砖、沙发、屠版、灌水……这些上古的互联网的热词，如今已自带青铜器般的绿锈。南京大学的"小百合"、北京大学的"一塔湖图"，还有复旦大学的"日月光华"等校内 BBS，那时风头正劲，男男女女在那里等待或者幻想着属于自己的网恋。《第一次亲密接触》等史前网络小说，借着 BBS 的帖子被一段段贴出、分享。哦，还有两大

BBS的上古神兽——天涯论坛和凯迪网络。

新世纪初，网络社区的大量出现，实现了话语权的下沉，这对于我等草根网民来说，当然是一件求之不得的事。相对于传统媒体来说，网络社区的言论尺度比较宽松，让一代寻求"自我表达的价值观"的网民，得到了纵横驰骋的感觉。

"猫眼看人"的流量令人惊讶。一个热点话题，往往在很短的时间内几十层楼盖毕。我记得在当时的一个热帖中，一位从天涯社区过来看看的大V，面对"猫眼看人"的流量，发出了"我还得适应适应"的嘀咕。

回想起来，当时在论坛上码字的热情，现在看上去有些不可理解。你辛辛苦苦写一个帖，并没有任何稿费，除了说明自己精力旺盛无处发泄，最主要的还是有一种介入感。

"网络问政"彼时刚刚兴起，一个地方事件，经过网民们的反复言说、评论、盖楼，很可能变成一个全网热点，从而推动事件得到某种程度的关注和解决。这种介入感，才是盖楼的"内啡肽"。

论坛的另一个看点，当然是掐架。最早的掐架，相当文质彬彬，一招一式，如同老派武林高手，没有阴招，少用暗器，摆事实讲道理，偶尔引经据典，点到为止。后来随着外部环境和网民结构发生变化，意气之争就多了，更多的是情绪化的语言。我的两个朋友，一段时间内在论坛上互掐，论坛上掐完，跑到群里来掐；我睡觉之前他们在掐，醒来之后发现还在掐,乃是真正的"掐友"。

在论坛上,你当然也会像在现实生活中一样,碰到各种各样有趣无趣有聊无聊的人,而这些人,往往只要三言两语你就能识别得出来。在我看来,网上网下其实并无区别,每个 ID 背后都是一个活生生的人,而不可能是一条狗。网络上的朋友,大概率也能成为线下的朋友。我的不少朋友,其实都是在网络上认识的,气味相近,臭味相投,就算是朋友了吧。

2008 年夏天,趁着到海南旅游之际,我专程与同事一起拜访了凯迪网络总部,去看看这个每天都要登录的网络社区的"总发动机"。彼时网络社区尚未见颓势,强势的传统媒体甚至专门到 BBS 上找题材,但社区的言论品质似乎已有所下降,非理性、情绪化的帖子逐步增多。

之后随着移动互联和微博时代的开启,对于其他"传统"的网络社区而言,都是一个极大的打击。没有人再有耐心在 PC 端辛辛苦苦码字与人交流,随手发 140 字不香吗?说到底,交流、分享、传递,才是网络的本质,哪种形式并不重要。

写到这里,发现自己对于"猫眼看人"的关闭并非"毫无波澜",毕竟那是一段很有意义的上古网络时光。BBS 的渐行渐远,乃至落幕,可以看作是一场赛博空间里的青春葬礼。

沉迷看直播会毁了人生吗?

夏熊飞

你会看直播看一整晚吗?你会陪一个主播一陪就是七年吗?很多年轻人会。

有人将沉迷看直播,定义为"年轻人的另一种人生"。我倒觉得,"另一种人生"谈不上。沉迷的人,可能只是处于某段迷茫期,学业、工作的压力,爱情或生活遭遇了不顺,或是心灵上的孤独……

已经35岁的我,看直播的时间不多,毕竟工作要忙,有家要养,孩子的尿不湿要换。但说起来,我可是直播间的古早铁粉。在王者荣耀、英雄联盟诞生前,我就在虎牙、斗鱼等平台,追着看各类DOTA赛事及09等大神的游戏直播。这是当时很多男同学的娱乐和社交方式之一。仗着年轻,时不时还通宵"肝"。学习、就业的压力,在看游戏直播的过程中,得到了暂时释放与逃避。

日子总是向前的,现实给人勇气,人会不断成长。走着走着，你会发现，从前那些沉迷到无法自拔的东西，已变得可有可无。纵然情怀使然，偶尔还会去看看曾喜爱的游戏主播，但生活已经不是非有他们不可了。

现在的直播，不是游戏的专属了，购物、美食、旅游、学习……"万物皆可直播"。内容的高度细分，让每个人都能在直播间找到需要或感兴趣的内容，生活，因此多了些精彩。这样的"脱实向虚"，可能会让部分人警惕，担忧被骗，担心玩物丧志。但还是那句话，技术是中性词，使用它的结果是好是坏，在于用它的人，和用它的姿势。

我爱人看直播的时间很短，是个"小白"，可架不住李佳琦的全网热度，时不时要去他的直播间逛逛，买些口红之类的小物件。很多商品都是"秒没"，但抢到的，确实不错。加上李佳琦的专业介绍，省去了挑选、比价等诸多麻烦，戳中了很多懒（忙）人的痛点。我呢，除了偶尔看会儿游戏、体育直播，还会去罗永浩的直播间溜达，不买东西，主要是冲着他的"脱口秀"去的。

在几大网购平台，每天都有千千万万的直播间开放。直播成了一个重要的产业，成了很多人的饭碗。李佳琦、薇娅等知名大V坐拥海量粉丝，自然有其特别之处。但在他们背后，还有许多和我们一样的普通人，靠着做主播，认真努力地生活着。

买家得实惠和便利，还能放松身心，主播们多了一种谋生手段，我们的社会和经济因此更有活力。这样的直播，想必人人都爱。

呵护直播行业健康成长，让人受益避害，当然是必须且重要的。这方面，监管越来越完善，我保持理性的乐观。我想说的，是对老年人看直播的现象，要有更多关注。

今天，"长辈沉迷直播间购物应该劝阻吗"上了热搜。真正的问题，或许不是该不该劝，而是怎么劝才有效。因为在网友的案例中，长辈们的沉迷，已经到了光靠"自救"不行，需要外部力量帮忙"戒瘾"的地步。想想曾经，父母们软硬兼施让我们戒网瘾，但效果不佳，就不难明白，硬劝是没用的，得讲究策略。

我们得明白，他们为何沉迷。害怕被时代抛弃，希望买到实惠，看个热闹，希望与子女有更多共同话题，都有可能。确定了是哪一种，才好"下药"。是该多陪陪老人，还是该教他们些实战经验，拆穿直播常见套路，少买些拆了就扔的次品。总之，缺啥补啥。

我相信，成年人有能力，通过自己或抱团，抵抗沉迷看直播。我更相信，短期内的沉迷，不必太焦虑，毕竟人生这么长，谁还没段迷茫期呢。暂时失去了方向，在虚拟的直播间寻找些慰藉，不是坏事，不算不堪。"风物长宜放眼量"一点，沉迷看直播会毁了人生？不至于不至于。

人生不是一场凡尔赛

李勤余

霸道总裁也好，超级学霸也罢，要扮演不属于自己的角色，很难。大多数情况下，入戏太深反而更容易"露馅"。之前的凡尔赛文学，如今 privilege 引发的群嘲，都是最鲜活的例子。

平心而论，那位拿 privilege 说事的同学可能本身没有恶意，纯粹只是想秀一下自己的优越感。但"我的高傲已经尽数体现""我们在有特权的环境学会了善良"之类的话，之所以会被众多网友拿来造句，不是没有原因的。

造句造出了凡尔赛文学 2.0，而它的精髓并没有变，还是那个熟悉的味道和配方——通过犀利的讽刺，让生活从梦幻回归现实。换句话说，大多数人还是看得清，知道生造出来的 privilege 当不得真。在社交媒体上刷存在感，不等于自己真的变优秀。

Privilege 的梗，和"在北大附中上学"的视频有关。其实,人们光看到了视频中的同学们光鲜亮丽的一面,这显然是片面的。已经有北大附中的同学指出,他们的学习生活不可能这么轻松。确实,想想也知道,学霸真的不是那么好当的。不耕耘就想有收获,也只有在社交媒体上"凡尔赛"这一条路了。

最近,"躺平学"在相当一部分年轻人中也很流行。躺平好不好,是个见仁见智的问题。但现实是,想要在现实生活中躺平,尤其是在一线大城市中,真的很难。最简单的道理,没有基本的劳动收入来源,年轻人只能靠"啃老"来躺平。这样的躺平方式,并不像有些人说的那样浪漫和诗意。

或者是靠幻想和卖弄,获得高人一等的虚荣感;或者是遇到不顺或挫折,就干脆甩手不干、彻底躺倒。行动的方向不一样,但实质都是对真实生活的一种过激反应,不过是一体两面而已。

当然,把批评的矛头全部指向那位强调 privilege 的同学,也不公平。她在字里行间视若珍宝的成绩、地位、荣誉,正是当下舆论场最关心的话题。不管是求学还是工作,似乎得不到"成功",就会成为彻彻底底的 loser,成为被众人鄙视、唾弃的对象。

于是,一些年轻人渴望当明星、当总裁,还想要一步登天,一夜成名。"世上无难事,只怕有心人""梅花香自苦寒来"等至理名言,反而好像成了有些人眼中过气的出土文物。

如今，一些偶像明星拼命向公众狂晒自己的"富二代"人设，竟然还会得到热捧，就足以说明一些问题。

好在，这次 privilege 的全民造句活动，说明大多数人还是"人间清醒"的。学习成绩也好、人生前途也罢，讲到底，还得用自己的双手去争取。这当然不是说在键盘上打字，而是踏踏实实地去生活。不管最后的结果怎么样，努力过、付出过的人才能得到别人真正的尊重。

天上掉馅饼，也要接得住

守 一

曾经的"中国锦鲤"信小呆又上热搜了，不过这次是来卖惨的。

很多人应该记得，2018年某宝搞了一次很成功的营销活动，全网抽"锦鲤"，奖金总额一个亿。这块馅饼从天而降，砸在了信小呆的头上。信小呆本是国企的一名IT工程师，在得到这个举国艳羡的大礼包之后，决定辞职，开始了全球逛吃玩乐的生活。这不就是我们做梦都不敢想的一夜暴富么！

不过，快乐的时光总是那么短暂。信小呆现在对暴富给出了另一种说法：看似惊人的一个亿，其实就是一大堆优惠券，出国的吃住行很多项目还是要自费，为此她花光了20万元，刷爆了信用卡，没钱没工作，还得了抑郁症……总之一个字，惨。

这可真应了那句玩笑："你有什么不开心的事情，说出来让我开心一下。"信小呆亲口讲述的惨状，能够收获多少同情不好说,但一定让很多原先羡慕嫉妒恨的打工人,感觉好受了许多。我们得不到你的幸运,还好也不用承受你的痛苦。

虽然信小呆重出江湖,难免有运营炒作嫌疑,可卖惨倒是呈现一种"人间真实"——幸运通常伴随着痛苦,完美的一夜暴富从来不存在。

一个亿就是优惠券的说法可能稍显夸张,毕竟还有挺多实物奖品,可是噱头之下的水分,肯定也是够下一场雨的。毕竟平台和商家不傻,都懂怎么用最小成本得到最大收益,全用真金白银,想想也不能够。

所以,这些奖励于信小呆真是一个致命诱惑。不要吧,很难割舍;要吧,享受得越多,自己要付出的必然也越多。不仅是金钱上的,还关乎自己的时间、精力,甚至精神状态。设身处地想想,一步步纠结地享受这些"优惠券",享受完之后面临着失落,想不抑郁都难啊!

可如果让信小呆重选一次,她还会不会愿意被抽中"锦鲤"?我想大概率还是会的。不同的人生会有不同的苦恼,"暴富"的苦恼虽多,快乐也不少。只想拥有一种情绪的人生,既不可能,也没趣味。

如果要从信小呆的经历总结点什么心得,我是不愿意得出因为"暴富"有痛苦,就要安贫乐道的鸡汤;而是更愿意相信,应该拥抱人生的更多可能。这不是寄望于天上掉馅饼,而是如果真被馅饼砸中,那就要学会和馅饼相处。

在真实的世界里，我们所能拥有的一切，多数是要靠努力才能获得。靠挥洒汗水收获的东西，我们往往更懂得去珍惜。可是无法否认，也有些东西，很难排除幸运的成分，而我们有时缺乏正确对待这些东西的智慧。

比如说，我们出生在什么家庭，拥有什么财富、秉性的父母；和资质能力差不多的朋友去求职，我们胜出而朋友落选。谁能说这些背后没有幸运的成分呢？我们可以不纠缠于"为什么是我"这样玄妙的问题，可是学会珍惜，用好这些幸运，比事过境迁之后去卖惨，可能更有价值。

还记得手机最原始的模样吗?

李勤余

诺基亚,我都快把这个品牌给忘了,但它突然刷了一把存在感。

就在昨天,诺基亚新款手机来了,关键词有这么几个:首发价 199 元、支持 4G、支付宝。对这位久违了的老朋友,网友们的意见并不一致。有人说,价格很便宜,功能很实用;也有人说,档次不太高,就是老人机。

不管网友喜不喜欢这款手机,这条消息至少说明,很多年轻人已经看不上的诺基亚,依然活得好好的。还真别小瞧了功能机,在世界范围内它依然有很大市场。比如,非洲的智能手机普及率、互联网渗透率较低。即使是一些发达国家,也要面对严重的老龄化问题,对它们而言,功能机是刚需。

说这些,并不是想夸奖诺基亚的销售策略有多么高明。残酷的事实是,全球手机市场依然被几大巨头把持,诺基亚能不能跟上时代,还是未知数。不过,它的存在倒是在提醒我们，手机到底是用来干嘛的。

在网络上流传的有关诺基亚的段子，不是能用它来砸核桃，就是能把它当板砖使。调侃归调侃，诺基亚手机的质量过硬也是公认的事实。可惜在这个时代，一款手机光能用、耐用，是远远不够的。

记得在我读书的时候，手机还是稀罕物。它的功能除了打电话，就是发短信"聊"。那时候，发一条短信就要1毛钱。要是有人愿意和你聊一晚上，这说明你们的关系可绝对不一般，因为那手机账单足够把一个普通学生的零花钱掏空。也因此，短信里要说什么、该怎么说，可都要好好琢磨一下。如果是发给心仪的对象，深思熟虑一晚上都是常有的事。

可现在，手机是用来"玩"的。一个智能手机的功能如此之丰富，当年的我们无论如何也是想不到的。出个门，手机几乎能解决一切问题，以至于离开了它，我们都不知道该怎么生活。但手机又越来越不像手机了。它是游戏机，是照相机，是电视机……都说是手机让我们成为线上的"奴隶"，但也许这不是手机的错，而是因为我们自己想要的东西实在太多，恨不得把手机变成机器猫神奇的口袋。

很多功能我可以不用，但你不能没有。于是，今天的智能手机正在无限膨胀。不信，你打开自己的手机界面，看看那密密麻麻堆满了整个屏幕的APP。你再仔细想想，是不是有很多软件被下载了以后就直接进了"冷宫"，连你自己都忘了有多久没打开过它了？

每一款新手机在发售时，都会强调自己的性能有多么强大，功能有多么丰富，但好像很少有人会问，咱们真能用到的功能，到底有多少？

如今和朋友们一起吃饭，总有那么几位老兄从头到尾拿着手机不肯放手。看着那几张埋进手机屏幕里的脸，我在想，手机应该是用来促进人与人的交流的，可当我们面对面的时候，又有人宁愿躲到智能手机的世界里。真不知道，手机的功能到底是什么？

但好在，还有诺基亚在，它让我们知道手机"最原始"的模样，或许也能促发我们对智能手机未来的思考。

追网红食品的你,到底在追什么?

华璐月

没想到,网红食品"鲍师傅"再次进入公众视野,不是因为它超长的排队时间,而是估值被推到了令人咋舌的100亿元,而目前鲍师傅门店还不到100家。好家伙,"店均"值1个亿。吃货的潜力真的不可小觑。

上海第一家鲍师傅开业的时候,在我们这些学生中,引起了不小的轰动。当时我还是一名身处郊区的大二学生,如果有人甘愿去市区排四五个小时的队,买一些鲍师傅的招牌产品"肉松小贝"回来,那可比任何友谊都"珍贵"多了。

彼时的我并没有听过"鲍师傅"这个牌子,甚至都不知道"肉松小贝"是什么。只是当时铺天盖地的网络宣传,加上同学之间的口口相传,让我也不由得对这家神奇糕点心向往之。

何况,当时身边人提到它的口吻,让我觉得,如果不知道鲍师傅,不知道肉松小贝,就会显得自己有点"土"。为了摆脱这种格格不入的离群感,我急切地想要买来一尝为快,这样当再次有人提起的时候,我便会自信地跟上一句:"啊鲍师傅啊,它们家的肉松小贝很好吃的。"

那些乐此不疲追逐网红食品的人们,大概也都是这种心理吧?

在所谓自尊心的驱使以及群体压力的推动下,这些年,我逐渐被网红食品推着跑。椰子灰冰淇淋、双黄蛋雪糕、脏脏奶茶、脏脏包……吃什么,喝什么,似乎不再由自己决定,而成了被他人"种草"、被商家"洗脑"的结果。

于是,一款网红食品,需要排队数小时才能购买,且严格限购,甚至还有"黄牛"买卖排号,外卖跑腿费也要动辄百元起……最新的新闻是,在杭州诞生了专业的奶茶"代购",坐高铁把长沙的奶茶搬到杭州,有些都成了隔夜奶茶了,仍吓退不了那些"铁粉"。

然而,在我逐一打卡尝试过后,发现并非每款网红食品都合我口味。我逐渐明白,一款食品,比起它有多火,更重要的,是适合你的胃。

如今,物质条件极大丰富,食品消费也不断升级。吃一款甜品,喝一杯奶茶,早已不止于产品本身的消费,消费者更看重的,是商品背后的话题度、时尚感、身份认同、品牌文化等元素,这挺正常。

心理学中的"羊群效应",早就解释了人类的从众心理。

很多炮制网红食品的商家，正是利用这种心理，通过炒作，人为制造"羊群"。商家雇人排队，花钱请托儿在社交媒体上营销，早已是尽人皆知的事实。消费者也正是在盲从心理的推动下，看人气来消费，从而掉入了商家预先写好的剧本。

只是，越是浅显直白的道理，越容易为人理解、接受，却也往往越难做到。人就是这么矛盾。

当我即将踏入研二的门槛，我终于从跟风吃喝回归人间清醒。现在的我，不再盲目追求网红产品。这里面，有现实的无奈：网红产品的迭代越来越快，已远远超过我的认知更新速度，跟都跟不过来了。不过更主要的还是因为，我已经有定力了，不是所有的网红产品都值得一试，咱也没空全试一遍。平常心对待，喜欢就去尝尝鲜，不喜欢就算了。再说，人的个性、社交的维系，如果仅依附于在吃喝上求同，未免也太无趣、脆弱了些。

我们为什么总被农民父亲的形象打动?

韩浩月

这两天,一条视频悄然走红。

视频里,一位凌晨坐在马路边,守着车卖瓜的大叔,进入了拍摄者的镜头。从一开始时有一点点戒备,到得知瓜可以被全买走时的开心,再到主动降价并多次拒绝拍摄者按原价多付的钱……这名父亲打动了许多网友的心。

这位瓜农,一言一行闪烁着人性的光芒。

他懂得感恩,预测到了买瓜者有可能吃不完这么多瓜,所以以主动降价的方式来表达感谢。

他心地淳朴,遵守交易规则,本来可以坦然收下买主按原价给出的钱,但他多次想要退回多给的钱,这也是在捍卫一名小生意人的尊严。

他爱子心切,深夜卖瓜所得收入微薄,但却心怀孩子的求学、买房等宏大计划……

不少网友觉得,从这位瓜农身上看到了自己父亲的身影。即便是在社交媒体上,网友也普遍不擅长表达对父亲的爱,而这位瓜农,仿佛成了当下父亲形象的一个最大公约数。网友转发、评论点赞这位父亲,其实也是在尝试塑造一个理想的父亲形象。

那么问题来了,我们为什么总是会被一位农民父亲的形象所打动?

不可否认,这位瓜农出现在郑州的街头,确实有些"奇观效应"。如他所说,从郑州回到他家,需要三四个小时,这三四个小时的车程,就是奇观形成的重要因素。通过这样的对比,人们感受到了城市与乡村的差距,了解到了一名城市父亲与乡村父亲的不同。

假想一下,如果一名城市父亲,深夜开车载客摆摊挣钱,拍下来虽然也感动人,但终归没有这位农民父亲带来的震撼感强。城市父亲的工作也辛劳,也有大量的城市父亲挣着不高的薪水养活一家,但在人们看来,城市里的父亲,面孔总是有些模糊的,他们似乎缺乏故事可讲。

或者说,大家已经认同了城市里的生存模式,只有看上去更加不容易的农民父亲,才能激发网友对父亲形象的感慨。

在凌晨郑州街头卖瓜的父亲,身上带着农耕时代的鲜明印痕,他带给网友的情感冲击,既熟悉又陌生。他非常容易激发过路者帮他一把的冲动,但帮过之后呢?他依然要回到他的瓜田,继续运输和叫卖一元多一斤的西瓜,这太符合感伤主义文学的定义了。只是我们从中得到的感伤,并不矫情,因为这情绪里,藏着许多人的出身与来路。

就是这么一段短短的视频,里面却有着各种各样的赋比兴。一个人可能不会对自己父亲的付出有太多的实际感恩,但如果仍然能够被这样的视频所打动,那表明他内心深处仍然有对理想父子关系的向往。

在对这样一位农民父亲表达敬意的同时,不妨也寻找一些机会,问问父亲过去的故事与当下的状况。没准他也能讲出催人落泪的细节,但更大的可能是,他也卖过瓜,但他不说。

没有互联网,人类行不行?

白晶晶

水灾过后的郑州,手拎一袋冬瓜和洋葱,一位中年男子走到生鲜超市门口。手机没网,结账这件事困住了他和店主。搜刮钱包无果,男子从裤兜掏出一盒炫赫门香烟,实现了以物易物。

上述内容,源自最近一篇刷屏文章——《当一座城市忽然失去互联网》。那场极端强降雨,引发断水断电断网,也让郑州人的生活一夜回到过去。

共享单车骑不了、网约车打不到了、微信支付宝打不开了、外卖无法下单……互联网的"消失",无异于一次数字化"返祖"。

当然,这段经历极端特殊。翼龙救灾无人机已数次飞往郑州,提供网络支持。经过紧急抢修,不日通信恢复。不过,不少网友脑洞大开,将之视为通往另一个世界的兔子洞。假若穿越到平行时空,没有互联网,世界将会怎样?失去互联网，人类何以自处？

互联网始于1969年，第一台苹果手机诞生于2007年，微信上线于2011年……相比千万年的人类进化史，网络带给人类社会的改变，只在电光石火一瞬间。其实，仔细看看我们身边，也只有00后、10后被视为互联网原住民，其他几代人皆经历过"网络史前时代"。人类有个习惯，总会不由自主地美化过去的记忆。谈及没有互联网的那些年，人们不约而同描绘出一派桃花源般的景象——

"放学后，小伙伴相约跳房子、打弹珠、跳皮筋……没有手机的饭桌，一家人吃得格外香甜。人与人面对面，大家相谈甚欢。远隔两地时，也可打电话用声音纾解想念。"

现实远比想象复杂。就像张爱玲写的，娶了红玫瑰，红的变成了墙上的一抹蚊子血，白的还是"床前明月光"。久而久之，互联网的便捷被视作理所当然，视角更多投射到过度依赖网络给生活带来的隐患上。

几年前，特斯拉创始人马斯克说过，"我们已经成为那种靠机电装置维持生命的人了，试试把手机关上一段时间——你就会明白幻肢综合征是什么意思"。一语成谶，现在手机似乎真的成了人类难以割舍的器官。

2019年，深圳一位90后导演进行了"断网48小时"实验。实验中，他从第一天的孤独焦虑、无所适从，到后面的玩滑板、逛公园、与朋友聊天，打开许久没看的书，与家人沟通等等，似乎断网让他找到了更平静美好的生活。

其实，线上线下的人间美好一直都在，关键取决于人类如何选择。就像《当一座城市忽然失去互联网》结尾处写的那样，即使没有互联网，人们拥有的同理心、责任感、互助互通的本能，依旧维持着城市的运转。

网在不在，可能没那么重要；人还在，最重要。

给动物园一个"讲故事"的机会

赵志疆

北京野生动物园发布的一则官方声明,让不少人感觉"承包了一天的笑点"。

事情的起因很简单:2021年8月7日下午,有游客在北京野生动物园游览时发生纠纷,进而互相谩骂、厮打,引起大量游客围观。

随后,北京野生动物园发表官方声明:双方厮打地点附近的动物们,是第一次看到人类之间的打斗场面,令它们印象深刻。当晚,部分动物家庭在兽舍内纷纷效仿,场面一度失控。在饲养员的耐心教育下,动物们知道了打架不好,特别不好。

坦白说,打架斗殴以及由此发布的官方声明都很常见,但如此亦庄亦谐,令人印象深刻的描述却并不多见。

网传视频显示,发生在动物园的那场互殴堪称"惨烈",拳打脚踢、抓扯头发,甚至有抱小孩的女士参与其中。如此恶劣的示范效应，让人不由得替孩子的成长环境感到担忧。但如果官方声明仅止于此，不仅容易落入俗套，也难让当事人吸取足够的教训——他们连法律都不放在眼里，怎会将文明放在心上？

北京野生动物园的不同寻常之处在于，以拟人化的写法缓和了措辞，同时以曲径通幽的笔法阐明了态度：连动物们都知道"打架不好，特别不好"，生而为人，情何以堪？

很多时候，降低一个对比维度，往往更能起到意想不到的警示意义。人与人互殴，伤的是和气，失的是体面，但在动物面前，也许更能让人体会到什么是"丢人"。以此来看，这个官方声明虽然态度并不官方，措辞不像声明，但却起到了官方声明应有的效果：传递公共信息，阐明自身态度。

令人没有想到的是，这个不严肃的官方声明，随后遭到了严肃批评。有专家指出，动物打架是本能行为、自然规律，一般不会效仿人类打架。还有专家质疑，不知道饲养员是如何"耐心教育"动物的？

专家还煞有介事对此进行了总结：这是好营销，但它是伪科学。专家言之凿凿，有理有据，但却似乎少了一点幽默——这些基本常识恐不足以上升到科学的高度，更为重要的是，大家真的连这点判断能力都没有吗？

围观北京野生动物园官方声明的时候，大家到底在围观什么？这是一个耐人寻味的问题。

窃以为，没有人想从中破译人与自然的密码，也没有人想因此学会如何给动物做心理按摩，更多人只是看到一种常见的不文明行为，被赋予了一种耳目一新的解读，仅此而已。

动物遵循本能，人要尊重规则，这是人与动物的差别。某种意义上说，这也是一种科学，但它是超越了自然科学的人文科学。一则亦庄亦谐的官方声明，何至于被扣上一顶"不讲科学"的大帽子？

现实生活中，幽默基因不是太多了，而是太少了。在某些人眼里，官方声明就应该一本正经、字正腔圆，哪怕是一个动物园发布的声明，也应该遵循官方的标准。这实在是一种天大的误解。

移动互联网时代，公众的阅读方式和阅读兴趣都发生了很大转变，对于各类官方声明来说，文本表达的技巧和方式越来越重要——建立在有效传播的基础上，官方的态度才能得以彰显，声明的效果才能得到传播。

给动物园一个"讲故事"的机会，天塌不下来。

家有"网瘾父母"

阳　柳

上周,我妈在视频聊天时告诉我,颈椎疼得厉害,好几个晚上无法睡觉,只能斜靠在椅子上眯一会儿。我叫她去医院检查下,她说不用,贴点膏药就好了。她迟疑了一下,又说:可能最近手机玩得有点多吧!

瞬间,我心里冒出一个念头:我妈也变成"网瘾父母"了。明明她经常吐槽我们,回家后"眼睛长在手机上""整天就知道盯着手机,叫你跟叫木头人一样",仿佛就在不久之前。

我在心里复盘了我妈玩手机的场景,大致包括:有人来我家店里买东西,用扫码支付,她不放心提示语音,总要一个个查看手机收款信息;缺货了,电话或视频让批发商送货;有空要刷短视频;我和弟弟妹妹每周几次打视频回家和她通话;她的老姐妹们,很多随子女在城市带娃,每天各种视频聊天+分享好玩的短视频……保守估算,她一天玩手机得三到五个小时。

这个水平，还只能算网瘾轻度患者。有报告说，老年网民日平均触网时间为3小时，有6.4%的老人每天上网7小时以上。另一份报告的结论更惊人：超过10万老人日均在线超10小时。

所以，每次我叮嘱我妈少玩手机时，她总说"我没多少时间玩，有空才玩下"，不完全是孩子式的辩解，而是某种事实——她才刚达到平均时间，还不算沉迷。但换个角度看，在忙碌和劳累的空隙玩，其实是占用了休息和锻炼的时间，于健康更不利。

有天中午，办公室几名同事也在吐槽家里的"网瘾父母"，有人说："我妈整天看那些婆媳矛盾、夫妻相处之道的短视频，看完就发给我，训诫一番"，有人回："那还算好的，就怕他们乱买东西，又费钱，吃了还可能伤身体"，还有人说："我爸就喜欢买便宜货，家里都堆满了，都是没用的垃圾，说他还不听"……

每一个，都是可以直接上《吐槽大会》的素材。这些人间真实，道出了除健康原因外，网瘾老年们容易踩的两个雷：被各种情感洗脑、被各种营销套路。

也正因为如此，从父母吐槽我们网瘾十级，到他们自己沉迷玩手机被我们吐槽，这种轮回，让人难以有"风水轮流转"的快感——唯一的好处可能是，现在的父母多少能理解点曾经的我们。网瘾老年，或许很快就会成为和网瘾少年一样的社会难题。

如何让父母辈学会上网又不沉迷网络、安全玩手机而免于风险，专家学者给出了很多办法。比如，运用技术手段，对平台运营者加强资质审核；通过宣传教育，引导老年人合理安排上网时长，掌握甄别信息的技能。还有人更实在，提出参考"青少年模式"的做法，打造一个老年版的防沉迷系统。这些办法都很实在，可以尽快进入可行性探索。

在这之前，很多政策和治理层面的措施，还是显得"隔了一层"，子女的劝说和引导或许更有效。年轻人要有耐心，也不妨耍点"心机"。我一位朋友传授过经验，她妈妈有段时间痴迷"看广告兑现金"，怎么劝都不听。后来在一次手机死机时，她灵机一动，向妈妈解释说是看广告点到了病毒导致的。"看广告后果很严重"，不会应对死机又舍不得换手机的老人记住了这一点，下决心戒掉了网瘾习惯。这种温情牌和招数，也不妨一试。

时代的车轮滚滚向前。截至 2020 年底，我国已有近 2.6 亿 50 岁及以上的"银发网民"。让更多老人用上互联网和智能手机，也希望网上的各种套路、陷阱远离老人，这种"两全"，真的很难吗？

年轻人迷短视频,究竟在迷什么?

吕京笏

等公交车时"刷一刷",把自己在球场上的进球瞬间"剪一剪",遇到有趣事情的时候"拍一拍",不知道该做什么饭的时候"查一查"……在这个"数字化生存"的时代,短视频已经深入我们的生活,尤其是年轻人生活的方方面面。

这并不令人意外。很多人都说,当下最稀缺的资源就是注意力,人们的时间高度碎片化,相比于阅读文字,或者看长视频,短视频对于专注度、接收难度等门槛的要求都更低。在空闲时刷短视频,已经成为不少年轻人习惯的"肌肉记忆"。

但短视频广受追捧,绝不仅仅因为它的"短",还在于它的丰富。如果把电视、电影等传统视频媒介比作舞台上的聚光灯,那短视频更像是生活中的手电筒——或许亮度没有那么高,却能照到很多之前被忽视的角落,发现许多意想不到的惊喜。这些,不正是这一届追求个性、多元、新奇的年轻人所喜欢的吗?

2019年，我也成为一名短视频用户，当时的第一反应便是：这个世界上能人真多。有人可以用双手同时作画，有人用脚"投篮"几乎百发百中，有人用一方小木块就能雕出栩栩如生的名人头像，有人的口技让观众误以为是配音……如果没有短视频的助力，也许他们的技能都只能成为"自娱自乐"。

短视频为年轻人打开了一扇窗，看到都市生活中不容易看到的图景。越来越多的人发现，关掉"景观社会"的美颜和滤镜，外面是一个更真实、更丰富的世界。不少来自农村的创作者在展现乡村生活的同时，以自己淳朴、上进的生活方式影响着年轻人；除了"流量明星"外，"独臂篮球少年"张家城、"农民工朗读者"李小刚同样值得社会关注，他们折射出更全息、更扎实的生活质感。

在刚刚结束的东京奥运会中，我们明显地看出，"唯金牌论"的心理正逐渐被中国观众淡化，大家把更多的注意力放在了运动项目与运动员本身。除了国民心态的转变外，还有一个很重要的原因是，人们看奥运会的"姿势"改变了。

短短两周，"国乒三剑客"的很多神仙球、孙一文的唱歌、张常鸿的波比跳，都通过短视频火到出圈，观众们也看到了更加立体、真实的运动员形象，在纯粹依靠电视观赛的年代，这种效果是很难实现的。

即便奥运会闭幕后，运动员在隔离期间的 vlog 也常常刷屏全网，让网友第一时间看到运动员们最真实的日常。

对于年轻人来说，今天的短视频已经不仅是一种娱乐消遣的渠道，还成为学习工具。我身边很多大学生朋友的烹饪"启蒙老师"都是短视频；爱好篮球的我，在技术、规则等方面遇到困惑时，第一反应也是去短视频平台搜索一下"大神讲解"；还有一位对摄影、剪辑颇感兴趣的理工科朋友，在某视频平台看了一个暑假的教程，已经可以独立执导微电影了……这些都是短视频为年轻人生活提供的便利。

还有不得不提的一点在于，在短视频平台，年轻人不仅是观众，更是创作者本身，在去中心化的传播时代这并不新奇，但短视频的形式显然更能满足年轻人的活力与创造力。你可以看到各种各样的创意视频，玩梗、P图、恶搞、鬼畜等，都不禁让人感叹，短视频的世界里"人才"无处不在。

当然，短视频的快速发展也受到了不少批评。我们看到，青少年沉迷刷手机的现象时常发生，一些低俗内容污染着网络空间，这些都提醒我们，短视频不能成为"短视"的视频，需要多方合力维护其清澈明朗。

而理性的年轻人，也不应该因噎废食将其视为洪水猛兽。抵制不良诱惑，合理、适度使用网络，是所有当代人需要不断打磨的素养。这何尝不是年轻人在面对未来更加复杂的生活时，必须学会的一课？

我们还能不能好好说话?

叶克飞

高中时,我有了人生第一台电脑,用的是 Win95 系统,CPU 是奔腾 133,16M 内存,硬盘好像是 2.5G。这个如今看来是古董级的配置,为当时的我打开了一个新世界。

那是中国第一代网民开始"冲浪"之时——没想到这个有点"土"的词现在又回来了。

因为上网门槛高,网络氛围相当好,总会见到妙语连珠者。第一代网络用语也慢慢诞生了,比如"美眉""帅锅""斑竹""大虾"之类。但因为很多媒体还没触网,初代网络语言流向现实世界,延迟到了 1999 年左右。

2001 年,读大三的我给某报写专栏,主题是电脑游戏里的历史典故、感情世界、玩家趣事,顺道谈谈人生。我因此被视作"网络达人",参加过一场报纸上的辩论会,主题是"网络用语是不是一种语言污染?",我被指定为反方,力证"美眉"和"帅锅"是汉语的时代演进,实属寻常,更谈不上污染。

我的论证逻辑大致是,语言自有其生命力和调整能力,会随时代而变化。人类文明的演进,本身就是一个新词汇不断诞生的过程。如果在这个过程中,有些词属于生造,或者不具备足够的文化含义与基础,自然会逐渐被人们忘记。

这个话题也是互联网时代的永恒之问,每隔一段时间就有人拿出来讨论一下,直至今天。印象中前些年引发的最大争议,是"屌丝""蛋疼""然并卵"等网络用语,到底算不算低俗?

这几年,玩梗成了上网必备,各种梗层出不穷,有时搞不明白,还得先搜索学习一下。"蓝瘦香菇"这样的谐音梗,算是入门级别的了。我不但不反对梗,还时常会心一笑,毕竟娱乐心态是宝贵的。这几年的不少网络用词,都变成了某种社会象征,可以预见其生命力的持久,比如"996"。还有一些说法,体现了某种群体心态,比如"咱也不知道,咱也不敢问","世界那么大,我想去看看"。

又如当年的"囧"字,简直是互联网史上的神作。至于"人生就像是一个茶几,上面摆满了杯具(悲剧)和餐具(惨剧)",也是典型的互联网式揶揄。"我说我比较喜欢李白的诗,陆游气(路由器)坏了,结果我家就没办法上网了"这样的梗,也有着相当不错的幽默感。

我也依旧相信语言的自我调整功能,但心态有所变化——调整不是净化，语言的调整并不永远是正向的，也可能逆向而行，出现倒退。尤其是当网民基数越来越大，文化层次越发参差时，这种趋势就会越发明显。

有这样的想法，是因为现在的梗实在是太无趣了。比如前些日子的奥运会上，苏炳添的表现震撼世界，网友们纷纷点赞，可赞语却是那般乏味，从网络跟帖到媒体，"YYDS"（永远的神）成了标配。还有"666"与"绝绝子"之类，尽管它们并不代表潮流，只代表单调的表达方式。

这样的表达毫无技术含量，更缺乏文字趣味，却成为许多人唯一的选择，是不是印证了我们语言能力的匮乏呢？"不好好说话"，可以被视为网络时代的一种特色，但"无趣地说话"，不应该是标配。

当然，这也并非中国网络独有现象，全世界年轻人都喜欢用缩语。这跟网络传播的特性有关，人们需要更快速地表达，也就会寻找更简单的方式。《速度社会学》一书中说，速度与加速已成为我们这个时代的鲜明特征。这种特征投射到社会交往中，典型表现就是语言的固定化、简洁化。同时，网络的海量信息也让人们越来越难接受长信息和深阅读，"越来越懒"。

前些年，人们担心上网打字会让人提笔忘字，而如今，人们担心的底线更低——你是否还拥有正常的汉语表达能力？语言本身是丰富的，每个人都可以寻求独特美好的表达方式。

如果都打出同样的"YYDS",还有什么个性可言呢?

有调查显示,76.5%的受访者感觉自己的语言越来越贫乏。表现是基本不会说诗句(61.9%)和不会用复杂的修辞手法(57.6%)。这种语言匮乏,最终也会转变为思维匮乏。

如今在各种新闻之下,总能见到"我站某某""粉转黑""路转黑"和"抱紧我家某某"之类的说法。它将网络变成了一个纯粹体现立场的地方,说着这些话的人,似乎失去了自我独立性,并且会因为"站队"而对不同观点与思维充满了排斥。

所以,当他们见到自己不喜欢的文章时,就会来一句"取关",或者直接诛心地问"说吧,收了多少钱?"至于"吃瓜"和"带节奏"之类的词,更是让公共讨论被彻底污染。还有"渣"这种定义,将原本复杂的人性简单化,将文学作品与现实生活中的各种感情状态固化为"渣"或"不渣",使得许多人失去了对人类情感的正常理解能力。

正如有人所说,选择语言,就是在选择思维。很多人选择了同质化语言,就放弃了思考和接纳不同声音的能力。毕竟,如果一个词可以指代一切,那恰恰说明它什么也指代不了。

当社恐时代遇上"社交牛×症"

仲 秋

中秋将至,部门计划团建聚个餐。就去哪儿吃的问题,老员工讨论得热火朝天。突然,我收到一条微信,发件人是去年入职的新同事、一位94年的小哥哥。小伙子写道:"吃啥都行,就是别吃小龙虾。"原以为是他对河鲜过敏,没想到后来问及原因,小伙子脸一红,低头说道:"我有点社恐,不能跟姐姐比,你是天生的社交牛×症。"

借用一个网络热梗,"听君一席话,如听一席话"。年轻同事一句发言,给我带来两大震撼——

首先,在我印象中,小龙虾才是最好的社交食物。因为只有吃这个,才能放下手机嗦虾肉,端起酒杯敬朋友,顺便聊一聊好久没说的心里话。没想到,在当代年轻人眼中,小龙虾是社恐天敌。与不熟的同事"尬吃",无异于新时代社交酷刑。

其次是,啥是"社交牛×症"?带个"症"字,怕不是什么病吧？难道现在的年轻人，都学会这么夸人了。

上网查询才知道，这是个新晋网红词汇，就像红极一时的"绝绝子""YYDS"一样。坦白讲，如今网络造词运动的迭代速度，快赶上二倍速播放的苏炳添百米冲刺了，借用网梗的现实表达，很容易让人产生一种感受，不是我在说话，而是"话"在说我。

"社交牛×症"的缘起，也是先从短视频生发，被打造为网络热梗，继而向现实延展。

一开始，"社交牛×症"用来定义过度放飞自我、哗众取宠博流量的短视频博主。他们的共同点是在公共场合进行"大声喧哗"式表演，在刻意制造的尴尬中寻求快感。还有一位博主，自称曾患超强社恐，通过在陌生环境咆哮、旁若无人演讲，不仅成功摆脱口吃困扰，还变身社交达人。

不过，随着"社交牛×症"的推广使用，它逐渐脱离贬义词的这一面，走向褒义词的另一面。有人解释，这个词就是社恐的反义词，指在公共场合或不熟悉的人面前，毫无包袱且肆无忌惮地散发着自身魅力，并乐在其中的一类人。

网上有人总结了"社交牛×症"的几大临床表现，分别是海王式打招呼、无门槛式交友、百科全书式聊天、C位式存在感等。我对着症状逐项打勾，这才发现，原来同事眼中的"天生社交牛×症"患者，真的是我本人了。

其实，在俺们老家东北，这个"社交牛×症"几乎人人都有。要让东北大爷大妈来点评,他们肯定会说,别整这些新词,这不就是说人"自来熟"吗?确实,东北字典里似乎压根没有"社恐"这个词,只要方圆五米之内有一个东北人,场子就绝对不会冷,抛梗接梗、人生八卦,什么都能聊几句。

　　除了东北人以外,老年人似乎也与"社恐"二字"绝缘",人人皆是社交达人。他们似乎和谁都能搭上话,从不用刷手机掩饰被迫社交的尴尬。从这个角度看,当代年轻人可能面临两个结局,要么是"社恐"变老后患上"社交牛×症",把唠嗑变成晚年生活刚需。要么是30年后的公园里,老"社恐"锻炼个身体,也要时刻隔着自认为舒适的社交距离,绝不侵占对方的私人领地。

　　村上春树说过,哪有人喜欢孤独,不过是害怕失望罢了。不少当代年轻人自诩社恐、羡慕社交达人,可能也是一种自我保护机制。因为身处陌生人社会,他们更不易与他人建立互信关系,也不敢轻易交付真心,更担心言多必失,给自己带来伤害。

　　社恐也好,"社交牛×症"也罢,我们选择何种与外界沟通交流的方式,都是在倾听内心的需求。愿每一个沟通的需求,都能得到回应,愿每个年轻的灵魂,都不孤独。

"李子柒式"流量应该得到呵护

易 之

李子柒已经两个月没有更新视频了。她卷进了和 MCN 公司的纠纷里,这个 IP 未来会怎样,现在看是个巨大的悬念。

前两天,李子柒接受了媒体的专访,采访的标题是"热爱可抵漫长黑夜",在采访中她说"美好的生活其实就是自己心中的热爱和向往"。李子柒接受采访的风格也是"李子柒式"的,有情怀也有诗意。

其实我们看到的"李子柒"是李佳佳。目前可能公众会更同情出演视频的李佳佳本人,但得承认,如果没有背后的资本运作,可能我们根本就看不到那个"李子柒"。

2016 年,李子柒刚和 MCN 公司合作的时候微博只有 1 万粉丝。那时李子柒小有名气,但若没有商业团队的运作,她的未来可能就是"芸芸网红"的一员,很难到达现象级的水平,也不可能将影响力扩展到世界——海外账号正是双方深度合作之后才开始运作的。

这是个商业纠纷,要靠法律来解决。作为旁观者,很难说谁是谁非。但不可否认,无论是视频创作,还是商业运作,"李子柒"都是很成功的。

我很喜欢李子柒的视频,也很喜欢吃她的 IP 衍生食品,尤其是红油面皮。她的视频在国外视频平台上的广告收益,一年可以达到 4 000 万元人民币;李子柒电商品牌 2020 年销售额更是达到 16 亿元。

所以,作为"李子柒"视频的支持者、商品的消费者,我真的觉得如果这个 IP 因为纠纷落幕,那就太可惜了。尤其是她的视频,还有很多人等着看呢。视频是李子柒成功的起点,也是她最具辨识度、不可替代的产品。从采访中可以看到,李子柒对视频有很大的执着,在创作中投入了相当多的精力。而她的视频也开辟了短视频的一个新门类——慢节奏的田园牧歌生活。这两天某中年男星也拍起了类似风格的视频,但凡事就怕货比货,有了同行的衬托反倒让很多网友更怀念李子柒。

古往今来,从来不乏美化田园生活的作品。岁月静好的男耕女织,会带来一种安稳感。这也是一个沉淀已久的文化母题,陶渊明的《桃花源记》和米勒的《拾麦穗者》都属此类。李子柒的艺术水准未必能达到这个高度,但对这种文化情结的共鸣,却是很真实的。

不知李子柒能否再度开启视频创作，但我们今天依然需要"李子柒"。人们依然想看到这样的视频，希望看到一种乡居生活理想中的样子。不管是国内还是海外观众，都喜欢这样的田园美学。

但愿纠纷能够得到妥善解决，因为好的流量应该得到呵护。毕竟，在动辄眼球刺激、一惊一乍的短视频世界，李子柒视频里的空灵与安闲，实在是太难得了。

4

文化

读，不一定书

韩浩月

几家文化单位于 2020 年 12 月 17 日联合发布了《文化建设蓝皮书：中国文化发展报告（2020）》，蓝皮书指出，目前有 43.98％的人通过"阅读书籍报刊"来实现文化消费需求，而选择"浏览互联网"与"观看影视片"的人，则分别为76.10％和 59.86％。

说实话，文化单位发布这样的调查报告，很是花费了一些心思与精力，我也相信这份数据的权威性，但要说给我带来多大的内心冲击，那倒不至于。对于人们越来越不爱读书这件事，不少人从开始时的忧心忡忡，到现在已变得习以为常了。

其实可以换个思路看，在互联网阅读的强势冲击下，目前还有四成多人爱读书，已经非常不错了。我以前对读书的理解与定义，与蓝皮书是一模一样的，总觉得手里握一本纸质书，或者展开一份纸质杂志或报纸，心里才踏实，得到一种暗示：这才算是读书。反过来就会认为：用电脑浏览互联网以及用智能手机看电子书，统统可以归类于"玩"的行列，是"浪费时间"。

这种思维十分"顽固"，具体体现在我自己身上的家长作风上就是：每每看到孩子打开电脑或摸起手机，就理所当然地认为，他们又要开始"玩"了，避免不了地就想去阻止，阻止的办法就是找一本书送过去，苦口婆心地劝读。这样的劝读，通常无效。我自己也做不到百分百投入地埋首纸书里，读个一二十分钟，手也总是会不由自主地摸向手机。

对于手机与互联网向阅读领域乃至整个文化消费领域的入侵，如临大敌是没有用了，最好的办法是，如何分配时间，如何让纸质阅读与数字阅读互相融入。对此我的经验是，最好是能够走到那四成喜欢读纸书的人群当中，但也别排斥自己成为"浏览互联网""观看影视片"的那批人。都是文化消费，非要搞出个高低、雅俗之分，未免显得有点儿迂腐了。

我在看电影方面花的时间比较多，前几天用看片软件自带的记录功能统计了一下，两年多点的时间里，看电影花了2 000多个小时，差不多累计有80多天不眠不休用来看电影。我觉得看这些电影，不只是简单地娱乐，更不是"浪费生命"，这也是一种有意义的"阅读"，只不过阅读的不是文字，而是影像。

一部好电影，在约90—150分钟的时间里，可以横跨几个世纪，可以浓缩一代人或一个人的人生，可以把多种多样的生命体验淋漓尽致地展现出来。精彩的故事，赏心悦目的风景画面，令人沉浸其中的音乐，都会让我们的现实生活与精神生活丰富饱满起来。艺术是共通的，好的影视、绘画、音乐等作品，都能够让人受益，不管你的身份是读者、观众还是消费者。

当然，读书优先，仍然是不少人的主动选择。疫情期间，我把青少年时代读书若渴的阅读习惯重新建立了起来，平均每周要读完两本书，家里所存未读之书，被"消耗"掉了不少。读纸书的快乐，有不可替代性，但这并不意味着，读书就显得多"有文化"。亲近文化的正确态度，是尽可能地选择优质内容，不用对这些优质内容来自哪个平台、渠道、呈现形式，有过多的分别心。

这几年来，我看到诸多层面在鼓励阅读纸书、阅读经典等方面，都有一些激励措施，包括对实体书店，也有一些扶持政策。这些措施值得去做，取得的成绩也很棒，但背后总还是隐藏着一种焦虑感。如果哪一天这种焦虑感淡化了，我们在选择文化消费形式的时候就会更多一些自由感，不用背负那些已经没那么沉重的文化压力。

比起消费什么、怎么消费，更值得讨论的问题是，如何让受众掌握更多分辨优劣的能力，还有面对海量内容时的选择技巧。这些更能考验文化内容生产者与推广者的创意与智慧。

把《第一炉香》当作朋友圈的
一幅静图，会令文字羞赧

田 然

1900年之后，爱因斯坦相对论对文学写作最大的帮助和最大的革命是关于时空的感受：心理活动、思想动态，以及意识、回忆和梦境皆具有了合法性与物质性，人物不再生活在惯性里。

伶俐的、二十几岁的女孩子，那么喜欢西洋钟摆的张爱玲，就任性地用一个香炉子开始自己的20世纪。有的欧洲作家遍寻自己的日常物什对应爱因斯坦的相对论，据说他们找到了圣诞集市上的巨型奶酪，说是那个不规则的奶酪上的孔洞可以比拟中国的物什，那些孔洞就是可以通向过去的隧道，时间裂变，掉进文字的黑洞里。

至若一个叫做城市的空间，它最好没有名字，就算有了名字又怎么样呢，都是固定的空间；一个姑娘，也最好没有名字，她从事的职业不再只能是勃朗特时代的家庭女教师，至少会是一个公学或者私学的教员，她大概还可以做一个打字员，暇时去看一场电影："很多年以前……"

这样的表述以世界上所有的语言出现在了20世纪以后所有作家的笔端，后来它出现在电影世界里，直至今日，人类的内心早已经过了20世纪两次大战的锤炼，也飞身跃入外太空了，可是他们因何还要迷恋一个"很多年以前"的故事呢？

1900年之后，所有的学科都远离了文学，历史学科作为最后的留恋，也获得了自己的精神力量，它们都宣布独立了；在独立的同时，过来捣乱的还有一个被斥责为工业文化的电影，电影摒弃了光，在黑暗里讲故事。

在20世纪初电影和工业的关系大于和文学的关系，电影就像长了翅膀一样飞过每个国家的都市或者乡村。在影院周边和阅读不同的是，还有很多小吃店和小吃食只能和电影搭配，它可以成为一个上海女孩子咬着嘴唇一个人看的东西，也可以是一群乡村女孩子咬着嘴唇很多人看的东西。

1900年之后，新式学校读书的张爱玲小姐，医学院毕业生契诃夫先生，还有很多作家都赶上了这个时代。他们和传统文学的斗争不是空间，而是时间，不是语言而是言语。旧时代走过的托尔斯泰曾经为了追赶这种言语，在日记里写下要向契诃夫学习；在去世的前一年为鼓舞本土电影的使命感召着，托尔斯泰参加了一个纪录片的拍摄，他的妻子对摄影组说：你们拍我们散步，就像是我们不知道你们跟着我们的样子；他自己看见拍摄地那么多人，不善于公众演讲的托尔斯泰说：我很幸福，我很感动，后来就哭了。

文学之于影像，我想还是应该这么胆小的样子，前者战胜时间，后者战胜空间；文学既然不想独立，就该像托尔斯泰那样子在文字里强大着，在镜头面前做个胆小的人，拼命学习电影。至于文学与电影之间，就像是南方6月以后满街的夹竹桃——有花有毒，无果；它是20世纪40年代亚热带的风——上海的香港的还是厦门的并不重要，风从它们中间吹过，全是咫尺天涯的爱与恨。

这样令人气馁的文学与电影之间的关系也有百年了，灵长类的人长高长胖，并没有开天眼，文字铺陈太多，直让影像里的演员叫苦不迭。在不过几个月的拍摄时间里让演员大段大段地用言语表达人物的内心，以语言带动行动，到底也要有多年戏剧化的训练才能真的有了"一刹那"的戏剧性。据说人们把这个"一刹那"唤作"爱情"。

电影在文本面前有些晃神，犹豫不决地不知道如何用空间换时间表现这个"一刹那"，不知道小说里姑侄间首场考试是不是该有个监考老师分些台词，既然观众早就知晓葛薇龙最后是堕落了，电影索性就让她早点堕落；索性就把那些关于钢琴和网球的考卷在电影里换成司徒协来考问；索性就让葛薇龙一上轮船就被几个推搡灭了归意。

我是不太相信这个镜头的，上海的普通女孩子也是能够吃得起苦的，特别是来自别人给的苦，这一点，我觉得马思纯还是诠释了那个普通上海女孩子，就是别人欠她百吊钱的样子：她是风是水是你抓不住的一刹那。

我们的错在于，不该认为电影《第一炉香》只是作家写滑了手的未刊本、摄影师手抖之后的动图、音乐家创作的草稿。起了底子，电影行的还是蒙太奇的规矩，不是鹅毛笔到五笔输入的规矩，至少不该行的是微信的规矩。不该把这个旧香炉只是当作朋友圈的一幅静图，不仅截了屏，还把截屏和聊天记录发在了自己的朋友圈，它们令文字羞赧，令影像难堪。

电影独立百年有余了，我们早该知晓，文学与电影之间的斗争还是应该精神化。至若电影里文学的物质性，它该告诉演员"叨扰"在普通话里的真实发音是什么。而对于张爱玲，今天年轻的孩子，被文学规训的还是被数据规训的，都会一致认为张文的月亮就是"圆"，张文的人物就是"美"。就算是下沉的人葛薇龙也是相对论里的下沉，她进入到一个时间的黑洞里，里面都是囫囵的一团光一团雾一团香气。

所以这部电影在影院里引发的响亮的笑声仿佛是说我们读书少，可是你们合起伙来告诉我们另一个"时光倒流七十年"的故事，担心我们看不明白另一个"一刹那"。观众还是觉得受到了冒犯，毕竟挤了周末的晚高峰，买入高于50元的电影票，背包里装了个10元的面包，电影散场没了末班地铁,喊个出租都要排位到二十几位之后。

以 20 岁出头的张爱玲小姐的脾气,发表了轰动的《第一炉香》,一定淘气地过来和你咬耳朵:真是不划算的。

这部电影做对的一件事体就是伊选择了一个桂花迟开的季节来到了,人人都以为今年沪上的夏日会让桂花都乱了方寸,不知佳时几何,可是在公历 2021 年 10 月 22 日的浓夜里,桂花还是裹着雾气一层一层地退却寒气,它还是如此矜羞与持重,与薇龙思纯该成互文,该为混剪。

给杀马特少年一个确定的未来

张 丰

澎湃新闻一篇《"杀马特"伤心往事》,讲述了李一凡执导的纪录片《杀马特,我爱你》中几位主角的故事。"杀马特"这一已有些年代感的群体,再次进入公共视野。

在中文语境里,"杀马特"这个词,和英文中"聪明"的本意没有半点关系,专指那些发型夸张古怪的年轻人。作为一个群体,它在十年前就流行了——一群十几岁的农村青少年,跟随父母或同乡,离开农村老家,来到城市。他们在滑冰场上挥洒青春,看到喜欢的异性,就请一杯奶茶或一顿肠粉。他们加入QQ群,交友或恋爱。有些玩得"野"的,因为斗殴而"进去了"。

很多人曾认为,"杀马特"就像美国20世纪70年代的嬉皮士,这当然是一个错觉。大多数"杀马特",只是周末才出来耍酷,平常他们会把发型理顺,在工厂的流水线上,默默无闻地工作。

很长一段时间内，"杀马特"被认为是瞎胡闹，受到各种鄙视和指责。现在再回过头来看，我们对"杀马特"有了更复杂也更宽容的心态。有人怀念逝去的青春，很多人还羡慕他们浓密的发量。

不是所有农民工二代都是"杀马特"，但大多数"杀马特"都是农民工二代，他们是留守儿童的另一个版本。在他们身上，有一种"无根性"：家乡成为回不去的他者，城市也无法让他们真正有家的归宿感。

过去，这个群体是沉默的，他们很难找到发声的平台。在生活中，把头发染成大红大绿，让它们克服万有引力，向天空刺去，看似"视觉系"的行为艺术，却也是他们真实的"青春物语"。如果你可以透过其非主流、中二的表象，克服偏见，耐心地去听听，就会发现，他们的处境和声音，本质上还是现实主义的。

他们不是表达过剩和没事找事，而是有一种真正的苦闷，"我是谁？""我的未来在哪里？"

父母一代虽辛苦，但目标明确：打工挣钱，回老家建房。而"杀马特"见识了城市的繁华，对回老家没有多大兴趣。但在城市，他们也有一种"在"而"不属于"的陌生感，想要真正融入并不容易。小到按时足额拿到工资，大到如何实现结婚生子，都是"杀马特"不得不面对的问题。

保罗·威利斯在《学做工：工人阶级子弟为何继承父业》

一书中，谈及英国工人阶级子弟的成长问题。他们在学校形成了某种亚文化，崇尚男子气概，喜欢动手（包括做手工和打架），喜欢恋爱，唯独对学习没有兴趣。他们有自己的文化和价值系统，即便政府和学校都想办法让他们好好学习，但真的很难。中学毕业后，他们还是会像父母一样成为工人。

不是说"杀马特"成为农民工就不好，而是说，当他们表现出了对现状的不满和别样的渴求后，能不能改变和实现。由于种种原因，他们很难投入到中高考的竞争中，他们的父母对这个"志向"兴趣不大，他们也早早脱离了读书升学的价值系统。那么，除了在滑冰场上耍酷，炫耀谁的女朋友更漂亮，他们又该干什么呢？

当然，要相信人的力量，和时间这个朋友的助攻。十几年前的"杀马特"，已多数换回了普通发型，成了熟练工人。但新的"杀马特"还会出现，顶多是表现形式不一样了，比如从"玩头发"变成沉迷短视频。他们的聚集地，也不光是东莞这样的制造业城市，还有广大的四线城市和县城。

对一代年轻人的"冲动"和"表达"，不用过多指责，成熟社会应有这种包容性。让他们生活丰富很多的网络和智能手机，也只是中性的存在。但作为一个年轻群体，他们的声音和诉求，他们呈现的社会问题，需要更早被正视，得到更好回应。

社会应该为"杀马特"提供更多的可能性——包括更多

让他们挥洒汗水的滑冰场。城市应该有更多更好的职业技术学校,社区应该有更完善的娱乐休闲设施,来满足和释放"杀马特"的需求与热情。不要忘了,说起来,"杀马特"也是"城市子弟"。

老字号，一座城市的文化记忆

韩浩月

位于北京前门的狗不理包子店关闭了，据狗不理集团官方说，闭店原因是门店租期到了新租约没谈下来。这个说法我不太相信，真要品牌过硬、生意兴隆，是一条街上的门面，各方会尽最大努力，想方设法把它留下来的。

现在狗不理包子给人整体的感觉是成了"鸡肋"，当地人与游客都不待见，开着也没什么意思，关了反倒有点顺理成章。

十多年前，在"不吃后悔"的心理促使下，我吃过一次狗不理包子，吃完之后，感觉没有什么特别想表达的，无语地走了。

狗不理王府井店被集团解约，没了，现在前门店失去租约，也没了。尽管对狗不理包子没什么好印象，但还是挺惋惜的。惋惜之余还有点担心，现在全面退守天津的狗不理包子，能否守住最后的大本营？天津人如果都不再支持这个品牌，那么它消失于人们生活中则是早晚的事了。

以前觉得，被时代淘汰的老店、老品牌，不见了就不见了，没什么大不了的。但最近几年观念有转变，可能是自己不再年轻的原因，更容易怀旧。另外还有一个原因是，我越来越多地发现这些著名的老品牌，已经成为我们情感的一部分，文化的一部分，它们的名字，往往与我们的童年以及逝去的生活场景有密切的联系。

我最近购买的一个老品牌食品是青援饼干，在超市货架上看到，就走不动了，包装还是那个包装，价格甚至也没涨多少，居然只要两三块钱一包。小时候特别爱吃这个牌子的饼干，用手指捏一枚，放开水里泡一下迅速拿出来，尝一口，吞咽下去，美味得很，每一颗味蕾都能体会到幸福。

以前，我还网购过上海大白兔奶糖、山东高粱饴，这两种糖果，粘掉过几代孩童换牙时的牙齿，也成为几代孩子甜蜜记忆中不可忘却的一部分。这些糖果买回家，我会卖力地向新世纪的儿童推荐，他们偶尔也尝一下，但完全没有惊喜的感觉，这让我有点儿失落。

我已经有多年不买国外名牌运动鞋，这些年穿的，多是根本记不住牌子的国产鞋。有次在商场看到回力鞋的专卖店，停下来暗暗为这个老牌子的新潮设计赞叹了半天，心想等下次买鞋子的时候一定要买它，可惜等几个月后落实到行动时，不知何故这个专卖店已经换成了别的门店。

真的挺担忧这些老店、老牌子的消失。从情感层面讲，作为过来人，觉得它们是好的，就忍不住想推荐给年轻人，这也算一种传承吧。在族群当中，在家庭当中，这样的情感传承比比皆是。"总想把最好的都留给你"，这是父母辈、哥哥姐姐辈的特殊关心方式，这种关心与爱护，需要一些载体，老牌子就是最佳的载体之一。

国潮返红真的是一件挺令人开心的事情。我看新裤子乐队的一些视频，使用了很多的国潮元素，一点儿也没觉得土，反而认为很打动人。确实也有越来越多的年轻人，开始购买国货老名牌，这是消费观念的一大转变。

天津有狗不理，北京有全聚德，上海有杏花楼，苏州有松鹤楼……老字号见证着城市的变化与成长，也是一座城市的文化记忆。一座没有老字号的城市，再现代再精致，也总给人缺少点韵味的感觉。

一座城市当中，老字号不怕多，但就怕有些老字号既守不住质量底线，又做不到与时俱进，服务态度还倨傲。那要是倒闭起来，可是谁都拦不住的。假若北京的狗不理包子仍然门庭若市，那将是一个多么让人向往的场景。

别让身体跑得太快，
也别把灵魂抛得太远

李 哲

今天，是 2021 年第一个工作日，你过得好吗？

一个平平无奇的周一，此刻被赋予了厚重的仪式感。人们习惯在这一天，立下自己的新年 flag——尽管去年立的，很有可能都倒了。

最近，有一个段子在社交媒体很流行，说的是两个外星人在对话：

甲：他们在庆祝什么？

乙：庆祝他们的星球绕着他们的恒星转了一圈。

甲：我说过他们不太聪明吧。

的确，一年，只不过是人类为了方便认识和管理时间，人为设置的一个节点。对于浩瀚宇宙，和可能存在的外星人来说，这都显得虚无，甚至荒诞。但对我们来说，却并非没有意义。

近些年，每逢新年钟声敲响，我都会习惯性地翻下下相册或朋友圈，看看去年今日，自己做了什么，留下了哪些印记。

老实说，2020年的最后一天，和2021的第一天，并没有多少区别，只不过是昨天和今天的关系。但是人们喜欢对过去做一个总结，给未来和自己一个新期待。这不仅是一个仪式，也是一个暗示，是自我回眸后的革新。

去年，女朋友特意买了几十张明信片，我们各自写下了十个愿望，以及自己要做出的十个改变——你看，我们不仅喜欢一年一次的总结，还总喜欢整数。如今复盘，这些愿望只实现了一半，其中不少是因为疫情无法实现。但这样的结果令人遗憾吗？我们好像都没有这样的情绪。

活在当下，改变能改变的，接受不能改变的。这就是我们现在的态度。走过2020年，这不再是一句佛系鸡汤，而是很多人在现实面前学会的笃定。

最近一期的《十三邀》中，罗翔说了一句话，"我们画不出那个完美的圆，但不代表它不存在。"是的，我们或许永远不可能到达那个完美的点，但不能停下追求美好的脚步。

新年的第二天，我去医院做了一个检查。原因是前不久闪了一下腰，坐久了时常感到酸痛。好在经过医生望闻问切、做了X射线后，没有什么问题。这种个人经历，与疫情一年来大多数人的感受形成了一种呼应：比起放眼"世界那么大"，我们比以往任何时候都更关心内在的自我，关注自己的身体，懂得健康的重要。

话说回来，也许是因为年岁渐长，我越来越不喜欢立flag。因为立flag，要么是一个必须完成的架势，要么是一种早早预感失败的自嘲。一个有压迫感，一个还没开始就留了退路。我更愿意换个老派的说法：许下新年愿望。它更温情，却有力量。

新的一年，希望自己健健康康，不给身边人添麻烦，体重减一点，身体和年龄协调，生活和灵魂拥抱……希望这些美好愿望，在家人、朋友身上也成真。再大点，希望疫情早点过去，我们早日回归烟火日常。

昨天，我去看了电影《心灵奇旅》。它的英文名"Soul"，显然更直指主题：这是一个灵魂归属的故事。我发现，电影中的角色，都对应了现实中的一类人。比如，有的人是执着于梦想的理想主义者，如主人公渴望作为一名钢琴家演出；有的人是焦虑KPI的现实主义者，如念叨着"一定要签单"的基金经理；有的人则只想要活在当下，感受每时每刻的美好。

如何过好这一生？电影给出的答案是，让自己的灵魂附在自己的身体上。听着有些玄幻，但我想，每一个走过2020的人，都会有自己独有而具体的解读。

今天，我照常码了些文字，生活没有太多变化。但今天的我仿佛比昨天更明白，既不让身体跑得太快，也别把灵魂抛得太远。

没有版权的"快乐"不会长久

易 之

最近在网络上流传的一条消息,让无数学生党和打工人"惊恐万分":承包无数快乐的人人影视可能要凉了。

2021年1月4日下午,人人影视在官网发布《我们正在清理内容!所有客户端均无法正常使用!》的公告,称清理内容"估计需要一段时间,非常感谢大家一直以来对人人影视的支持"。而在此之前,有网友已经发现资源大规模关闭。

当然,对于熟悉人人影视的网友来说,这种大风大浪算是见多了,毕竟在人人影视创建以来的近20年里,有数次濒临绝境却又化险为夷。但据说这次有点不一样,人人影视暂停服务已有将近一周,在线聊天室也一直关闭,颇有点大事不妙的样子。

人人影视有这一天,算不上意外。人人影视长期以来免费提供美剧、英剧、日剧等资源,可谓无数人的"快乐老家",但有个根本性的问题始终没有解决——版权。在版权保护已成共识的今天,人人影视已经游走在危险的边缘。随着"伊甸园""BT 中国联盟"等资源分享网站相继关停,人人影视的生存概率也在一路下行。

其实道理人们都懂,谁也没有理由给盗版、侵权洗白,但估计不少人对人人影视的感情也挺复杂。人人影视从字幕组起步,长期以来靠情怀支撑,不求盈利,算是一股清流。

而人人影视长达近 20 年的运营,也在事实上培养了大批美剧、英剧等国外剧集的观众。不少人和人人影视一同成长,见识了国外的影视剧世界,也养成了追英美剧的口味。如今,不少视频平台正在购买国外影视剧版权,英美剧成为一种看剧刚需,相当程度上要感谢野生字幕组培养出的群众基础。

如果人人影视真的凉了,粉丝群体难免会感到悲伤。但现实是必须面对的:无视版权的"快乐"不会永远存在。

人们会不舍,但人人影视的粉丝群体应该接受这样的现实:作为商品的影视剧,一定有它的价格。人人影视已经存在近 20 年了,这 20 年,恰恰是中国法治建设、版权意识突飞猛进的 20 年。对于保护版权的基本常识,现在已经没有争辩的必要了。版权上的硬伤,无论用什么情怀、交流、学习的理由,都是无法抹去的。

当然,人人影视以及许多字幕组也许会退出江湖,但观众对国外影视剧的需求不会消失。许多人关心的是,如果没了字幕组,我们该到哪里去看正版国外影视剧?其实,市场经济有自我调节的能力，它会淘汰不合适的主体，也会催生出新的机遇。广大观众要有信心，你们的需求，市场不会视而不见。

什么样的姐姐才能"乘风破浪"?

李勤余

《乘风破浪的姐姐》第二季又来了。这一次率先登上热搜的是"那言那语"。碰到两个不认识的后辈,那英上来就是一句"你们俩谁";张柏芝下场后和那英拥抱,后者又甩出一句,"不必感谢我,我没投你"。

那姐性格豪爽、直来直去,又是内地歌坛当之无愧的大姐大。刻意放大她和其他姐姐之间的交流乃至"冲突",节目组确实收获了流量和话题。不过,什么样的姐姐才能"乘风破浪"?显然,光会怼人可不够。

论资排辈,这期节目里不是没有和那英一样大牌的姐姐。杨钰莹再唱《我不想说》,勾起了多少人的青春回忆。没想到,评委们一点不讲情面,甩手给了个低分。杨钰莹的脸上始终挂着标志性的微笑,谦虚地表示,自己真的做得还不够。

容祖儿在香港歌坛的江湖地位自不必说。这一回,她也遇到了囧事。杜华倒是给了她高分,只是给出的理由让人哭笑不得：祖儿外形亲切，像极了杜华公司的年轻艺人。容祖儿的身份地位摆在那里，这样的比较很"尬"。但容祖儿只是淡淡地问了一句：她也是实力派吗？

杨钰莹和容祖儿表现出来的范儿，是一位资深艺人，更是一位乘风破浪的姐姐应该具备的职业素养。

久违了的张柏芝在舞台上一登场就惊艳了众人。平心而论，她的表演并不完美，但是那宠辱不惊、风轻云淡的气场，却镇住了所有观众。逝去的岁月让姐姐们不再青春年少，但也让她们得到了生活的历练。

如果节目组把心思放在如何炮制姐姐们之间的"宫斗戏"，那么就是在贬低姐姐的价值，更是在破坏整档节目的格调。别忘了前车之鉴：郭敬明和尔冬升、李诚儒"吵"得很热闹，流量和热度一个不少，结果呢，许多挑选出来的演员和专业实在搭不上边。多年演艺生涯中积淀下来的职业素养，才是姐姐们最宝贵的财富，也是她们不能被轻易取代、忽略的理由。

自从中年女演员的困境被海清摆上了台面，相关话题就成了舆论场热议的对象。其实，中年人也有独特的优势。冯远征最近在接受媒体采访时就表示，要求十八九岁的年轻演员演出多么复杂的情感，根本不现实。

当然，光是岁数上来了，能力和艺德没上来，同样完成不好演艺工作。所以，对姐姐们来说，大可不必摆什么老资格，重要的是能不能拿出令人信服的职业素养。别忘了，在镜头前的公共空间里，如何待人接物、为人处事，正是一位从业人员和一档节目向所有观众做出的示范。

姐姐们的困惑，也是所有中年职场人需要迈过的坎。我们这些前浪已经被后浪拍上了沙滩，靠什么回到职场的大海？大家十分尊重那姐，可不是因为她的"虎脾气"，而是因为她的歌唱能力和经典作品。说到底，中年职场人还是要在激烈的竞争中用实力说话。

这当然不容易，就像唱起歌来无懈可击的那姐已经碰到了新问题：跳起舞来的她活像个"木头人"。但就像容祖儿、杨钰莹们所展现的，历经沧桑后锻炼出的气质、摸爬滚打后得到的经验，依然有管用的地方。所以我相信，无论身处人生的哪一个阶段，只要是德艺双馨的姐姐，随时可以"乘风破浪"。

吃了一年外卖的你，还知道祭灶吗？

张　丰

在北方的很多地区，腊月二十三的祭灶节是一个很重要的日子，意味着漫长的"过年季"正式开始了，把这叫作"小年"。每个地方的风俗也都不相同，南方不少地方是在腊月二十四祭灶。

我对"小年"的记忆非常深刻。一个原因是，从这一天开始，人们正式准备过年的东西了。小时候在农村生活物资匮乏，过年最重要的就是吃，而小年通过"祭灶"这个仪式，来宣布整个庆典的开始。

"祭灶"首先要祭，在厨房烧香是避免不了的。这是春节季第一次烧香，重点在厨房。小时候写过年的春联，有一幅是贴在厨房的，叫"二十三日去，初一五更回"，或者"上天言好事，下界保平安"，横批往往是"风调雨顺"。

这种对联的意思是：在今晚，灶神会带着人们的祈求和祝福前去天庭，等到初一五更（大年初一凌晨）的时候，他才返回，和众神一起接受人们的祈福。到正月十五的晚上，再祭祀一次，众神就又都返回天上，保持一个高高在上的状态，俯视众生。

在这种观念中，灶神是一个特别的存在。他似乎有着更多的人间性，是联系人和神的纽带，人们要好好伺候他，让他到天上说一些好话。他很亲民，或者说是神派在人间的使者。《西游记》中的土地爷之类的，也都是类似的状态。遇到问题，孙悟空往往把他们找出来先咨询一番，因为他们更了解民间疾苦。

这很好解释。在传统社会，厨房当然是一个家庭最重要的"内部空间"，它很容易发生火灾，造成家庭的全部财产毁于一旦。举办祭灶仪式，其实是对小朋友进行安全教育的机会。印象最深的是，母亲在烧香祈福的时候，表情严肃，禁止我们说话。在整个春节期间，"噤声"都是一个原则，好像说错话就会得罪上天一样，这让我对众神都有一些意见。

灶神让人感到温暖，因为它开启的美食季是一个饥饿的少年最期待的。小时候根本不知道"祭灶"这个词。爷爷会在这一天制作一种麻糖，很甜，又很容易粘住牙齿。他严肃地说出"祭灶糖"这个名词，我总是听成"机造糖"，以为是用某种高级机器制作出来的糖果。

祭灶糖并不好吃，但是却开启了十几天的"甜蜜"。过了这一天，人们就开始去市场采购各种年货，因为没有冰箱，食材的储存就成为一个问题。然后是开始蒸过年才吃的白面馒头,圆形的,而不是平常的长方形;然后是做一些炸物,等着春节后各路亲戚的上门。

这些事情现在都不太有回忆的价值,因为围绕春节的种种"风俗",在本质上都和匮乏有关。过年要想办法把来访的亲戚灌醉,这是因为平常自己都不舍得喝酒,要把最好的东西拿出来分享——农业社会,亲戚就是一个一起对抗风险的共同体。现在,喝酒吃肉都已经是日常,而且都市人普遍面临着营养过剩的问题,所谓节日气氛,也就烟消云散了。

但是,我很看重"祭灶"这个场景,因为厨房确实曾给我无尽的温暖。北方农村的冬天非常寒冷,晚上一家人一起在厨房里做饭,既可以取暖,又是难得的交流机会。它是一个私密的场合,能够听到母亲很多抱怨,那是我最早接触的"评论"。

前些年网上有帖子写,某些地区过去有"女人吃饭不能上桌"的陋习,就是说在过年的时候,女性做好饭端到餐桌招待客人,而自己一直在厨房忙碌。这当然不对,但是要指出,厨房本身并不"低贱",厨房也是女性的天地。一个家庭接待的最重要的客人,其实是女主人的"原生家庭"(比如我家最重要的客人就是我舅舅),女性把持厨房,也是一种"家庭政治",那里自有乾坤。

在城市生活中,厨房当然更加高级,但是它却日益丧失了某种神秘性。前些年为了证明自己的食物是安全的，很多餐馆都推行"透明厨房"，其实在每个家庭厨房都是"透明"的。它的科技含量越来越高，充满电器，连洗碗都有洗碗机了。厨房里不再有秘密，"灶神"也就没有什么用武之地。火灾归消防队管，而一切食材，都有着自己的使用指南。

现在网上有很多做菜的视频，人们更看重怎么做出好看的"美食"，好拍出一张照片发在朋友圈。大多数年轻人已经不怎么进厨房，而是靠点外卖为生。方便的餐盒，吃了直接扔掉，也不用洗碗和收拾。我们的生活无疑更加现代了，但是厨房却不可避免地衰落了，变得没有意义。如果今天灶神真的会上天汇报，他一定会说我们都过得不错吧。

"孩子跟谁姓"背后是话语权之争

简　约

母亲曾跟我说，我差一点就跟了她姓。

我姐姐是随父亲姓的。我出生以后，母亲就提出老二要跟她姓李，连名字都想好了，叫李浩淼。那是20世纪70年代，大多数女孩以"艳、娟、静、芳"为名，这个备用名已经算不落窠臼了。但后来这个计划不了了之，我还是跟了父亲姓。

母亲有这个想法，只是家族观念重——她把娘家看得很重，而不是性别平等意义上的"父姓母姓"之争。因为"李"是外祖父的姓，我甚至至今都没听母亲说过外祖母姓什么。

正是这一点让我十分好奇，我和姐姐都是女儿，按照传统观念，女儿无法继承"香火"，那么我和姐姐跟谁姓，母亲为什么介意呢？按现在的话说，反正我家也没有"皇位"要继承，那么，跟谁姓又有什么关系呢？后来我想明白了，母亲在意的，可能不是跟谁姓，而是在婚姻中，她是否拥有孩子的冠名权。父亲一直很尊重母亲,所以母亲也就不觉得跟谁姓是个值得较劲儿的问题了。

我家的这段"公案"已经过去了四十多年。最近几年,"跟谁姓"的争论,似乎又有了前所未有的热度,网上时不时就有这种讨论,频频冲上热搜。

根据《二〇二〇年全国姓名报告》显示,从2020年新生儿姓氏选取情况看,随母姓与随父姓的比例为1∶12,子女随母姓的比例在增加。这应该与人们思想观念的变化有关,更与全面放开二孩政策有关。

只有一个孩子时,随父姓这种主流观念是很难被撼动的,但有了两个孩子,女性就增加了要求老二随自己姓的底气。这底气,过去来自娘家的经济实力,现在则与女性整体的社会地位和女性个体的经济地位有关。

如今,多数女性既要在职场上与男性同台历练,又承担了照顾家庭、抚育孩子的重任。很多时候,女性要为结婚和生育付出更多的成本——包括时间、精力、收入和前途。如果最后连亲生的娃姓什么都不能决定、没有话语权,未免太说不过去了。

当然,有人会拿"传统"说事,言必称随父姓是自古有之的。但传统不一定就是好的——缠足也是曾经有过的传统呢,还不是早就被扔进了历史的垃圾桶?传统应该随着时代社会的进步而进化,朝着更符合现代文明观念、更有人情味的方向进化。

真要说传统,"姓"这个字本身的结构就很能说明问题。姓即"女生",最古老的姓,基本上都是女字边。而且在秦汉之前,姓和氏是不同的,比如屈原,其实姓芈,和楚国国君一个姓,但国君是熊氏,屈原是屈氏。换句话说,他们共有一个老祖母。秦汉以后,姓与氏才渐渐合一。

所以,传统也是要辩证看待的。第一,追溯传统要看追溯到哪个时代的传统;第二,唯一不变的,是所有的传统都在变。

家庭中的角力,大多数时候根本不用上价值,更可能跟我母亲当年的诉求非常相似,只是"话语权"之争,在意的无非是尊重与否、态度如何。

元宵节，也愿"人长久"

伍里川

几天前，和孩子约好了，待我周五休息时，一起去山上看孩子表姐。当时没想到，这个周五，恰是元宵节。

孩子表姐去世一晃快两年了。那年夏天，是我们全家的至暗时刻，尤其孩子和表姐感情甚笃。在她出远门上学之前，该有一束鲜花放在表姐的墓前。元宵节致意，最好不过了。

昨天晚上，我给父亲打了电话。他最近身体不太舒服，去医院检查，医生让住院，结果没有病床，暂时作罢。这使我想起三年前医生要我住院时，我拿着住院单子逃之夭夭的场景。父亲没有必要骗我，但父子心相通，我们知道彼此都在心里抵制着"住院"两个字。哪怕这场抵制为时短暂，很快瓦解。

如果让我此刻许下愿望，我想说，愿天下无病。

今年南京的元宵节，要在雨中度过，我只能想象天上的月亮很圆很暖。想到楼下新开的"蟾宫折桂"茶楼，倒有个意外的好处：何时折桂、何时"赏月"，不受天气制约。

人生亦是一个个元宵节"堆砌"起来的。有点空中楼阁的意思，但这可能是世间最稳固的空中楼阁。所有的祝福，都在楼阁深处收藏起来。随着年岁的增加，越发觉得那些诸如"健康快乐"的话语，是至简而刚的。这些话脱口而出，本身就是对不测命运的抗拒、对美好生活的安排。

我从接触诗词开始，就特别喜欢"但愿人长久，千里共婵娟"这句话。这话最早是为中秋量身定做的，可在我看来，它并非中秋的专利。中秋说得，元宵也说得；节日说得，平日也说得；思乡人说得，本地人也说得。只为一个真心真意，安了人间。

南京在唐朝时，因为下辖上元县，而得了"上元"之称，而上元节就是元宵节。这真是一座城与一个节的美丽缘分。

打小，父亲就告诉我"十三上灯，十六落灯"的规矩。那时，父亲还亲手做小灯笼。记得一只兔子灯，铁丝加竹篾制好大型，糊上白纸红纸，虽然粗犷，但蜡烛一点，整个瓦房为之一亮。明月下，孩子们提着各家做的土味灯笼，在村子里嬉闹。三十多年后，竟是不复之景。

那时的元宵节，停电是常事，煤油灯得常备着，须臾不能离。印象里，点着煤油灯吃元宵，说闲话，是老房子里的一景。我喜欢吃奶奶做的咸肉馅元宵，昏暗的煤油灯下，我能准确地从一众红糖白糖馅元宵和无馅元宵里，抓到它们。

我离开家乡多年,直到重归故里,再没见父亲做过的灯笼和煤油灯。村里的父亲们,自打告别了村庄,上了楼,连同好"手艺"也一起丢了。父亲已经活到了当年奶奶包咸肉馅元宵的年龄,他最常干的一件事,就是擦拭挂在墙上的爷爷奶奶和我曾祖母的相框,然后静默片刻。我也养成了在"照片墙"下静默的习惯。

　　我在电话中告诉父亲,元宵节我们会回家——我说的"回家",是指去父母的住所,那里与我家有着"一碗汤"的距离。我让他准备好身体检查的单子,我要看看。

　　我没提醒他烧水下元宵,但下元宵是一种默契。我不爱吃元宵,但元宵节,元宵是不能缺席的。

　　我经常想元宵节到底是个什么东西,没想透。只觉得这份传承里,有让我心安然的力量。正是这份力量,引导着一代又一代的人做着、买着有馅无馅的元宵,看着水汽氤氲里元宵们翻滚、碰撞,发出无声的喧哗与欢乐。

　　有些顿悟,我们口中的"人长久"一如元宵,是在果腹之余,那精神上的牵肠挂肚、相依为命。

赘婿的白日梦

西 蒙

中国社会科学院发布的《2020年度中国网络文学发展报告》显示："2020年赘婿题材流行度较高的时期，某平台一个月内热度上升最快的前十部作品中，'赘婿'题材占30%，成为免费模式男频小说的主流题材，内容也以'主角入赘受欺压，最后反转打脸'为主。"

这个概括，的确是当前网络文学生态的真实情况。这个报告还提到了网络文学题材同质化与过度看重短期流量的问题，也得到了多数网友的认可。其实，这些问题算是网络文学的"老问题"了，并非最近才有，但赘婿题材的火热，的确是近期的新现象，虽然也存在一些同质化的问题，但毕竟相对有新鲜感，再加上同题材影视剧的热播，还是引起了外界的重视。

赘婿叙事是网络文学中男频的大热门，是带有十分鲜明男性向标签的题材。究其原因，在于这依然是经典的男性

"逆袭"叙事,只是相比过去的"修仙""穿越""后宫""校花"等题材,有了更多的现实感。而且,赘婿小说通过婚姻及其利益争夺的叙事框架,来构建男主角的"逆袭"人生。这样的题材,对绝大多数普通男性读者具有较强的吸引力,而且由于婚姻话题非常接地气,更容易让人产生共鸣。

心理学家弗洛伊德提出过一个著名的"白日梦"理论:通过做"白日梦",或者说通过文艺创作与阅读带来的精神幻想,来满足自己在现实中无法实现的愿望,尤其是性层面的愿望。这其实就很好地解释了网络文学为何如此吸引读者的原因,尤其是具体频道和题材能吸引固定的性别群体的原因,赘婿题材的网络小说能走红也是如此。

或许在现实中,男性能通过"上迁婚"来改变命运者毕竟是少数,但仍有不少人幻想着可以"娶"入豪门。而且,女婿的一旦身份改变,便会"反客为主",甚至夺取女方家产。这种行为在现实中,往往会遭到旁人白眼,但在文艺作品中,却可以被作者大胆表现,并被很多碍于伦理或能力无法如愿的读者来"体验"。

"白日梦"本身无所谓好坏,只要能妥善面对这种情绪,而不是沉溺于幻想中就可以了。适度的"白日梦"还有助于缓解人们在现实中的压力。近年来,关于"剩下三千万光棍""天价彩礼"之类的话题,时常出现在舆论场上,很多男性存在较大的婚姻压力。"没房子就娶不到媳妇"之类的焦虑,在男性群体里很常见。正因此，越是反常态的故事，越能满足大量潜在读者的需求。因此，我们要看到赘婿题材火热背后的社会现实，这是一个社会文化心理的问题，却可以直接反映在文艺作品及其带来的市场反馈上。

因此，我们既要看到赘婿题材火热的现实因素，也要理解它们存在的合理性乃至必然性。

当然，从网络文学本身来说，赘婿题材也增加了男频小说的多元性和包容性，起码外界说起男频小说时，不再用"打打杀杀"之类的刻板印象来形容了。毕竟，男性群体也不是"铁板一块"，刻板化地看待男频小说，既无助于网络文学生态的和谐，也无助于现实中两性关系的和睦。

这届观众太懂历史了

易 之

这两天,原本被寄予不小期待的影视剧《大宋宫词》正经历着口碑崩坏,豆瓣评分已经掉到了4.1。

最近关于三星堆考古发现的节目和盗墓小说作者南派三叔直播连线,也引来争议。有网友认为,将考古和盗墓联系起来不太合适,容易造成普通观众认知上的错误。

看上去这是两件事,却都说明了一个道理:互联网时代,历史知识正从各个渠道涌来,中国人对历史越来越了解,也越来越较真。这是好事,因为对中国历史和传统文化,中国人一直是很认真的。

有多认真呢?《大宋宫词》里的历史错误,就成了很多网友的槽点:比如在皇帝生前大臣就直呼皇帝死后的庙号"太宗";在尚未出现奏折的宋代大臣就直呼"上奏折";历史上并未生子的刘娥在剧中生了个孩子,还被送去契丹当了人质……

其实这部剧的服化道还是挺讲究的,能看得出主创团队还是有意在营造一种"宋朝感"。无奈这届观众对历史很"挑剔",这些瑕疵他们已经忍不了了。

以前并不是这样,想想《大宋宫词》的前身《大明宫词》,其实从今天的角度看,也有很多荒诞不经的改编。比如太平公主和李隆基事关生死的权力斗争,竟然被改写成了亲情线。但那会儿几乎没有观众揪住这些,反而津津乐道。

南派三叔上节目本无不可,高知名度的网络小说作者可以获得更高的关注度,也能给普通观众提供一个更加大众化的理解视角。只不过,网友们并不希望历史和考古的严肃性被消解,才会议论纷纷。

时代不同了,这届观众和网友太懂历史了,很难糊弄。对影视剧也好、关于历史的综艺节目也好,很多时候并不只是看个热闹,只图哈哈一乐。相反,人们对这些作品寄予了更多期待,希望从中收获知识的填补、智慧的启迪、精神的发扬。

当然,对节目作品在历史层面进行挑刺,恐怕永远都不会有尽头。比如不可能有节目能完整地呈现历史真实,至少演员那一口标准普通话,在大部分朝代都不会出现。对很多不得不进行"当代呈现"的部分,也应当抱以一些宽容。

不过,相关从业人员确实也急需历史补课了,历史题材很受关注,但简单粗糙地蹭历史流量已经行不通了。这肯定是好现象。人们越发珍视国家的历史资源,对历史题材有更严格的审视,这有力地证明了社会整体文化素养的提升。我们的作品和节目,当然也要跟上这种整体上涨的水位。

不让孩子读课外书，
是这届家长最大的失策

张明扬

"世界读书日"又将到来。谁都知道读书好的大道理，包括困在教育竞争之中的家长们。

但具体到实践，那些在幼时热衷给孩子买绘本买童书的父母们，或许大多数都会尴尬地承认：孩子们已经很少有时间去看课外书了，培训班和各种"鸡娃"已经决定性地抢走了孩子自由阅读的时间。

现在各路舆论都在谈教育减负，天下苦教育竞争久矣。减负的必要性自不用多说，但很少有人会去追问：减负了以后干什么？

我的建议是：阅读和户外锻炼。今天，我们暂不谈体育，就说说阅读吧。

据我有限的观察，中国孩子课外阅读量之少，已经到了一个难以想象的地步。随便问身边一个孩子，从小学到高中阶段的阅读情况,如《三国演义》和《西游记》这种趣味性很大的经典,看过的人极少;甚至是金庸这种父母辈小时候如饥似渴偷读的"国民经典",孩子们也基本没看过。

当然可以谈论《三国演义》的孩子很多,因为《王者荣耀》里有这些人物,但是,这和阅读还不是一回事吧。我甚至认为,《王者荣耀》多少可以促进点阅读,因为舍此实在找不到其他动力了。

我明白每个时代有每个时代的经典,但如果不讨论碎片化阅读,仅谈论系统化阅读的话,孩子们说不出几本自己看过的大部头书。主要原因当然是时间。一些自己博览群书的父母都会承认,阅读很重要,但孩子每天连作业都要做到晚上九点十点,哪有时间看书?

这说得没错。在我们的教育模式中,一直是以记诵知识为主导,阅读的重要性完全是流于纸面的,语文教育和考试制度与其说鼓励学生阅读,不如说鼓励学生去读一些速成的"名著梗概""经典范文"和碎片知识点。甚至前段时间关于语文课本修改原文的争议也暗示着,中国孩子的大部分阅读仅仅依赖于课本和相关的教辅。

如果学生可以大量课外阅读,那么,语文课本里收录哪些课文还有那么重要么?

舆论中还有一种知识分子化的倾向是,将读书视作"无用之用",这种高远的说法当然自有其道理,但更多是小圈子的道理，对成人都未必有说服力，对鼓励孩子阅读而言就更加起到了反作用。

试问，哪个国家的公共舆论会去说，孩子读书没有用？

孩子读书怎么会没有用呢？在很多国家的教育体制中，阅读甚至可以说是重中之重，从小学到大学，老师开书单、孩子去图书馆找资料，小一点的孩子写读书笔记，大一点的孩子直接写论文。

所谓考试，很多时候就是学校在某个期限内要求孩子读多少本书，然后呈交相应的读书笔记：读书是半强制的，但读书笔记却是开放性的，不用考察你背诵了什么，而是读过思考过什么。

把读书内化到教育中，内化到考试中，对于普通的家庭来说，阅读就有了原动力。

在中国教育的语境内，广泛的课外阅读可能真的是当务之急了。教育应该减负，考试应该减负，但阅读应该推动，甚至是半强制的推动。

缺乏阅读对中国孩子的损害是什么？我试举一例，最近舆论正在讨论文科生和理科生的问题，中国文科生的一大问题就是，从小缺乏课外阅读的习惯，学习完全依赖应试教育的推动。一旦到了缺乏考试压力的大学校园，很多大学新生立即就切换到玩乐模式，不上课、不看书，尤其是缺乏自主阅读的兴趣和能力，将大学四年荒废在虚无之中。试问，如果文科生不广泛阅读,那大学四年可以学到什么,可以形成什么竞争力,难道就依靠冥想么?

因为缺乏课外阅读,很多中国孩子对外界缺乏好奇心,甚至连选大学专业,都基本出于父母的"劝诫",几乎没有内生性的兴趣导向。不广泛阅读,你又怎么发现和确认自己的兴趣呢?

对于家长而言,他们应该明白,知识结构对于一个人的重要性有多么大。从某种意义上来说,我们每个人从小就开始编织自己的知识结构,其中自然有学校教育的引导和贡献,但更多的编织来自出于个人兴趣的课外阅读:历史、艺术、科学、文学……所谓博雅教育,所谓通识教育。

在这个过程中,我不认为有什么所谓的必读书,更不认为读完书应该有什么标准化的思考和总结。举例来说,那么多本世界名著,你从里面挑一些读过就行,然后根据个人兴趣自由形成你自己的阅读偏好。

有人说,在一些中国孩子的眼睛里发现不了对世界的好奇心,发现不了对知识和学问的兴趣,甚至到了研究生阶段也如此。当孩子的眼里只有一道道题目时,他怎么会对学问发生兴趣呢?当孩子对鲁迅的仅有印象就是书本里那几篇被反复咀嚼到无味的课文时,他怎么会对大先生产生继续探知的兴趣呢?当年轻人在网上和人吵架,发现他们之间完全没有任何文本可以作为讨论基础的"共同起点"时,他们怎么可能会形成共识，怎么会有一个友善理性的讨论氛围呢？

没有时间阅读，更多是学校和整个社会环境的问题；但如果在减负的大潮中，作为家长和个体仍然没有正视阅读的重要性，将阅读单纯视作"理想主义"，而不是对一个人的成长有用的根本之学，那么很多年后，当你发现孩子的眼睛里没有光，当你发现孩子走上社会后缺乏继续学习的兴趣和能力时，你可能会悔恨地想起：曾经有一本课外书放在孩子的面前，我让孩子不要读，去刷题……

而对孩子自己来说，去读书吧，书是比课本更大的世界，是一个可以足够容纳你所有雄心和个人兴趣的世界。

我的第一间"书房"

任大刚

前不久的"世界读书日"上,有机构公布了一个很有意思的调查:中国人均书房面积仅 0.65 m²。这个数字,实在不大。其实,从爱上读书到现在,我也从来没有想象过,有一天要有一间专属自己的书房。

读书当然需要环境。以我有限的读书经历,若非奇人异士,窃以为读书的天然环境上,天气不能太热,也不能太冷;人工环境上,氛围不能太闹,也不能太静。身心环境上,心烦意乱病痛难耐不适合读书,心如止水体态轻盈也不适合读书。

而即便是奇人异士如关云长者,华佗为他刮骨疗伤之际,摆的 pose 也不是常见的诵读《春秋》,而是下棋,可见在他那个身心环境下,是无法完成他最钟爱的读《春秋》了。由是可知,读书对环境的要求,实在是要高过下棋的。

我最称心如意最为难忘的读书环境,是上中学时候,放暑假了,家里交给我一项任务,是每天上午去看看稻田里有没有水,没有水的话,就放水淹住水稻根部,以利其成长。通常的天晴日,上午时分,已是骄阳似火,酷热难耐。我戴着草帽,一手扛着锄头,一手拿着一本书,去给稻田放水。勾开水渠缺口的草泥,看着水开始缓缓流进稻田后,我就转身去附近小村旁高高的竹林下,往大石头上一躺,在河风轻拂、竹树摇曳、知了嘶鸣、鸡鸣犬吠中,慢慢地看闲书。

这是我的第一间"书房"。

我已忘记从哪里得到三本上海书店出版的《历代小说笔记选》,竖排版,繁体字,文言文,对一个中学生来说,犹如天书,难度无以复加。但那时候实在得不到什么可读的书,再说人也不能走开,否则其他人也要放水,兴许就填了你的缺口,弄不好水稻就被毒日晒枯萎了。

不能走开,也干不了什么,反正无聊,反正有的是时间,再难的书,也硬着头皮读吧。渐渐地,我可以猜出那些反复出现的繁体字究竟是个啥了,借助语文课上那点可怜的文言文常识,能够似懂非懂地知道作者叙述的是什么意思了。

在我的这间独特的"书房"里,我第一次看到"扬州十日记""蜀碧",经久难忘,难以释怀;第一次看到19世纪末20世纪初上海滩中西交流碰撞的光怪陆离,心生向往;第一次猜出"德律风"应该是telephone,狂喜不已;第一次看到古人用文言文描写的香艳故事是那么回味悠长……

厚厚的三册《历代小说笔记选》，在一片墨绿色的稻田面前，为我打开了一个完全不一样的世界。

每天吃完早饭，不用父母吩咐，也不管稻田里有没有水，我便扛着锄头，戴着草帽，带着书，去我的"书房"看书，越看越觉得文言文不是障碍，繁体字也不是障碍，竖排版更便于仔细阅读。越看越懂，看完后面的，又把前面看不懂的翻过来看。

时间在不知不觉飞逝，等到烈日当顶，猛然惊觉，匆匆去看看稻田里的水，已经很深了，赶紧填上缺口，踩着滚烫的路面，怏怏而回。

那个有大石头的小村落旁，是我那个时候最佳的读书地。在家里，无论坐在哪个位置，我是看不进这种"怪书"的，这也是曾经沧海难为水，除却巫山不是云。

年少时候，在一间不羁的"书房"里，看完三本不拘一格的书，大大影响了此后我的阅读习惯和学习生涯。

我的阅读，除了大学和研究生时期精读过的那些经典，它们属于一位老教授教导的，一定还要读几本"看家本领"的书，受《历代小说笔记选》的影响，使阅读范围勉强号称"广泛"，而喜欢读"怪书"是一定的，对教材和教材式的书籍极其厌恶，也是一定的。

我对"建制性"的书房没什么兴趣，即便有一所大房子，真有那么一间称为"书房"的地方，也不过是那里放的书更多一些而已。

欧阳修说，"余平生所作文章多在三上，乃马上、枕上、厕上也。"欧阳修的"作文"，大概是打腹稿的意思。其实通常而言，除了"作文"，读书的好地方，恐怕这三个地方也是上乘之选。读书人真正爱的书，多半是放在床头、厕旁、背包里。

在火车和飞机上（马上）看的书，一定是你最想看，也是想让别人看到的书；靠在床上看的书，多是你需要抓紧时间看的书，所谓废寝忘食是也；蹲在厕所里看的书，多是闲书，是对抗排泄物的武器。

反而，在书房里看书，多是为了工作，为了谋生，为了显得自己"有思想""求上进"，跟办公室里看书，庶几近之。

我的第一间"书房"，得之于无意之间，影响却及于一生。学习也好，读书也罢，都是很私人化的事情，除了推荐阅读，任何人都没有为任何人开书单的资格和权利。打开书，读出疑问，就入行了。至于何时才能收获阅读带来的福利，或许明天、明年、十年后、二十年后、下辈子？谁知道呢？要想立竿见影，那不是书，是资料。

学"无用"的知识,做有趣的人

叶克飞

这几天,有关"语文教材越改越难,学生求放过""高考语文题型出现调整,或淘汰15%考生"的话题,火了。"标题党"背后,矛头很明确:古诗文在语文教材中占比过高,需背诵篇目太多。于是,有人抛出"学习古诗文没有用"的观点,质疑为啥要让孩子们吃苦受累。

"学习古诗文没有用"的说法不新鲜,就跟"数学学那么多难懂的定理、难记的公式,生活中根本用不到"一样,拥有极高出场率。或许,真正值得探讨的,不是一门学科或一门学科里的某部分内容到底有没有用,而是有些人对教育的理解,为何总停留在"有用没用"这个层面?

1980年出生的我,从小享受着父辈未能拥有的正常教育,可以说非常幸运。不过有些缺失一生如影随形,比如求学经历,始终被应试的阴影笼罩。假期补课、体育课被霸占,都是常态。

对"无用知识"的态度,在那时的大人眼中,包括但不限于:画画有什么用?你以后又不当画家;看小说有什么用?都是胡编乱造会让你学坏;音乐有什么用,以后街头卖唱吗?等等。

这种功利心态不仅体现于学生时代,更贯穿了许多人的人生。若是一件事与升官发财、考大学考公务员、找工作无关,就会被划入"无用"之列。结果便是,我这代人很容易陷入人生无趣的悲催状态。甭管开心与否,想找个乐器释放下情绪,结果啥也不会。出门见到风景,也没法提笔来个素描。由此衍生的审美缺失,更让你连装修个房子、出门搭配个衣服,都比别人难看。

现在的孩子,看似学的"无用"知识多了,但又陷入了另一种困境。学门乐器,往往是为了考级,就算升学不能加分,也能让履历好看一点。奥数和编程,更早已彻底功利化。

我自己近乎一无所长,唯一幸运的是始终保持着极大的阅读量。六岁半时,我在舅舅的抽屉里发现一套《三国演义》,从此开启了阅读之旅,各种古典小说都成了我的食粮。我羡慕我的孩子,从小拥有海量书籍,想读什么题材,我都能给他端上一堆。相比之下,我当年的阅读选择太过狭窄,"营养"也十分有限。不过那已经是当时父母所能提供的最大可能。

多年后回望,对我人生影响最大的,恰恰是那些与考试、升学无关的书。古典小说和古诗文的阅读基础,让我写作文从无压力,也让我最终吃上了文字这碗饭。中学时对古龙小说的稚嫩模仿,唤醒了我的自主意识。这些年来对名人故居和东欧人文地理寻访的写作方向,同样是阅读乐趣的延伸。

阅读让我能够掌控自己的时间与空间,获取心灵自由。现在有许多人失去了独处能力,一旦落单就不知道如何打发时间,便是少了兴趣爱好的寄托。所幸我还有阅读。

古诗文背诵和语文学习,首要便是抛开"有用无用论"。真要以功利计,古诗文背得再溜,也只能多得几分;语文也不是高考中拉开差距的关键学科。在以后的考研、评职称中,都不用专门考语文,语文更不能直接服务于造芯片、造火箭。可是,"腹有诗书气自华"从来不是朝夕之事,"人文素养"这个看不见摸不着的东西,正是庄子所说的"无用之用"。

基础教育中存在的问题,确实让一些学生失去了学语文的乐趣。原本优美的文字、深邃的思想、充沛的感情,被硬生生肢解为"段落大意""中心思想"。但需要改变的是教育方式,而非语文、古诗文的锅。

所谓有用无用,本质是长期与短期之别。太执着于"立竿见影",会让人失去对漫长人生里到底需要些什么的追寻。有些"有用"的知识,仅仅有用于一时,而人文与艺术,却是当你需要时无法临时抱佛脚弥补的东西。所以乔布斯才会说:"我愿意用我所有的科技,去换取和苏格拉底相处的一个下午。"

如果你的孩子以后见到美女只会来一句"哇，美女啊"，见到美景只会喊"太漂亮了"，他会不会后悔少读了几本书？这种时刻，"有用的人"比不上"有趣的人"。实际上，这种感叹，很多人已经真心地发出过。

生活的真相，也许诗歌无法抵达

张　丰

河南"农妇诗人"韩仕梅，最近因为两件事，上了两次新闻。一个是2021年4月9日，她到法院起诉离婚，原计划5月19日开庭；一个是5月9日，她撤回了离婚诉讼，"我女儿马上将要高考，不希望影响她的学业"。

2020年，韩仕梅在网上发表诗歌，逐渐出名，被称为"农妇诗人""田埂上的写诗者"。

很多人在韩仕梅的离婚诉讼中，倾注了太多对爱情和自由的希望，希望她能过上自己想要的生活。但是，生活本身是复杂的，或许再伟大的诗歌，都无法抵达它的真相。当初想离婚的韩仕梅值得支持，如今为了女儿选择暂时不离婚的她，公众也应该给予理解。

在很多人看来，韩仕梅和余秀华一样，都代表某种觉醒和奇迹。一个文化程度不高的农妇，在厂里的食堂打工，偶然开始自学写诗，就一发不可收，在网上收获了粉丝和名气。

她的诗比余秀华要差一些，但仍然让人惊喜。

抛开诗歌本身，人们对她的看法又是复杂的。她被称为"农妇诗人"，而不是"诗人""女诗人"，就是因为"农妇"这个身份带来的反差，才让她受到更多的关注。一些新闻报道详细地列出她家乡的名字，详细到村，相对于都市，这样的地名也带有某种文化边缘的意味。

耐人寻味的一点是，在韩仕梅的故事中，她的丈夫，形象是缺失而模糊的。人们很少看到她丈夫的自主言语或行为出现，甚至不知道他的名字，除了韩仕梅的称呼"俺们老头子"。

这意味着，哪怕离婚牵涉到双方，很多人还是愿意将其解读成"韩仕梅的觉醒"这一励志故事中，一个重要的节点。那个男人，成了"落后"和"愚昧"的象征。在韩仕梅的叙述中，当初自己家很穷，虽然她根本看不上这个男人，但是父母为了3 000块钱，把她嫁给了这个老实人。

在现在看来，这个金额实在太低了，但在1990年的河南农村，这可不是小数字。可以作为对比的是，当时韩仕梅的父亲，一个月工资才75元。当然，这样比较收入和物价，意义不大，我要说明的是，在那个年代的一些农村，这样的婚姻，其实非常普遍：年轻人不一定有爱情，也不一定对结婚对象满意，父母做主，就定下了一生。

韩仕梅讲述的婚姻，当然是真实的：两个人缺乏心动的感觉,甚至缺乏像样的交流和关怀。她在婚姻中没有感受到幸福,生了两个孩子,生活一直很苦。直到她学着写诗,乏味而难以忍受的生活,才有了一个出口。当她提出离婚后,"老头子"痛哭流涕,哀求"再给我一次机会"。

这样的场面,不是爽文里所谓"渣男"被揭下面具,而是一个木讷无趣了一辈子的普通人的本能反应。他说"再给我一次机会",但却没做出什么改变,也是正常的。一个农村老人,又怎么能一夜之间,变成一个有魅力、懂爱情的"现代人"?

如果引入"爱情""自由""幸福"这些变量,当时农村中的很多婚姻,或许看起来都有些"怪异",都缺乏合理性。

写诗对韩仕梅来说,是创作,更是自我觉醒的过程。她已经进入了一个新世界,感受到了人与人之间的交流、关爱,还因为粉丝的表白,模糊感受到了"爱情"的滋味。哪怕她"有脑子"分辨骗子,但心里对正常社交和情感的渴求,一旦萌动就很难熄灭。

但她的丈夫还停留在原处,无法理解妻子的内心世界。除了频繁探寻韩仕梅的行踪,为自己增加点掌控感,他不知所措。

这种错位,就是生活的残酷真相。如果韩仕梅最终决定离婚,无论如何都应该支持她。而对她的丈夫,我们只能给予同情。但是,真相的另一面是,韩仕梅的"勇敢"是罕见的，也是脆弱的，甚至可能是短暂的。当女儿让她先别离婚时，她就退却了——这种退却，是基于一位母亲对子女的爱护，仍然应该被理解。

我也能理解一些人的失望，认为韩仕梅追求自我不够"果决"，但生活是她自己的，一切决定权都在她本人手中。作为旁观者，或许我们应该把注意力放在她的诗歌上。诗歌来源于生活，可能也高于生活，但却不完全等于生活。

只能祝韩仕梅好运，不管最后她的决定是什么。

坐不改姓，行不改地名

任大刚

"六安"的"六"，为什么要读为"lù"？

四千多年前的上古时期，华夏部落的首领，后世尊为"中国司法始祖"的皋陶，帮助禹建立了国家，部落联盟确定皋陶为禹的继任者，史书载："皋陶卒，葬之于六"，"禹封其少子于六，以奉其祀。"在这里，"六"和"陆"是通假字，可以互用，意思是水边的高坡。

"六"这个地方，就是大别山余脉，此地丘岗起伏，错落有致，分布在淠（pì）河两岸。"六"是地形地貌，而不是一个数字。因为它是皋陶后裔的封地，所以六安又称作"皋城"。

"六安"的"六"如果读为"liù"，六安也就相当于改了地名，"六"就是个毫无意义的汉字，这个地方与上古时期的文化联系就被切断了。所以，切切不要认为当地人把自己的六安读为"lù ān"很土气，而硬要把六安读为"liù ān"。

不可否认，地名首先是行政管理的一种符号系统，最简便的是像纽约一样,以数字顺序命名街道。我们小时候,乡下的村组,也是以数字命名,我记得我们家的地名是"崇庆县街子公社第四大队第三生产小队",简单明了,一目了然。

但是,人不仅只是服从劳动管理的生产者,同时人也是精神文化的创造和享受主体,因此很多地名承担着记录历史、寄托愿景的功能,地名本身也是一种召唤和情感。就像唐伯虎不能永远叫"9527",他只有叫"唐伯虎"的时候,才能获得秋香的爱情一样,具有历史纵深、人文情怀的地名,才能凝聚乡民百姓的乡土认同,抚慰远方游子的寂寥冷落。

记得20世纪90年代,我们这的县名由"崇庆县"改为"崇州市"。

"崇庆"这个名号,唐朝时候称为蜀州,产生过"海内存知己,天涯若比邻"的诗句,南宋绍兴十年(1140年)升为崇庆军节度,绍兴十四年(1144年),升蜀州为崇庆军,淳熙四年(1177年)升为崇庆府。元代至元二十年(1283年)改为崇庆州。此后,"崇庆"这个名号,一直沿用了800多年。

一旦"崇庆"这个地名停止使用,历史也就中断了。曾经很长一段时间,我要给哪怕是大成都之外的四川人介绍我老家在哪里,都是很费劲的,更遑论给外省人士介绍老家。

人对一个地方的认识,总是以其历史和人文为先导。譬如说到绍兴,我们想到鲁迅;说到都江堰,我们想到中国古代最伟大的水利工程；说到南昌，我们想到"落霞与孤鹜齐飞，秋水共长天一色"……

这种历史与人文设定，会让人对当地产生一种先入为主的深刻印象。你没有到过这个地方，但如果你了解这个地方的历史与人文，这在今天的地方形象包装和招商引资中，将会占得很大优势。改名的失败，必定潜在地影响经济发展。

历史与人文的价值，包括经济价值，在网络传播时代，将会前所未有地巨大起来。一个看到地名就引不起关注，引不起兴趣的地方，如何吸引游客，吸引投资？这个问题，将成为一个地方挖空心思考虑的战略性问题。

从这点上来说，"六安"如果被读为"liù ān"，将可能造成文化损失和潜在的经济损失。

地名是一个地方最基本的名片，随着全民教育水平的提高，人名地名也会越来越得到重视，其间当然会发生人名"琼瑶化"的波折，但总体而言，欣赏层次在提升。真要改名，其所产生的影响也更大，波及的层面更深广。在这种背景下，是否改名，如何改名，必须更慎重。

我们都欠《天堂电影院》一张票

叶克飞

今天看到新闻,意大利导演朱塞佩·托纳多雷执导的《天堂电影院》正式定档2021年6月11日。这是该片首次在中国内地公映,但很多人早已看过。它是许多影迷心中的神作,也是我最爱的电影之一。

我小学时热衷看电影,但那时进趟电影院不容易。大学时热衷淘碟,然后通宵煲碟。时至今日,寻片不再那般奔波,积攒的几千张DVD也渐渐老去,可热爱电影的时光,仍是记忆中最快乐的一部分。

《天堂电影院》说的就是对电影的热爱。小男孩多多痴迷电影,与电影放映师阿尔弗雷多成为忘年交。在天堂电影院里,多多享受着别人的人生,他忘记了父亲之死带来的苦痛,忘记了生活中的种种艰难。后来,阿尔弗雷多因为意外双目失明,为小镇居民放电影,就成了还在读小学的多多的工作。

再后来,多多离开小镇,去寻找梦想。阿尔弗雷多对他说:"不准回来,不准想我们,不准回头,不准写信,不准妥协,忘了我们。如果你办不到回来了,我是不会让你进我屋子的,明白吗?"

三十年后,多多成为著名导演。一个夜晚,他接到阿尔弗雷多的死讯。第二天一早,他回到故乡,向相交一生的朋友告别,向天堂电影院告别,也向一去不回的年华告别……

每个爱电影的人都很容易被《天堂电影院》打动,尤其是最后时刻,煽情化作温情,没有丝毫突兀。阿尔弗雷多把当年被迫剪掉的接吻片段接成一部片子,那是他与多多的约定,三十多年后终于成真。

在这些黑白胶片中,一张张面孔柔情无比。让·雷诺阿的《底层》、卢奇诺·维斯康蒂的《大地在波动》、弗里兹·朗的《狂怒》、约翰·福特的《关山飞渡》,还有巴斯特·基顿、斯坦·劳雷尔和约瑟夫·哈代、埃立克·冯·斯特劳亨、丽塔·海沃思……片尾这四十多个黑白片时代的吻戏镜头,不仅是多多的人生记忆,更是一部电影小史。

它让我觉得,电影终究属于大银幕。即使我曾经坐在沙发上,守在电视机前,在暗夜里为它哭笑过。

这两年,经典重映成为内地院线潮流。刚刚过去的"520",岩井俊二的《情书》便在内地院线上映,许多人补上了一张给岩井俊二的电影票。

这当然是商业考量的结果。在院线看来,经典电影是相对更安全的选择,毕竟质量和口碑有保证,拥趸会自发成为宣传者,天然就有票房基础,不像新片那样有各种未知风险。有些经典电影早已成为大 IP,比如《龙猫》,更是不用担心情怀与票房。即使前段时间的《指环王》被部分新观众打了差评,但拥趸的支持声音仍然是主流。

不过,经典电影并不意味着必然拥有变现能力。《天堂电影院》这类情节舒缓、并无激烈冲突的文艺片,或许不符合时下许多观众的口味,"沉闷无趣""不知道讲什么""一点破事讲了半天"之类的评价,似乎也可以预见。但谁又在乎呢?正如托纳多雷所说:"电影院对一个人来讲,或许可以说是一种生活目的。"对多多来说如此,对许多人来说都是如此。电影从未没落,它以不同的方式存在着。

在《天堂电影院》里,电影就曾因电视机和录像带的普及而面临危机。可是,多多在片中成为导演,托纳多雷在现实中成为导演,或许都因为他们放不下一些旧日情怀。世间唯有电影如此神奇,能将远去的时光浓缩,逝去的梦,只能用理想来挽回。

若是将《天堂电影院》视为平民史诗,或许会被一些人视为矫情。但年少时的你是否曾故作潇洒去淋雨,是否曾在操场上搜寻关注的目光?多年后,你又是否会自嘲那些举动?其实,青春总是矫情的,唯有时光不为所动。

就像多年后的多多那样,他终于明白人生并非电影,结局只在自己。就像那些被教父要求删掉，却在几十年后重见天日的吻戏镜头一样，总有一些东西不会改变，无惧岁月，没有什么可以阻挡。

  同样，票房也好，可能出现的差评也罢，都不能阻挡我去电影院，为托纳多雷贡献一张电影票。

主旋律剧为什么吸引了年轻人？

韩浩月

《觉醒年代》获奖了，在第 27 届上海电视节白玉兰奖颁奖礼上，《觉醒年代》拿下了最佳导演、原创编剧、最佳男主角三项大奖。

我连续参加了多届白玉兰奖的选片人投票环节，今年也不例外。选片人投票共分两轮，在进行到第二轮的时候，《觉醒年代》的领先迹象已经非常明显。在播出阶段，它已经非常好地诠释了一部影视作品与潮流、观众、市场、舆论之间的融洽关系。换句话说，本届白玉兰的最大赢家，非它莫属。

白玉兰花的寓意包括纯净、安静、高尚、真挚等，从文本层面看，《觉醒年代》与白玉兰奖是般配的，两者之间具有相通与互动的地方。白玉兰奖的浸染，会让《觉醒年代》的光辉进一步被放大。

《觉醒年代》在打分网站和社交平台上，得到了大量年轻网友与观众的喜爱，豆瓣 9.3 的高评分不仅表示了认同，更是大大的褒奖。对于人物与情节的持续讨论，也点燃了年轻人尝试了解历史的热情。主旋律影视剧在吸引年轻人方面，已经掌握了一整套的方式方法，《觉醒年代》的优点在于，它又在此基础上做了点加法。

不要小看这点加法，它完全可以让一部影视剧发生质的变化。第一集令人感到惊艳的"车不同轨"画面，虽然只有短短几秒，但隐喻的参与，让剧作拥有了留给观众揣摩的空间；不修边幅、言辞个性十足的陈独秀，满足了年轻人对"陈独秀，你坐下"这个网络梗的对照；"蔡元培三请陈独秀"的文人互动，充满趣味也令人感动；鲁迅、李大钊等人的形象固然以前在大小屏幕上常见，但《觉醒年代》分明又让他们因为更具普通人的情感与性格而变得可信、可亲、可敬。

年轻人之所以喜欢《觉醒年代》，在于剧作消弭了历史人物与当下年轻人之间的距离。对于剧中人，现在的年轻人不需要仰视，也不必被他们的"权威"吓倒，师长、朋友般的形象，让大家觉得他们宛若眼前，蔡元培被网友亲切地称为"慢羊羊村长"，还有他那句挂在嘴边的"谁也不能伤害我蔡元培的学生"，很难不让人心生喜爱。

《觉醒年代》还让年轻人对理想主义与浪漫主义产生了感性的发现。陈独秀在陶然亭约见钱玄同、刘师培，三位文人有诗酒相伴，在大雪当中谈论国家与民族未来，有诗情画意，也有豪情壮志；新旧文化两派人马对战，双方都很有PK精神,为了怎么在杂志与报纸上"打嘴仗",两方也经常在内部唇枪舌剑,火花通常在此诞生,这对年轻人来说,是种陌生体验;剧中不乏大段有关中国人精神与尊严的演讲与争论,但内容脱离了口号,都带有浓厚的情感色彩,具有很强的感染力,让网友为以前的人和事"睡不着觉,兴奋,痛苦,战栗,这太奇怪了"。

其实不奇怪,《觉醒年代》的优点就在于,它让年轻人某种沉睡的基因,在这部剧中被激活了。年轻人通过这部剧,很真实地看到了先辈们的面孔与身影,并且觉察到了自身与他们之间的内在联系,这种发现,亦是让他们激动的原因。

在当下,年轻一代观众对影视剧的要求,不仅要好看,而且要真实。什么是主旋律影视剧的真实?以往人们通常会想到,影视剧要对历史负责,不能有编造和掺假,但现在,这一要求已经成为主旋律影视剧创作的基本面。年轻观众需要看到的真实,是可以融入他们血脉、情感与价值观的真实,他们懂得分辨,也知道共鸣的来源,用年轻人所喜欢的方式来讲故事、塑造人物,不是迎合,而是向创作本质回归。

《觉醒年代》是2021年影视剧创作的一大收获,同时也会巩固一种认知:认真而真实地讲述历史,丰富而生动地刻画人物,将会成为主旋律不断拿下收视与口碑的"不二法门"。得到这种认知很容易,但具体把它体现到一部影视剧的情节主干与每一个细节角落中去,却是对创作者不小的考验。

为什么说四十岁,生活才刚刚开始?

韩浩月

2021 年 7 月 5 日,俄罗斯著名导演、演员弗拉基米尔·缅绍夫因感染新冠肺炎病毒逝世,享年 81 岁。三十多年前,缅绍夫执导的《莫斯科不相信眼泪》成为世界影坛的经典之作,该片也曾在中国上映,曾引起过巨大轰动。

在我的记忆中,《莫斯科不相信眼泪》是这样一部神奇的电影:根据它,人们可以分为两类——看过它的,和没看过但听过它的。这足以说明该片的闻名遐迩。

作为一部苏联电影,《莫斯科不相信眼泪》是继《战争与和平》之后,再次获得奥斯卡最佳外语片大奖的作品。它的情节很简单:一名十七岁的女工卡捷琳娜冒充教授的女儿,与电视台摄影师拉奇柯夫相恋并怀孕,后被抛弃,成为单亲妈妈的她,勇敢面对挫折并重新追求新生活。

该电影影响巨大,很大程度是因为它展示了女性的成长,年轻人在享受与拼搏、爱情与事业之间的挣扎,还有性别和教育对一个人命运的影响等，它至今仍散发着人文主义的光芒。

"到四十岁，我才觉得生活刚刚开始"，这是电影里的一句经典台词，它是卡捷琳娜成长为一名大工厂厂长并再次拥有爱情之后，对拉奇柯夫所说的一句话。这句话也成为影片贡献的第二个流行语——第一个就是电影名"莫斯科不相信眼泪"。除了在诸多影视作品中被无数次写进台词，它也在现实生活里不断被人们引用、改用，尤其被不少中年人引用作为人生格言。

现在回想《莫斯科不相信眼泪》，主人公的心路历程与人生感悟，与我也有诸多重叠之处。十七岁的时候，我也有着卡捷琳娜式的心态，有着属于年轻人的虚荣与无力感，对未来充满向往，但对如何走好自己的路缺乏办法。相信这也是无数年轻人，生命中都有过的一种体验。能不能把这种体验转化成向上的动力，成为一道"分水岭"，把不同的人，引向不同的方向。

从十七岁到四十岁，对于每一个人而言，都是段艰难的岁月。除了要应对社会向一名成年人不断压来的责任与义务之外，还要直面内心的软弱、动摇、颓废等。可以说，这段时间，是属于锻造一个人必不可少、至关重要的过程。在经过持续的捶打之后变得强大，还是"在哪儿摔倒就在哪儿趴下"，逼迫着每个人作出选择——是高于生活，还是屈服于生活。

我年轻时不相信"四十不惑"。对四十岁的到来，既没有什么期待，也没有什么恐惧。但真到了四十岁那天，还是发现自己与二十多岁的时候有很大差别：

因为经历了许多事，所以见怪不怪；因为认识了很多人，所以知道了真朋友在哪里；如果觉察到内心的浮躁，很快会顺着一条清晰的线索找到根源，并像一名消防队员那样将之熄灭；遇到琐事也有愁苦的情绪蠢蠢欲动，但早已一身武艺，可以把这愁苦手起刀落；遇到开心的事则相反，尽可能在不夸张的前提下去扩大、扩散它……

四十岁后的卡捷琳娜，是稳重而端庄、诚实而朴素的，她从温室里的一朵花，变成了狂野中的一棵树。树没有花的香气与颜色，但却有扎根大地的踏实，和不断向天空生长的愿望。这是《莫斯科不相信眼泪》无论当年还是现在，都会被喜欢、被记得的原因。

"一切不会顷刻出现，莫斯科不是一天建成/莫斯科不相信眼泪，只相信爱情/在银白色的原野上，到处有绿树的身影/行人从莫斯科得到温暖，大地给小树深情……"影片的主题曲《亚历山德拉》，当年风靡一时，现在在网上仍有很多人喜欢。

如今，它的导演离去了，但作品的影响力会一直都在。愿现在的年轻人，能对应当下的心情，面带微笑地去重温这部电影，得到一些启示。

致敬一个认认真真工作了 40 年的人

李勤余

昨天晚上,朋友圈里突然出现了很多有关刘德华的视频。可能是实在太熟悉的缘故,真没太当回事,还以为又是新片的宣传之类。打开一看才发现,竟是刘德华官宣出道 40 周年的庆祝视频。

40 年,是什么概念?1981 年,刘德华正式出道的时候,屏幕前很多年轻的读者,可能还没有出生。翻开他的豆瓣相册,你会发现,和他合过影的女明星都已经有了几代人。从林青霞、梅艳芳、钟楚红到后来的蔡卓妍、张柏芝,再到现在的万茜、倪妮……你和你母亲甚至外婆的偶像可能都是他,这说法一点不夸张。

喜欢刘德华的人一定数也数不清。但是,我从来都不是他的粉丝,尽管我是看着他的电影长大的。比起他的传奇人生,我更感兴趣的是:一份工作认认真真做 40 年,是一种什么体验?

一

刘德华是演员，是歌手，是制片人……他的身份很多，但我以为，最恰当的概括还是偶像。不论舞台上下，这都是他最爱的事业。

但作为偶像，他一直不是最耀眼的那个。小时候，都知道有"四大天王"。但论形象，他比不过黎明；论唱功，他比不过张学友；论跳舞，他比不过郭富城。反正就感觉，哪哪儿都能看到他，但并没有给我留下非常深刻的印象。

究其原因，大概是他缺少某种叫做"天分"的东西。比方说，在大银幕上歪嘴一笑，梁朝伟就能迷倒万千观众。这种举重若轻，你很难在刘德华身上看到。这么多年过去了，他的表演模式其实没有多少变化。

很多人可能不知道，刘德华还会写词作曲。只不过吧，写得不是太好。1991年，他写的第一首歌《情是那么笨》发表后，黄霑在香港媒体上狠狠地批评了他，一点情面也没留："没有看过写情写得那么笨的作词人。"

我都能想象出黄霑无奈的表情。确实，在这位大才子面前，刘德华的那点才华是太不够用了。但是华仔没有放弃，反而更加努力地创作。后来，刘德华把一首《冰雨》摆到黄霑面前，霑叔才终于露出了笑脸。

没错，就是那首大家在KTV里面都听过，无数油腻中年都很喜欢唱的《冰雨》。其实，一看歌词，你还是能感受到刘德华的"笨拙"：

> 冷冷的冰雨在脸上胡乱地拍
> 暖暖的眼泪跟寒雨混成一块
> ……
> 你就像一个刽子手把我出卖
> 我的心仿佛被刺刀狠狠地宰

特别直白，没有什么文采可言。但你就会觉得，他刘德华把失恋的痛苦给写出来了，写进了你心里。

40年里，刘德华奉献了很多银幕经典，但他演的烂片，说实话也不少。可不管艺术效果怎么样，总能看到他在镜头前非常认真的模样。尽管有时候也会用力过猛，但你很难不被这种认真打动。因为你能清楚地感觉到，他对每一位观众的尊重。

在最新的视频里，刘德华说："我也是一个普通人，我会哭的，我也很笨，我做每一件事情都要练习很久。"我想，这不是他在故作谦虚，而是他的真心话。

时至今日，黎明、张学友们已经渐渐淡出了公众的视线，40年了，在舞台上持续活跃的，竟然还是那张熟悉的面孔。

这大概就是认真的力量吧。

二

有无数人喜欢刘德华,也有很多人对他无感。他们的理由是,刘德华很好,但看上去有点"假",有点"装"。

确实,这么多年来,我的印象里他好像从来没和谁红过脸。不管是接受采访还是宣传作品的时候,刘德华的话从来是滴水不漏、八面玲珑。喜欢他的人认为这是"得体",不喜欢他的人,可能就会把这种做派看成"虚伪"。

每个人都能有自己的看法,但我觉得,"装"还是"不装",可能不像有些人想的那么简单。

我比较相信学者邓晓芒的观点。他说,中国人好像很害怕别人说自己不够"坦诚"。但其实,每个人都会戴上面具,而那个面具才是一个人真正的人格。这也意味着,我们在别人眼中是什么样的存在,不是现成的,而是要靠自己去创造的。

"虚伪"是人之所以为人的必要外衣,与自己所扮演的角色拉开一定距离的"表演性",是人在做一切事时始终保持独立的自我意识的前提。老是强调"赤子之心",反而是没有自我人格的表现。

举个例子来说,我们遇到一位出租车司机或者一位服务员,他或她今天的心情不一定很好,但理应在消费者面前"装"出礼貌、体贴、周到的样子。这不是"虚伪",而是一位从业者应该有的品质和素养。做人做事，都是这个道理。

刘德华有没有"装"？我相信是有的。但正因为他很"装"，而且一"装"就"装"了40年，才更应该得到尊重。作为一位老牌偶像，对待粉丝彬彬有礼，对待工作兢兢业业，这样的"装"，没毛病。

说到底，摆出所谓"真性情"不难，讲出所谓"真心话"也不难，但能在生活中时时刻刻尊重身边的人，尊重自己从事的职业，那就不容易了。这一点，每一位社会人、职业人都应该有最深的体会。

三

从业40年，刘德华很认真，也一直很敬业。不久前，鲁豫在采访他时就这么夸他。但刘德华反问她：

"难道这不是一个演员最基本的品德修养吗？是这个时代变了，衡量的标准也变了？"

刘德华去拍戏，每次都是准时到达片场，认真背台词，能不用替身就不用，危险的戏也亲自上场。这些本来都是一个演员应该做到的本分，可如今竟然成了夸赞刘德华的理由，这不能不让人感到莫名的悲哀。

不过，我不认为时代变了，衡量的标准也变了。因为刘德华已经实打实地红了40年，而那些失格的偶像，终究只会成为流星罢了。

刘德华其实不是什么"不老男神",他也不需要用这样的包袱来束缚自己。今年春节,我去电影院看了《人潮汹涌》,印象最深的就是他对自己的调侃——"长了一张老脸,名字叫小萌,难怪想死"。当时影院里观众都笑了,我也开心地笑了,那一刻,我觉得刘德华是活得越来越明白了。

人应该知道自己擅长做什么,不擅长做什么。刘德华可能很难成为一位备受学院派肯定的伟大演员,也没办法靠唱功成为惊艳所有人的伟大歌手,但他已经把一个明星、偶像的角色演到了最好。

40年前也好,40年后也罢,他都是那个让所有观众、粉丝感到舒服、温暖的偶像。这就够了。他已经不需要再去做别的什么证明自己,正像他所说的,"40年了,庆祝,当然要庆祝,但是,不是庆祝一个人红了40年,是庆祝一个人认认真真工作40年"。

一位真正的偶像,就该是刘德华的模样吧。

说到爱情神话,我很少想到上海

田 然

想到爱情神话的发生,我很少想到上海这座城市。

在这一点上我大概还是受了中国文化的诱惑——爱总要轻灵一些;及至有机会看古罗马雕塑,就更觉得东西方文化是可以共同建设爱情共和国的。和爱的讯息相关的都是飞扬的具象,那些苗条小巧的青铜雕像躯体,不仅手臂上扬,指尖上扬,甚至还可能扬起一只后足,踮起另一个脚尖停留在某个神兽的唇际。

不会有几何学上的周正,爱情的发生就不应该是稳定的。它得出现在十寸高跟鞋的尖尖儿上,那会让矮个子姑娘也有了飞翔的憧憬;它得飞到哥特式城堡的尖顶上,只有在那里才能听见大西洋的声响。要是不小心飞进了巴黎罗丹雕塑园,看见穿着便鞋的旅行者走在过去马车行进的砂石子路上,脚底下好像都是沙锤的乐声,然后窥探那些缠绕着的两性躯体的雕塑就缠绕着上升,笔直着的两性躯体就笔直着上升。

爱情的上空总该是飘扬着飞翔的翅膀或者是熠熠生辉的星空,虽然我们都知晓,无论前者还是后者都不会落在我们身边,不过我们还是想说,求带飞。

可是,想到爱情的绵延,我还是会想到上海这座城市的。

一次在冬日的京都,一米多一点的路口还是有通行斑马线,我看着对面的红灯和阒寂的弄堂口子,寻思要不要两步冲过去闯个红灯——这个红灯的设置有什么用呢,真是的。可是就在这个时候我就蓦然、没有来由、风马牛不相及地思念了几秒钟上海。

那是一座怎样的城市呢,好像就是讲:上海的规则请您多多观照了,剩下的就看你怎么靠自己的本事打发孤独了。

人们要在这个规则里四处腾挪自己的爱情,有些时候它们在言语里,有些时候它们在小菜里,有些时候它们在我18岁看见同宿舍的姑娘指尖夹着的摩尔香烟里。上海姑娘们围坐一起的时候从来都是妙语连珠,她们从不躲闪任何机位投射过来的光芒,她们的言语里什么都有,但是没有嫉妒与愤怒,因为嫉妒与愤怒从来是世间十诫之二。

而事实上,二元对立必须审慎言说。比如故乡与异乡,自我还是他者,当我突然介意它们的时候,我总是处心积虑地想要开始一场智识旅行,尽管我知道那将是徒劳的,在没有完成年度KPI的情况下我也不敢让自己开始这样一场旅行。

大概正是因为这样，我对于囫囵的生活抱有深切的爱恋与敬意。比如阴暗的天空，不浓不淡的雨水和不稀不稠的雪花；比如浑圆的肩膀和没有棱角的面庞，不多不少的钞票和不清不楚的心绪，不大不小的露台正好可以望见老宅屋顶的红瓦——是近代受过强劲的海风吹拂过的城市都会有的那种一爿挨着一爿、一片挨着一片的红瓦，比如青岛，比如上海。

所以，给予一个城市、一种言语以一种单向度解读的艺术影像，在今天都是不完美的。因为它总是企图"击中目标"，一些人被击中而坠落，一些人因为逃脱而哂笑，这个不好，没有离心力与向心力之间的撕裂怎么能够叫作现代影像呢？没有《一江春水向东流》和《十字街头》好，故事里面全是要讨生活的。

假若挨过了爱情的发生，迎来了爱情的绵延，就是上海这个城市给你的最好的空间了。新近有《爱情神话》可以诠释这种空间里的这种绵延，观众娇嗔或者欢喜的鼻腔音和口腔音共鸣的沪上方言，被混剪入只有丹田音才能有的爵士歌子里，就那么细琐的言语与轻灵的歌子在你耳边唱和着。

可是你却心绪难宁，这些对白让你心烦意乱，就好像是看不懂的英文小说里还夹杂卷着舌头的意大利语，只是这种"心烦意乱"的观影体验就仿佛是在讲：嘿，朋友，在这个城市，你们连这点沪语都听不懂可是不太好哦。

别的情节像是大多数当下的电影一样,看过了就是看过了,不觉得好也不觉得不好,都是讨生活,不容易的,"宁噶也是要吃饭的"。

只是片子里那个要"回"英国的小囡玛雅在台灯下默写的英文词组"保持冷静(keep calm)"才是真的击中了我的心灵。

大概类似的词组还可以补充"保持距离(keep distance)"。我倒是体悟了这部片子对于上海真切的爱恋,因为我们都知晓这句话完整的表述就是"Keep calm and carry on",我觉得它也算这个城市的爱情神话罢。

能让人记住的音乐，
为什么越来越少了？

柳 早

腾讯音乐宣布解除独家版权，这是音乐圈的一件大事。

这个事对我们普通消费者来说，也有肉眼可见的影响。比如我，当初就是因为周杰伦的歌只能在QQ音乐上听到，被迫从网易云音乐跳到了QQ音乐，并且会员一直充到了现在。腾讯音乐解除独家版权之后，我们的选择应该可以多一点了。

在网上浏览一圈也能发现，周杰伦依然是话题中心，人们关注的重点还是"以后在哪听周杰伦"。这是有意思的现象，上至版权争抢，下至消费者吐槽，关注点依然还是那几位顶流老歌手。

其实解除独家版权的远景目标之一，就是希望完善产业生态，培养出更多有个性的歌手、有新鲜感的音乐，而不是仅仅依托版权护城河，一味地进行资源拼杀。可从现状看，好像没那么简单。至少我就感觉，我们可能正在失去"老歌"。所谓老歌，其实就是经典的歌曲，过了好几年还能想起来的那种。

不信可以试着想想，说起听歌，是不是听来听去还是老歌多？

新歌其实绝对产量并不少。打开任何一款音乐 APP，光是每天上架的作品就让人眼花缭乱。可就是，一年过去了，想不起几首。再一使劲，思绪还是回到了一众大家耳熟能详的老牌歌星那里。

我自忖还是能跟得上潮流的。我听音乐的习惯基本都是点开各种热榜，挨个听一遍。能有些印象的不多，大多还是些洗脑神曲。能记住的歌手就更少了，有些歌曲能记住个旋律，但唱了些什么反正大家也不是很关心。

这恐怕也不是我的个人感觉。早有媒体报道，现在的洗脑、爆款神曲大多是批量生产的。用旋律最朗朗上口的和弦，选择嗓音最合适的歌手，通过直播、短视频等形式一番推广，迅速起到铺天盖地的效果。但正因为这种简单，导致歌曲红得快冷得也快，至于歌手么，更像是工具人。这就是为什么一些网红歌曲流传开来以后，我们很快就能在网上听到无数翻唱版本。说到底，歌太口水，谁唱都差不多。

另一个问题则是圈层化，比如部分偶像歌手的作品，几乎是不出圈的。虽然购买数据上非常亮眼，但基本都是粉丝群体的内部消化。看上去很热闹,但对大多数普通听众来说,可能压根就不知道有些作品的存在。

前段时间,一位网红歌手翻唱的《Ring Ring Ring》突然爆火,我一听,这不是我上中学时听的歌嘛!还是 S.H.E 唱的。歌词里什么"爱的和弦铃""管他网外或是网内"也不知道今天的年轻人懂不懂。

想听首好听的新歌真这么难?说这个时代缺少人才,我肯定是不同意的。随着互联网的开放、技术手段的升级,今天的音乐人也该有更广阔的创作空间才是。可惜,对机器的盲目依赖、对算法的推荐与迎合、过度相信工业生产标准化……这些都让我们失去了音乐创作中最重要的因素——活生生的、有创作个性的音乐人。

遥想当年,周杰伦的口齿不清,也是媒体批评的对象;他歌曲中的和弦很多时候故意造成听觉上的冲突;歌曲的寓意有时也"不接地气"。像《止战之殇》唱反战,《爸我回来了》讲家暴,《梯田》讲环保,放到现在来看都是很新颖的创意。可如果他是在今天出道,这些非常个人化的表达,在高度工业化、标准化的音乐流水线面前,还有机会吗?

今天还有个挺有意思的新闻。前两天周杰伦发布了新歌的前奏和 MV,没有歌词,没有演唱,只有一段器乐演奏。一位 UP 主着急了,直接把这首歌续写完了,效果还不错,周杰伦还给点了个赞,网友留言"看把粉丝逼成了啥样"。

可仔细想想，也让人心里不太是滋味。周杰伦的粉丝这么熟悉他的音乐风格、走向，甚至能在精神上延续他的创作。可现在有那么多偶像歌手，谁能告诉我，他们的特色是什么？

脱口秀,城市年轻人的"解药"

柳 早

以前,我走路都戴个耳机听歌,现在改了,听脱口秀。

得承认,在看《脱口秀大会》《吐槽大会》之类的综艺之前,我对这个"艺术门类"并不感冒。再往前看过《今晚80后脱口秀》,当时并没觉得有什么好看,也不太清楚"脱口秀"这个概念,就觉得主持人好能说。

但我觉得,现在脱口秀确实很好看了。有趣永恒是刚需,在这一点上,我边走边听脱口秀,和老大爷拿个扩音器边走边听评书是一样的,本质上都是追求精神放松。

我仔细想过,为什么现在的脱口秀好笑,就是因为它似乎能精准地戳到我的"痒点"。第四季《脱口秀大会》上,我印象最深的,就是庞博那句"剧本杀像开会",我听了简直也想拍灯——就是这样!

我就是剧本杀重度爱好者,剧本杀确实像开会,折腾一下午,耗费脑细胞无数,最后缺氧、头晕、眼花,和开会真是一模一样的效果。

我琢磨了下,《脱口秀大会》里的角色,很多都和城市年轻人有明确的对应关系。比如呼兰,对应海归青年;何广智,对应在城市打拼的小镇青年;杨笠,是经济实力和自我意识崛起的白领女性;周奇墨,则是打拼多年、略带沧桑的"北漂"或"沪漂"……

无论你来自城市中的哪个群体,总有一款适合你,替你说出心声。有些技术性很强,但在角色定位上不够清晰的表演者——比如"肉食动物"组合,人气就会弱一些,毕竟缺了点基本盘的支持。

脱口秀,本质上是属于城市年轻群体的艺术。它的话语模式和情感指向,都是属于城市青年的。众所周知,今天国内脱口秀高地在上海,上海也堪称中国城市的代表。从这也能看出,脱口秀本质是从城市的土壤里生发出来的。

如果说,过去的剧场喜剧如小品、相声等,都带有一种很强的北方色彩,那么脱口秀所体现的,则不再是地域特征,而是一种文化氛围,一种属于城市的、中产的、年轻的口味。城市本身,就是所有脱口秀观众的"共同语境"。

脱口秀还有一个很符合青年人社会经济状况的基调——苦中作乐。脱口秀演员,几乎没有颜值出众、高人一等的,他们的话术很少见那种成功者的高姿态。都是和我们一样,那么多不如意,在满是槽点的生活里挤出一抹笑。这让我们芸芸大众更有共鸣。

脱口秀，真像是城市青年的"解药"。通过调侃与解构，一点点帮我们化解了生活中的苦。就在今早被隔壁装修吵醒，憋着一肚子起床气，一下又想到周奇墨装修段子——一声声电钻仿佛是"我的房子呀"的拟声，一瞬间好像宽舒很多：算了，既然早起，那就干活吧。

有一些脱口秀中的话语，在互联网上容易引发争议，甚至惹上官司。我觉得，作为观众，真没必要这么当真。如果把脱口秀的表演当作一种义正词严的宣言，煞有介事地争吵，也就没意思了。

脱口秀的气质，终究是过过嘴瘾的调侃，给生活里加几粒糖罢了。我们抱着轻松的心态欣赏脱口秀，来一场精神层面的轻度按摩，对脱口秀和对我们自己，可能都是最合适的方式。

《鱿鱼游戏》的爆红和年轻人的呐喊

张 丰

Netflix 原创韩剧《鱿鱼游戏》引发了全球范围的讨论。这部讲述韩国故事的剧集,在韩国曾长期因为"不切实际"没人投资拍摄,现在却可能成为网飞有史以来最火的剧集。

《鱿鱼游戏》的剧情,有着鲜明的美剧特色。它讲述了这样一个故事:456 名玩家收到神秘邀请,在一个与世隔绝的岛上,参加一场生存游戏。如果赢得六轮游戏的胜利,胜利者可以获得 456 亿韩元(约 3 900 万美元)奖金,而失败者,将付出生命的代价。

剧集的逻辑建立在"极端情景"上。所有的角色,都是边缘人:失业的、还不起房贷的、有犯罪前科的……几乎每个人,都是现实生活的失败者、绝望者。玩这个致命游戏,是他们翻身的唯一机会。

男主角成奇勋更是一个典型。作为一个中年人,日子过得一塌糊涂:他没能力给女儿买生日礼物,无法支付母亲的医疗费，欠了一屁股债，连妻子也离开了他。从各方面看，这就是一个典型的中年 loser。

《鱿鱼游戏》最初的剧本成型于 2008 年。那一年，韩国受到金融危机的重创，很多人的生活变得困难。此后，主创人员几经修改，让剧本更加完善，更接近现实。播出的版本，甚至有疫情的元素出现。如果说剧本创作者最初是想"影射"韩国现实的话，过去十几年，剧本中反映的那些问题并没有得到根本解决，反而更加严重也更加清晰。观众发现，那并不是虚构，而是活生生的现实。

就这样，这部剧原本的构思，是像当年的日本电影《大逃杀》那样，利用游戏和暴力因素，来实现娱乐的目的，最终却成为一部现实主义力作：观众发现，不仅每个人都可能沦落成剧中那些命运悲惨的边缘人，甚至已经在那些人中，发现了自己的影子。很多人感叹：如果现实中真有这种游戏，不知有多少人会参加。

这部剧影响力超越韩国和美国，受到全球观众的欢迎，说明它的故事有着很强的"普适性"：房价越来越高，年轻人想通过自己的努力在大城市买房越来越不太可能；在首尔，普通人想通过诚实劳动改变命运，过上体面的生活已经非常困难——其实这样的现象，又何尝只存在于首尔呢？

《鱿鱼游戏》的导演兼编剧黄东赫，把这部剧解读为"当代资本主义故事""为了活命要去比赛"。韩国社会确实有着非一般的残酷性,困扰着中国家长的孩子补习问题,早就是韩国的大问题;"岛国地缘"带来的危机感与竞争意识,让韩国社会充斥着一种额外的紧张感。

但是,抛开这些独特的"韩国性",也能发现,这部剧所讲的故事,其实也是每个发达经济体都面临的问题:明明经济已经高度发达,但由于贫富差距悬殊,大多数人在生活中感受到的却是疲惫、失落,甚至绝望。

例如在日本,年轻人的贫困尤其女性贫困,也成为一个突出的社会问题。政府为了刺激经济,允许"非正式用工",最终又加剧了贫富分化,让更多年轻人看不到希望,一些人只好做"啃老族"或"食草族"。年轻人的"不思上进",已经成为一个全球性问题。

最终,要么死(安静等死,或者没有希望地混日子),要么像剧中那样,去赢得456亿韩元,就成为很多人深夜的秘密幻想。这个故事有着双重隐喻:一方面,"失败了就是死",是大部分人的心理处境;另一方面,得到大奖,咸鱼翻身,从此过上幸福生活,这又是一种职场人士所能幻想的"最终解决方案"。

换成中文语境,这两种境遇,分别对应"躺平"和"财务自由"。前者是彻底的放弃(在游戏中挂掉),后者是最终的期盼。这两种极端的状态,在骨子里又是一致的。很多人的想象无非是,一旦实现财务自由,就再也不工作,实现另一种"躺平"。

　　年轻人"躺平",或者躺着看《鱿鱼游戏》,其实也是一种无声的呐喊:正视真正的问题吧,那不只是电视剧!

5

生活

"0糖"从来是人类的自欺欺人

周 威

"元气森林"翻车了。玩文字游戏过了火,贩卖焦虑割韭菜,砸锅了。但是,咱也得说句公道话,元气森林气泡水标称的"0糖"的确是真的,甜味来自"代糖"。

现在常用的代糖,如糖精、阿斯巴甜、甜蜜素等,有甜味,但不参与人体代谢,不被吸收,并且没有证据证明给人体健康带来风险。但是,这次翻车的乳茶饮料虽然标了"0蔗糖",却有误导之嫌,没有蔗糖,但有果糖,理应澄清和道歉。

不过,这下大家就搞糊涂了。"0糖"到底是怎么回事?为什么我们明明不该多吃糖却又无比渴望吃糖?

嗯,这可能不光是因为你的自控能力太差。

糖是细胞代谢最主要的供能物质,我们人类当然也不例外。人类至今为止绝大多数的岁月里,都在和物质的匮乏做着斗争,高效地获得热量、维持生存是最重要的事情。进化给我们赋予了专门的糖感知,让甘甜成为所有体验中最美好的那一类。

要知道,咱们的老祖宗只能在水果成熟的几个月里吃到糖。大约 8 万年前,从事狩猎和采集活动的人,只能偶尔吃到少量水果,还要跟小鸟和猴子抢着吃。所以,一种人类学的理论认为,看到甜味食物必须迅速且全部吃掉,已经刻进了人类的基因里。

求之而不得的东西,才最让人向往,即使经过漫长的进化历程,这依然是我们的原生渴望。美国莫奈尔中心发表在《神经科学》期刊的一项研究对此给出了科学解释。当人有压力时,糖皮质激素会被激活,它们能够直接作用于某些味觉(甜味、鲜味或苦味)的受体细胞,应激情况下会影响这些细胞对甜味或其他味觉的反应。

其中,甜味受到压力的影响最大。爱吃糖,可能是人类的一种本能。

在匮乏时代,这种本能是保命的护身符。但是万万没想到,一不留神,现代社会中的每个人都能轻易获得大量饱含蔗糖的食物。中等收入国家平均每人每年消耗 35 公斤蔗糖。那些色彩斑斓的糕点、糖果和饮料赤裸裸地激发出我们这个物种压抑了千百万年的欲望,吃糖过多带来的健康风险在 20 世纪以后成为波及全球的社会难题。

当然,进化带给我们的,就是用更发达的大脑、更复杂的情感和智力去感受和改变这个世界。我们知道蔗糖这玩意的化学分子式是 $C_{12}H_{22}O_{11}$，水解后产生等量的葡萄糖和果糖。葡萄糖是可以直接被机体利用的能量来源，而果糖需要经过肝脏的代谢，除部分代谢为葡萄糖外，主要代谢为脂肪酸，后者进一步合成甘油三酯。肝中甘油三酯沉积会增加脂肪肝，心血管系统疾病的发病风险。

戒不掉糖，那就自己骗自己吧，这好像也是我们智人独一无二的技能点。所以，强大的食品化学工业找到了各种能产生甜味觉，却没有任何热量和营养价值的糖的替代品。这件事本身就非常吊诡，违反基本的生物逻辑。吃食物，是为了获得热量，维持生存，那么，没有热量的东西，吃它作甚？除了我们人，这世上找不出第二个物种会做这种事情。

所以，那些"0 蔗糖"，除了噱头和话术，也能提醒我们，那一杯杯奶茶里的果糖，看不见摸不着，却是对我们外在好身材和内在好身体的极大风险。

最近，因为感觉体重有所反弹，我开始了新一轮强化健身。一个小目标，每天一百个波比跳。在我跳得上气不接下气、几近绝望之时，旁边的狗子百无聊赖地看了我一眼。它肯定不明白我在做什么"人类迷惑行为"，就像它也一定不明白，为什么它求之不得的甜味食物要被我们想方设法替代掉……

菜贩生计被夺走?
我更担心社区的消失

张 丰

今天早上,我在一个 APP 上购买了一盒牛腩和四个西红柿,花费 40 元。9 点下单,10 点半之前就能送达。

下单后,我下楼到早餐店,去那里吃小笼包和咸鸭蛋,然后再走到隔壁的菜店。老板娘每次都很热情,会额外送我几根香葱,前天去买菜,想买点枸杞,店里没有,她去楼上拿了一点给我,也算赠送。

今天我想再买点胡萝卜和洋葱,这样就可以做不错的罗宋汤了。不巧的是,胡萝卜断货了,她老公去进货了。最终,我买了一个洋葱,一袋豌豆尖,一共 6 元,她仍然送我几根香葱。

我常去的小店,还有一个水果店,每次去买两个柿子,有时候老板会额外赠送我两个,"再放就坏掉了"。这个老板和我关系很好,为了卖水果,竟然还附带夸我的夹克很时尚。

还有一家小卖部,我会去那里买桶装水,老板会和我讨论跑步,他有一个很漂亮的女儿。

这就是我所在的小区自带的商业,都是一些小店。店面不大,往往只有一间铺面,据说租金在3 000元左右。开这样的小店,不会赚太多钱,一个夫妻店,也许能够养活自己一家,再能有一点积蓄,就算幸运了。

这两天网上有一个话题突然很火,"互联网巨头正在夺走卖菜商贩的生计",讲的是阿里、腾讯、拼多多都在投资"社区电商",也就是各种团购买菜的APP,通过团购发展客户,在上面可以买更便宜的蔬菜。这样下去,那些卖菜的商贩,不管是菜市场拥有摊位、开蔬菜小店或者摆摊儿的,生计都会受到很大影响。

这样的说法当然很有道理,但这也并不是一个新故事。新媒体取代传统媒体,移动支付取代收银员收银……这样的故事似乎在各行各业都在上演。我之前认为报社编辑是最好的职业,但是却发现报社可能还在,但是传统的编辑岗位很快就没了。过去设计报纸版面,或者通过报纸版面想传达某种价值观,这样的技艺,完全变得无用,生计也就成为问题。

不管我们怎么哀叹,这样的变化都已经到来,很难阻挡。过去,我们经常把这看作是时代进步,大谈创新和商业模式,这显得过于乐观了,像蛋壳跑路这样的悲剧就说明了这一点。如今,人们开始指责互联网巨头正在"夺走生计",虽然说的也是某种事实，很明显又夸张了点。

外卖行业的崛起，让很多小餐馆面临困难，但是反应过来之后，餐饮业慢慢调整，很多小餐馆都以外卖为主，缩小店面（不需要招那么多服务员），也减少了房租。过去小餐馆的服务员，现在可能骑着车奔波在送餐的路上。人们仍然需要吃饭，也需要有人做饭，只是中间环节发生了巨变。

我们所处的时代，变化可能是有史以来最剧烈的。这个变化其实非常复杂，并不能简单概括为"谁夺走了谁的生计"。当然，那种"时代进步谁都无法阻挡"式的乐观，也逐渐失去了市场，人们正在慢慢认识到"巨变"的复杂性。各种传奇都在发生，但是伴随着传奇的，是各种过去不为人知的伤痛，正在被展示出来。

就卖菜的小摊贩来说，他们可能也不得不重新想办法来解决自己的生计。小区下面的小店主，对我很热情，可能就是他们的"改变"之一，每个人都站在自己的位置上努力。我尽量减少自己在网上买东西，并不是出于对小摊贩命运的同情心，而是他们能够提供一些互联网无法提供的东西。有些蔬菜，要比 APP 上卖的新鲜，在蔬菜店，你可以现场构思午餐，也可以挑选，偶尔还能有奇思妙想。

对我来说，值得担忧的并不是"摊贩的生计"，更值得担心的是"附近"的消失。但是，我却希望小区附近的小店，能够尽可能存活下去。过去 10 年，我先后住过两个小区，那些社区小店更新频繁，都很难长久。以 10 年这样的长度来看，不管是社会还是城市，都"进步很大"，但是小区周围店铺的租金，却没有明显上涨，因为大家生意都不好做。

这些小店的作用要远比大家想象得重要得多。疫情期间，网上有很多人喊着囤粮，但是你到下面小超市一看，米粮充足，你就会安心下来。在简·雅各布斯看来，这些小店是维持社区安全的核心。

热闹的社区，经常有人走动，这创造了一种氛围，让坏人望而止步。这些是电商巨头们没有考虑过的问题，但是却对每一个居民都至关重要。现在对此开始有怀疑、反省甚至反思，这都是一种进步。

高学历父母在教育上的笨拙，你可能无法想象

土土绒

看到"博士'虎爸'逼小学一年级儿子、5岁女儿学高数和文言文"的新闻，我的脑子有点懵。

让这么小的孩子学习文言文和高等数学，完全不符合教育规律，这不是明明白白的"拔苗助长"吗？至于逼孩子学习到深夜，还经常辱骂甚至殴打，这已经不只是"虎"，更涉及家庭暴力了。

不过，话又说回来，觉得高学历父母就一定能教育好孩子，可能也是一种常见的迷思。

此前，北大教授丁延庆吐槽女儿"我教孩子逆天改命，她却教我学会认命"走红网络。丁教授和夫人都毕业于北大，他本人还是6岁就能背下整本新华字典的神童，然而女儿的学习成绩却一团糟，最后他只能感慨"没办法，你必须接受"。

重庆大学教授、博士生导师张小强,也曾在个人简介中写道:"虽然指导的研究生已超过 70 名,依然对初中生女儿的教育束手无策。"无奈之情,几乎要溢出屏幕。

每次看到这样的新闻,我的心里都会暗戳戳地更释然一点。原来,不止我一个人教不出"牛娃"啊!

我和丈夫都毕业于国内知名高校,也都算是高学历。不只如此,我还在编辑一本教育类杂志,对各种教育理念也算是略有所闻,按理说,孩子总不会太差吧?然而,现实猝不及防地给了我一个暴击,事实证明我的孩子是个"学渣"。

与新闻里的博士爸爸不同,我和家属都属于"放羊"型家长,在小学之前,基本没在意过孩子的学习,也没有报一大堆兴趣班。然而,6 岁是命运的分界线。

6 岁之前,孩子是 360 度无死角的完美宝贝,不管她做什么我都觉得"哇,太棒了";6 岁之后,一年级来了!虽然学校严格遵守规定,不报分数不排名次,但一道道错了又错的练习题,让我头痛不已,老师不时地提醒"要加油哦",更让我觉得羞愧难安。

最令人崩溃的是,孩子一脸无辜,完全不知道自己做错了什么。她不明白,妈妈怎么忽然变得这么严厉了?

从"世界上最好的好妈妈"到"世界上最坏的坏妈妈"之间,只隔着一个一年级而已。

面对孩子成绩落后还不爱学习的事实,我突然发现,什么教育理念都不管用了。这个时候,只剩下怒气爆棚又束手无策。每天坐在书桌旁看她写作业,她倒没什么,我自己就先气炸了。所以我猜测,那位博士"虎爸"的爆发可能也不是偶然的,或许是儿子上一年级给了他某种刺激吧。

所以在教育方面,所谓的高学历未必有帮助,反倒可能成了一种心理暗示下的负担。一种情况是"蜜汁自信",就如我和家属一样,觉得孩子怎么样也差不到哪里去,不用管太多,然而一上小学有了比较就原形毕露,这时候,心态就崩了。

另一种情况也是"蜜汁自信",像博士"虎爸"那样,控制欲特别强,觉得自己的孩子一定能出类拔萃,从小就给他们灌输文言文和高数。但孩子显然接受不了,结果也对孩子的身心造成了严重影响。

归根结底,教育是一项极其复杂的工程,而且是一项实践性极强的工程,每一对父母都要根据孩子的特点慢慢摸索,才能找到适合的教育方式。面对撒泼打滚的孩子,不管什么学历都得归零。

为人父母,就得从头学起,用心感悟,在与孩子的日日相处中,慢慢修炼自己的道行。

我是社恐,啊啊啊我也是

吕京笏

不带点社恐体质,好像都不好意思说自己是大学生了。

近日,《中国青年报》一项针对大学生的社会调查显示,有超过八成的受访者表示自己轻微社恐,有接近8‰的同学说自己社恐比较严重,甚至还有特别严重的。

对这样的调查结果,我并不意外。前几天有一个很火的帖子,"在大学,如果想说一句话就能引起无数人的共鸣,你会选择说什么?"评论区的答案形形色色,"我是社恐"是出现频率最高的四个字。

真的,纵然今天的大学校园五光十色、生活丰富多彩,只要说上一句"我是社恐",一定会获得无数句:"啊啊啊我也是。"

社恐,是"社交恐惧症"的简称,最早是一个专业医学问题,叫"社交焦虑障碍"。后来延伸成网络流行语,被很多人——尤其是大学生视作自己的标签,其实很多人的"症状",远未达到医学疾病的程度,多数是回避眼神、遇到熟人绕道而行这种。

语言是思维的呈现,"社恐"变成大学生热词的过程,在很大程度上,是当代大学生越来越不喜欢社交,甚至厌恶、恐惧社交的呈现。这也不难理解,作为独生子女一代,中小学又面临巨大学业压力,大多数学生并没有时间社交,还被教育"不需要社交",进入大学后,难免会产生社交无力感。

有同学羡慕父母那代人,"感觉每一位父母都是社牛"还上过热搜。其实,这不仅是因为父母有比我们更丰富的生活阅历与社交经验,更因为两代人之间的"社交观"已经发生转变。如今大学生面临的社交场景更加丰富,人际关系原子化又加剧了人与人社交的撕裂。

不信你看,父母辈在路上遇到熟人,往往会热情打招呼,停下来聊几句,但这在很多年轻人看来,是完全没必要,或无关紧要的。很多人在网上熟练地互称"兄弟姐妹",但在校园里偶遇时,常常假装不认识或者点头而过。

有同学化用了托尔斯泰的一句话,"在大学校园里,'社牛'的人各有不同,'社恐'的人千篇一律"。或疲怠于社交礼节的烦琐,或担心社交会失败,或把别人眼中的"热闹"视作"尴尬",都会让社恐的大学生们,在团建时如坐针毡,在上课被点名时恨不得找个地缝钻进去,在走路时选择戴上口罩和墨镜……然后,逐渐把自己活成了一个小透明。

以前，歌里唱：孤单是一个人的狂欢，狂欢是一群人的孤单。对社恐大学生来说，这句歌词要改成：孤单不一定是一个人的狂欢，但狂欢一定是一群人的尴尬。

有趣的是，很多人一边活成了社恐，一边又将社恐标签主动惬意地贴在自己身上，而后者难免还是有寻求集体身份认同的意味。这大概也算一种"口嫌体正直"？

大学里的社恐场景，做 pre 最典型。几个同学结成小组，成员一起做 PPT，然后选一个代表，当着全班同学的面展示、讲解。在很多大学，这是课程考核的主要方式之一。这一过程中，社恐的同学往往会主动要求写 PPT 和幕后帮忙翻 PPT，"只要别让我上台展示，干啥都行"。不过，也有同学原本社恐，在"被迫"上台展示几次后，信心与勇气倍增，实现了社恐自愈。

这或许说明，大学生社恐并不可怕，因为它绝非不可战胜。不过，就算真的一时克服不了，也不要为难自己，努力找到自我接纳和愉悦的方式，更重要。

别带着成见看"女性买房"

李白白

这不是"女性买房"第一次登上热搜,相信也不会是最后一次。

最近,爱奇艺推出了一档综艺节目《姐妹们的茶话会》。其中,女嘉宾结合自身经历,大谈女性购房话题,将"女性买房是独立的表现吗"大讨论送上热搜。

节目中,《奇葩说》辩手颜如晶说:"男性买房,一般都是因为要结婚了,女性买房一般是因为觉得自己结不了婚,我大概觉得我快结不了,自己买一个吧。"嘉宾赵小棠则说:"买了房,就有了属于自己的家,以后有了另一半吵架之类,我很有底气,这是我家,你少跟我在这儿造次!"这两位女嘉宾的发言,说出了相当一部分女性的心声。

在我国的传统观念里,男主外女主内,"你负责赚钱养家,我负责貌美如花",买房被社会默认为男性的责任。有独立婚房的男性,似乎也在婚恋市场上展现出更高的议价能力。

然而，时过境迁，随着"她时代"的来临，女性正日益成为购房主力军。那些年，嫁鸡随鸡、择木而栖的观念，正随着女性地位的逐步提高而改变。

某房地产平台发布《2019年女性安居报告》，其中显示单身女性购房者比例逐年递增：2012年女性购房者比例只有10％，但在2018年这一比例已经升至46.7％，即将与男性购房者持平。而在这些女性购房者中，有31.5％的人选择全款买房，28岁至30岁这个年龄段的女性购房热情最高。

处于适婚年龄的女性，购房热情最高，如果单纯看做是女性地位提升，经济收入增加，很可能忽略了女性心态这一关键变量。

不少都市青年认为租房会带来漂泊感，买房才算有了安心的保障。这种心态，在女性群体身上更突出。很多女性选择在婚前买房，都会强调"独立"和"底气"这些关键词，将买房视作提高和生活"议价"能力的资本。

网络上，一些已婚女性用过来人的口吻劝单身女性买房，理由是这些年为家庭的付出不被认可，遇到双方吵架，还会被婆家和丈夫"扫地出门"。更多买房的单身小姐姐发出了"真香"的感言，认为买房的目的不是为了结婚，恰恰是为了不结婚，在被逼婚时可以从容拒绝。

更有些地产商拿离婚数据说事。2019年全国婚姻登记机关共办理结婚登记947.1万对，离婚登记415.4万对。开发商劝单身女性入市的理由是,结婚的伴侣也许会离你而去,但你买的房子仍旧是你的。

将买房与独立画等号,明眼人都能看出这一命题并不成立。女性拥有独立思想、独立人格,不依附于他人,才能拥有生活的底气。觉醒的女性意识,应该赋予女性更多话语权,更多受到社会的尊重和肯定,"不盲从,不受欺骗,不依赖别人,拥有独立的精神"。

独立与否,是精神层面的判断,不该由物质来绑架,遑论区分男女。女性买房才被视为独立,不买房的女性就是依附,这岂非催生另一种社会偏见?比起探讨女性买房是否代表独立,更应该关注的是,在现代婚姻关系中,女性缘何产生强烈的不安全感。本该基于感情建立的婚姻,为何夫妻双方的话语权,强烈受制于婚姻中财产份额的多少?为何无房女性,会在婚姻关系中产生强烈的不安全感?

婚姻本该是避风港,男女双方,无论经济地位如何,都该受到平等的呵护,都该拥有平等的家庭话语权,都该成为对方可以依靠的对象。

如果每一段姻缘都能如此,每一位独立个体,无论是否选择婚姻,都不会被社会视为异类,女性就不会再为买房焦虑。届时,买房与否就只是个人选择,别再给女性强加买房的 KPI 了。

小霸王，相见不如怀念

易 之

"小霸王，其乐无穷。"这是一句曾经耳熟能详的广告语，如今，这句广告词的主人——小霸王文化发展有限公司可能要后会无期了。

近日，媒体披露了小霸王文化发展有限公司被申请破产重整的消息。消息一出，迅速冲上热搜，网友纷纷感叹"这回青春真的结束了"。毕竟，小霸王是无数人童年的快乐源泉。红白色的机器、黄色卡带、像素粗糙的电视，让多少人领略了游戏的快乐。

小霸王制霸游戏业的时代，就仿佛"从前慢"的时候，一盘规则简单的俄罗斯方块可以玩上好几年，超级玛丽可以救上几十次公主，魂斗罗的"上上下下左右左右BABA"可以搓上个千万遍……

小霸王确实带来了其乐无穷的欢乐。原因其实也很简单，那个时候游戏的选择极为稀缺。谁家有一台小霸王，就是小朋友当中的"王者",能把整栋楼的孩子都吸引到家里来。此外,小霸王其实也是站在巨人的肩膀上。小霸王的主机和游戏并没有自主知识产权,主要是山寨日本任天堂公司的红白机(也称FC)及其游戏,游戏质量是有保证的。

有意思的是,长时间里这种非常明显的侵权被任天堂给"忽视"了。原因众说纷纭,但至少,低成本山寨成熟游戏以及极为稀少的游戏选择,造就了小霸王的成功,也塑造了无数人的童年。

显而易见,自主知识产权的缺乏及暂时性的渠道垄断,市场隐患巨大,小霸王的衰落是可以预见的。果然,随着游戏的产业发展、法律法规的完善、盗版难度的提升,小霸王后劲不足十分明显了。

小霸王之后,索尼的PS、微软的XBOX、任天堂的NDS等主机相继以种种形式进入中国市场,电脑游戏产业也迅速膨胀,再加上今天移动游戏成为主流,小霸王已无人提起。该公司数次转型,每每都能在网络上掀起一波"情怀杀",但迅速消弭。如今已是红海的游戏市场,小霸王过往的路径其实已无路可走。

80后、90后的童年,或许是小霸王;但今天00后甚至10后的童年,选择其实已经很多元。游戏也不再稀缺,手机市场里,就有千千万万个选择。曾经游戏是一种奢侈,但今天,人们更多讨论的是"游戏沉迷怎么办",毕竟,游戏的成本已经很低。曾经的少年，得到一盘黄色卡带的那种兴奋，今天的少年，怕是很难想象了。就游戏来说，过去很多人的童年就是红白色的，但今天，孩子们的童年早已五光十色。

所以说，小霸王的离去，其实也是我们不再需要它了。游戏产业的迭代是很快的，别说小霸王，曾经很多国民级的游戏，早已消失不见。曾经的巨头游戏公司，到今天也换了好几波了，这实在是正常的市场现象。

小霸王虽然生产的是游戏，不过它的衍生意义却是严肃的。没有自主知识产权，缺乏核心生产能力，生命力注定是脆弱的。它可以一时之间风光无两，但研发乏力，就注定不会有产品更新，也注定不会长期引领市场，更不可能定义有利于自己的行业标准。稍有风吹草动，便是"天崩地裂"。

小霸王陪伴了无数人的童年，自己却没撑到"中年"，对此，可以怀念但不必遗憾。这是市场的自然选择，其实也是我们自己的选择。

现代女性如何摆脱"樊胜美困局"

张 丰

几年前的电视剧《欢乐颂》,让"樊胜美"这个形象深入人心。她在上海辛苦打拼,挣的钱被父母"吞噬",拿去填补家里那个不争气的哥哥。

这两天,杭州女孩洛洛"生前被父母吸血,死后为弟弟买房"的不幸遭遇,让很多人看得伤心又气愤。一个辛苦打拼的女孩,一对贪心的父母,和一个需要照顾的弟弟。这种原生家庭结构,和樊胜美几乎一模一样。

这也催生了一个网络热词:"啃女族",指的就是那些专门盘剥女儿的父母。他们把女儿看成长期提款机,无限索取,满足自己或其他男性家庭成员的需要。

很多80后、90后是独生子女,对此可能感受不深。但不容忽视的事实是,每每社交媒体上出现洛洛事件这样的"啃女"话题,都会有大量网友敏感、关注、愤慨。强烈的情绪背后,是很多人的切肤之痛。因为在一些地区,类似现象曾经发生过,现在也没有完全消失。

更早一些的人们,都知道一个广泛流传的玩笑:"儿子是建设银行,女儿是招商银行。"这话表面上是称赞女儿,似乎对女性更有利,但它道出了一个浅显而残酷的现实:女儿是一些父母眼中的挣钱工具。

"啃女"的父母,会强调自己对孩子的爱是一样的,但他们总会更爱儿子一些。这种举动背后的逻辑,是女儿总会嫁人,成为别人家的人。有些农村流传"女儿也是传后人"这样的口号,其实反而说明在传宗接代的观念下,女孩处于不利的位置。

"啃女"的前提,是"儿女双全"的家庭结构。曾经很长一段时间内,这不是主流的中国家庭结构。但随着二胎时代的到来,以后有儿有女的家庭会增多。在这个时候,重提反对重男轻女、倡导男女平等,是非常有必要的。

要知道,绝大多数被"啃"的女孩,都是默然生存于公共视线之外的"看不见的角落"。她们出现在网络和新闻之际,往往就是被最后一根稻草压倒之时。是时候不再让她们以这样让人遗憾的方式出现了。

中国传统文化倾向于鼓励女性为家庭做出牺牲,并以此为美德,这是造成"樊胜美"们痛苦的根源。她们更看重原生家庭的感受,希望家庭和睦,比兄弟更有"孝心"。在传统社会,未成年女性多待在家中,"牺牲"主要体现在承担家务劳动上。但20世纪90年代以来,大量女性外出务工,"打工女孩"成为引人瞩目的群体。按照法律,人在18岁之后就拥有对自己收入的支配权,这才让"啃女"问题浮出水面。

"啃女"成为热词,某种程度上说,是社会进步的表现。无论如何,"啃"都是负面词汇,把父母和"啃"联系起来,说明年轻女性已经觉醒。

前些年,网上出现"父母皆祸害"讨论小组,就有很多女性对父母的吐槽。认识到"父母可能吃相难看",这让人不快,还有可能招致舆论压力,但它是女性追求独立的第一步。《奇葩说》最近也有一期节目讨论"独立女性",包括此次的洛洛事件,说明女性追求独立的呼声,越来越成为主流。

对一个"被啃"女孩来说,首要在于追求"经济独立"。这包括"不依靠父母和男性,自己养活自己",但更隐秘也更重要的是,独立支配自己的劳动成果,自己挣的钱自己花,敢于拒绝包括父母在内的家人的不合理要求。

这意味着要把自己从原生家庭中"解放"出来。

比起经济独立,思想独立更为重要。对父母的依恋,是女孩子普遍的情感,这常常演变成某种让步和妥协,包括被"孝"的观念所束缚。她们需要先成为一个独立的人,再选择原谅父母和爱父母,或者与父母保持让自己舒适的距离,这样才能避免樊胜美困局。

这不是自私,而是幸福生活的前提。平等基础上的爱,是扫除原生家庭阴影的阳光。一些父母该明白,得到一个平等、独立的女儿付出的爱,远比"孝"和"服从"幸福得多。

多数人是怎样被少数人改变的？

曾　颖

2020年10月，我随《川味》剧组赴重庆酉阳拍绿豆粉和酉水豆腐乳。剧组一行在龚滩和酉水河的河湾村待了七八天，拍了许多美景美食和奇妙的风土人情，也经历了不少有趣的事情，其中尤以下面这件最为奇异，也最让人感触良多。

拍美食节目最大的幸福和痛苦，就是所到之处，当地的接待人和厨师们，会倾尽全力，把最具特色和说法的美食，无保留地端上桌来，让大家的眼耳口鼻舌，都为之一爽。

但这当然对血脂血压和减肥事业是不利的。剧组好些小伙伴，天天矫情说快要吃出工伤了，并且常常对着秤，尖叫着发誓说下次吃饭时，一定要相互提醒和监督。而"下一次"真正到来时，菜一上桌，色香一撩，之前的理智和誓言，便成一地碎片，几乎所有人，都轻松地放弃了刚刚咬紧牙关的抵抗。

之所以说"几乎"，是因为剧组还有老薛。

老薛是航拍摄影师,祖籍北京,三十多年前来成都。面对无坚不摧的川味,他愣是像一块拒绝融化的冰,不仅不投降,甚至连被同化的机会也不给——同化的前提是接触,在这一点上,老薛从意念到肠胃高度统一,以至于到最后,一碰辣和麻,就会起过敏性的生理反应。

所以每次饭前,老薛都会提醒服务员,为他做一份不加辣椒和花椒的素菜。

于是,一桌全红的酉阳酒席,就会出现一份不加花椒辣椒的土豆丝或青菜。酉阳地处渝湘黔交界的地方,土家菜味的火爆,也是声名在外的,而老薛的要求,恰如一场洪水中的清流。

但之后的几天,神奇的事发生了。

从第一天,桌上的菜全红全辣,到最后一天,桌上的菜变成清一色的白味,一副云淡风轻、禅味十足的样子。餐馆还是那个餐馆,老板还是那个老板,厨师还是那个厨师,端菜的胖小妹,还是那个胖小妹。

七天时间,饭菜发生了颠覆式变化,彻底反转,桌上连豆腐乳都是上的不加辣椒的。

究竟发生了什么?

大家也发现了这个问题,一问究竟,原来是老薛每天上菜前的小叮嘱起了作用。他虽然只是悄悄叮咛,不想给大家添麻烦,但这叮嘱反复出现,强化了厨师对我们这桌人"不吃辣"的印象。

于是，从最初的一份不辣到两份三份，再到五五开，直至全清汤。这时，其余九个喜欢吃辣椒的人开始不适应了，而之前，大家对变化并不敏感和在意。由此，我想起多年前在一本书上读到的一句话："少数人的执着与坚持，和多数人的不在意，会推动世界往前者所希望的方向发展。"这是一本讲犹太人饮食偏好对欧美饮食习惯的决定性影响的书。

面对那桌清汤寡水的菜，我忽然觉得确有那么点道理！

由此可见，无论是饮食、习俗还是观念，改变总是从少数人开始的，但只要执着坚持下去，假以时日，就会影响越来越多人，最终"改变潮水的方向"。

儿童网红、数字家长与"楚门"

白晶晶

"每个人都可能在15分钟内出名",安迪·沃霍尔的这句名言,可谓是对当下遍地网红的极佳预言。

既是网红,就会在顶流时受到万众瞩目的追捧,也可能在过气时,面临观者寥寥甚至讥讽者众。不妨脑补一下,如果成年人尚无力承受这云泥之别的落差,心智稚嫩的儿童网红,又该如何面对镜头环绕的童年和人生?

"打开抖音、快手等APP,能看到不少萌娃的身影:有的还不会说话,就被大人在镜头前不停地打扮、换装;有的尚在牙牙学语,却已经习惯了吃饭时要始终面对镜头;有的还在学龄前,却能模仿大人口吻流利讲出网络流行的搞笑段子……"

近日《中国妇女报》聚焦"儿童网红"的报道,将父母如何当好"数字家长"的现实议题,摆上了桌面。而最近这段时间,颇受关注的"小马云"范小勤,也为我们审视儿童网红提供了一个典型范本。

谁能想到,这位曾经的"大网红",在流量的潮水退去后,回到老家依旧是那个"又皮又脏"、穿着沾着油渍的衣服在村里到处跑的孩子。读到四年级,还不会简单的加减法,真实状态让人唏嘘。

也许有人会说,"小马云"的走红有其特殊性,只凭天生一张酷似知名人士的面孔,不需付出任何后天努力,他注定容易被喜新厌旧的流量时代抛弃。更何况,他自身智力和健康状况都有问题,不蹭热度"捞一笔",原生家庭的贫瘠也未见得带给他光明的未来。

其实,套用一句梨园行的老话,"要想人前显贵,必定人后受罪"。其他儿童网红的真实生活境遇,与"小马云"的身不由己相比,未必不是五十步笑百步的无奈。

1998年,美国演员金·凯瑞曾在电影《楚门的世界》里,扮演了一个"初生代网红"的形象。自婴儿时代起,楚门就生活在名为桃源岛的小城,这里实则是巨大的摄影棚,他的人生每分每秒都被镜头记录,无时无刻不被全世界关注。发现真相的楚门,尽管知道自己是世界上最受欢迎的明星,取得了常人无法想象的成功,依然不惜一切代价逃出镜头的控制,寻找真实的生活。

现在各大平台上的儿童网红,何尝不正是一个个少年"楚门"?

时代尊重个体的选择,素人借助网络展现才艺、自曝个人生活,借此获得商业变现,都无可厚非。但站在儿童网红身后的,却往往不是向往成名的少年心,而是过度追逐商业利益的家长。

少数家长变成"啃娃族",只看到眼前利益,透支孩子的未来,前有"3岁女孩被喂到70斤"的儿童吃播,后有浓妆艳抹,对镜头学各种成人化动作的9岁小网红。

如果说,在注意力经济时代,儿童网红是注定结出的果实,那社会能做的,就是尽可能避免树上结出恶果。身为监护人,父母不能将孩子当作捞钱的"工具人",而要尊重其生长规律,保护未成年人的身心健康,自觉成为合格的"数字家长",与孩子一起融入真实的社会。

互联网平台方也不能只要流量不要三观。注意价值引导,不给三俗内容留空间,应成为自觉修养。对那些违反法律法规和社会公德的儿童主播账号,该管的要管,该封的要封。

即使在"15分钟出名的时代",人生依旧是一段漫长的征途。这样的道理,小网红可能暂时还不明白,但家长不能遗忘。

职场妈妈,辛苦了

简　约

今天是三八妇女节,看到一篇图文报道《当代职场妈妈生活图鉴:女性每日无酬劳动时间约男性 2.5 倍》,讲述了一位做新媒体小编的女性"早 6 晚 11"的陀螺式运转的一天,心有戚戚焉。

我一个朋友生了两个儿子,大的上小学,小的上幼儿园。单位对她还算关照,让她上早班,虽然得早起,但下班也早,中午还能回家小睡一会儿,这成了她养精蓄锐好对付熊孩子的"加油站"。接送上下学、做饭、辅导功课、检查作业、跟老师沟通、讲故事、陪跳绳、做手工、哄睡觉等,这些都属于常规项目,偶尔还有特殊项目,诸如被老大的老师叫去学校听训,被生病的老二折腾一宿。别问爸爸在哪儿,问就是"出差"。

另一个朋友在选择岗位时,对早班避之不及,因为她要送女儿上学。她没有老人可以依仗,也别问老公去哪儿了,问就是"睡觉"。忍耐了很久之后,朋友决心离婚。办离婚证那天，孩子爸爸陪她去学校接孩子，孩子十分惊讶——这么多年，爸爸第一次出现在校门口。

有朋友抱怨"丧偶式"育儿，还有朋友轻叹，比"丧偶式"更糟的是"诈尸式"：平常不在家、不管娃的队友，偶尔出现，还偏要刷一下存在感，这也不满，那也不对。每当这时，她就会在心里默念：娃是自己生的，老公是自己找的。

这两位职场妈妈，正是《当代职场妈妈生活图鉴》的现实版。很多时候，职场女性的默默奉献，被认为是应当的，然后就被漠视了。

《图鉴》透露了一组扎心的数字：妈妈在家里的无酬劳动参与率是84.2％，爸爸是55.3％，无酬劳动时间约为爸爸的2.5倍；陪伴孩子的时间，妈妈是爸爸的两倍；做家务的时间，妈妈是爸爸的三倍。

就这样，加之整个职场女性的薪酬平均低于男性17％的大背景，上班的妈妈们还为家庭贡献了近4成的收入。这有多么不容易，不言而喻。

一句"辛苦了"，不只是对她们的节日感谢，更是她们日复一日的人间真实。

让人惊叹的是，很多职业女性以超强的自律，实现了各方的平衡，既赚钱养家——保持经济独立，也要"貌美如花"——关注自我提升。有调查发现，87.2％的职场妈妈下班后主要陪伴家人，休息娱乐时间远低于其他职场女性群体，但她们在充电学习上的时间投入,并不少于其他人。换句话说,职场妈妈花了大量时间,来做好女儿、好妻子和好母亲,但也从未放弃做更好的自我。

当然,并不是所有家庭的爸爸们都是"甩手掌柜",不少二孩家庭里,爸爸分担了老大的接送和辅导,让妈妈有更多的时间和精力哺乳老二。但这种现实给职场女性的观感,经常是复杂的。因为能做到这些的爸爸,往往会得到来自家庭和社会的赞美和鼓励,妈妈们则会被说:"你要珍惜啊,这么好的男人。"

而如下这种情形发生的概率就小得多:有人对一名爸爸说,能找到这么一个又工作挣钱,又做家务带娃,还生了两个孩子的女人,你真有福气。

说这些,不是想把工作和家庭中的矛盾全推到男性头上——这不单纯是性别造成的落差,更是如何把传统的家务劳动纳入社会分工的大议题。比如,在个税缴纳上,对抚养子女的家庭有了专项附加扣除。两会上,增加政府和社会的托育服务的建议,也往往得到很大的舆论支持。这方面的社会进步越来越大。

但人的脑子里观念的改变,同样重要。在《图鉴》的下方,有一条高赞留言是"不婚不育,活出精彩"。选择怎样的生活方式,当然是个人自由,但选择爱情、婚姻和养儿育女,同样可以"精彩人生"啊。我们需要的是正视问题,努力去改进,而不是回避它。

卡带时代过去了,我很怀念它

白晶晶

我听卡带的年代,陈奕迅还是头发茂盛的青年,如今他的发际线已退到中年边缘。流年如水,过去值得怀念;往事如烟,闲时不忘追忆当年。

盒式磁带发明者奥登司在荷兰去世的消息,把一个古早概念带回人们眼前。卡带,学名盒式磁带。20 世纪七八十年代,还没有数码技术,音乐、声音需借助磁化技术来记录,录制了声音或音乐的磁带,放在卡盒里。

卡带人生,更像是买定离手的赌局,选择了一盘磁带,只能在 AB 面里挑选最爱。即使倒带,也离不开划定好的循环。

木心说过:"从前书信很慢,车马很远,一生只爱一个人。"听盒式磁带的年代,人们一次只听一盒歌,更要在方寸间体味音乐的感觉。

还记得,2004 年的冬天,回东北的绿皮火车上,10 多个小时里陪伴我的，只是一盒陈奕迅的卡带。Walkman 里循环着一首《圣诞结》，这一遍放完就按下停止键，伴着快速倒带的声音，等着歌曲的从头开始。印象中，火车车窗上冻住的冰花，很厚。陈奕迅的嗓音，很柔。

"我住的城市从不下雪，记忆却堆满冷的感觉，落单的恋人最怕过节。"

现在，信息交互很快，一生足以爱上很多人。人生的卡带，也像是开启了盲盒模式，谁都不知道下一首播放的，将是算法送上的哪一首歌。

高铁上的旅人，早已告别 Walkman，头上的降噪耳机成了新标配。隔绝外界声音，打开音乐软件，无限海量歌曲可供挑选，但人们安静听歌的一方天地，是变大了还是变小了？

就我个人经验而言，现在越来越难以静下来听完一首歌。

打开音乐播放软件，算法定制套餐让我眼花缭乱——午后限定音乐饮品、华语私人订制、最懂你的歌曲推荐、宝藏音乐盲盒……这些你都不喜欢？没关系，轻轻滑动手指，还有更多专辑等着你。这一首不喜欢，一秒钟切换，只要你想要改变，系统永远不知疲倦。唾手可得却又弃如敝屣，成了数字音乐时代的魔咒。单纯因旋律、歌词被喜欢的音乐，越来越少。就连广场舞大妈的神曲歌单，都好几年没更新了。

细数过去一年的全民神曲，印象最深的莫过于李宇春的《无价之姐》。不过，如果没了乘风破浪姐姐们的弄潮搏浪、认真亮相,这首歌也未必如此刷屏洗脑。

打开热门音乐排行榜,中年人都是满脸问号。点开一听,歌词生搬硬套、强行押韵,旋律东拼西凑,热门老歌随手剪裁,创作者变成了音乐裁缝。

有博主曾经用十个词就总结了流行的古风歌词的套路:时间必须是"千年",地点动不动就"天下",人物则多是"谁人",起因常见"离愁",经过多要"徘徊",结果就是"殇"。

消失的又岂止是卡带,是良币淘汰劣币的音乐制作模式。唱片公司的衰落,短视频时代的到来,仅用15秒就能推红一首歌的现实,让用心沉淀音乐成了徒剩情怀的坏生意。然而,留下来的才是好东西,就像舍不得丢掉的卡带,里面不只有逝去的青春,更有动人的旋律和用心的制作。

消逝的卡带时代,不该带走娓娓道来的优美旋律,对着歌词单抄写词句的感动,不该只剩对流行歌文法不通的愤懑。

这两年,台剧《想见你》复刻了卡带回忆。主人公将磁带放进老式卡带机里,伍佰的《Last Dance》响了起来,"所以暂时将你眼睛闭了起来,黑暗之中漂浮我的期待"。

希望未来的年轻人,能像曾经的我们那样,有丢不掉的音乐记忆。闭起眼睛,感受音乐带给我们的期待。

我的东京奥运会门票

栗中西

2021年3月20日晚,由国际奥委会、国际残奥委会、东京奥组委、日本政府和东京都政府代表参加的五方会议一致决定,今年夏天举行的东京奥运会和残奥会将不接待国外观众。这就意味着在海外售出的60万张奥运会门票和30万张残奥会门票全部作废,包括我手里的这两张。

已经记不清这是第几次东京奥运会出现新情况了,但不出意外,这应该是最后一次了。一锤定音——东京奥运会,去不了。

"狼来了"很多次,得知这一确切消息后,心情倒谈不上失落,只是买到门票时的兴奋记忆犹新。我先生平时爱看排球赛,我又爱凑热闹,两年前我们计划的这趟奥运之旅,一拍即合。但是买票的过程并不容易,2019年7月,2020东京奥运会的中国代理商正式开放购票入口。根据宣传中的限制性申购规则,购票者还要先注册后申购,中签了才有资格买票，不然只能托人在日本境内购票。我们选择前者，几个回合下来买到了女排半决赛门票。票寄过来时，我们已经开始盘算起要不要带娃前往了。

2020年2月，新冠肺炎疫情开始在全球逞凶之际，我们完全没有意识到东京奥运之旅可能泡汤。等到有心思去考虑这件事情的时候，境外的疫情防控却并不乐观。然后就是关于日本奥运会的各种猜想和辟谣，最终等来了延期举行的官宣。延期后到底能不能去？同样也经历了"有戏"和"没戏"的反复摇摆，国际奥委会和日本方面的声音，并不完全同步。日本首相菅义伟一再强调"要以完整的形态举办"，直到剩下最后4个月，变异新冠病毒在日本蔓延迅速，才不得不正式宣布：不接受国外观众。

根据日本国内专家推测，如果东京奥运会和残奥会观众仅限于日本人且入场观众人数不得超过可容纳数量的一半，带来的经济损失可能超过1.6万亿日元（约合956亿元人民币）。这当然是一个天价的数字、巨大的遗憾。自从东京奥运会"悬"了以来，可以看到很多类似的损失计算，但都是站在主办方立场上，为其扼腕。如果换个立场，一个持票的观众，何尝不是承担损失中的一员？

东京奥组委并没有公布销售给海外观众的门票数量，但此前有预计奥运会期间将有50万名中国游客奔赴东京，其中有很大一部分持票观众。我手上，国内代理商提供的门票加住宿套餐，人均费用近一万元。这些票，如今成了不能交割兑现的"期货"。其实不光是经济上的损失，情绪上的起伏，也足以让任何人对东京奥运会的憧憬黯然失色。

东京奥运会像是一个巨大的隐喻，它预示着我们好像进入了一个新的世代，在这里，哪怕手握国际重要赛事的门票同样意味着彻头彻尾的不确定性。对于1980年以后出生的我们来讲，这种体验从未有过。个人生活就像被挂在钟摆之上，左摇右晃，外部性因素决定了很多事情。

"改变或被改变"，这句话被写在国际奥委会位于瑞士洛桑的总部"奥林匹克之家"的墙上。面对不确定性，只能不断调整策略。"不如看看冬奥会门票？"先生揶揄道。

人生的 C 位，从教室抢起？

白晶晶

"前排学霸，后排渣，溜边儿坐的是陪跑的……"每逢开学季，学校里的"座位江湖"都要掀起一场暗流涌动的排位赛。有人给老师送礼，有人跟老师谈心，有人争担家委会的"重任"……十八般武艺轮番上阵，为的就是让孩子坐上教室的 C 位。

身为 170＋的高妹，回想我的求学时代，家中老母没少为我座位的事儿烦心。

小学时，为了不让我和调皮捣蛋的孩子坐一块儿，老妈面授机宜，教我如何给老师送礼，还闹出一个大笑话。当时，我二舅在制氧机厂上班，单位会发些福利，老妈想让我转送给老师。万万没想到，我鹦鹉学舌出师不利，竟跟老师说成了"我二舅在养鸡场上班"。

为了按原剧情向老师交差，老妈被逼无奈，到处倒腾土鸡蛋。

初中时，当我犹豫再三，终于向老妈表示有点看不清黑板时，她脸上竟露出如释重负的神情，"唉，你终于能往前排挪挪了"。得到老师的同意后，老妈的"座位焦虑"才总算暂时到站。

升入大学，终于摆脱了对号入座的尴尬，个子太高而没坐过前排的我，开始报复性坐前排。

偌大的阶梯教室，我总能抢到 C 位。靠的却不是眼疾手快。

道理很简单，大学生眼中，后排座儿的休闲娱乐区才更显"王者荣耀"，前面是"书呆子"才坐的地方。

三十年就是一个轮回，轮到我当家长，也不免重蹈"座位焦虑"的覆辙。

家里熊孩子遗传了我的身高，妥妥地坐在后排，加上自带学渣属性，我总担心他成为老师眼中的"小透明"。

回想起 2019 年春晚，开心麻花团队曾带来小品《占位子》，讲的也是家长替孩子抢好座位的故事。小品中，马丽家卖掉大别墅换成 50 平方米的学区房、老公辞职在家"鸡娃"；沈腾为了让孩子上好学校打三份工，却几个月见不到孩子一面，连孩子已经三年级了都不知道，开家长会走错教室……

看过的人，都觉得小品真实得有点扎心。为人父母，既从心底期盼教育资源分配公平，又不免想方设法让天平向自己孩子倾斜，这是人的天性使然。

如果把人生比作一辆列车，有人出生就拿着时速350公里的高铁票，有人还坐着山里的绿皮车，人生配速不同，作为家长能不焦虑吗？只不过，就算人生如旅途，目的也不该是一路狂奔，比拼谁先跑到终点。就算人生如戏，戏台上唯一的主角不正是我们自己，C位不正在我们心里吗？

看过李银河的一段话，"归根结底，尘世的一切努力只是过程，不是目的，目的应当在灵魂和精神的层面。如果把世俗的成功当成了目的，人生就会异常狭隘，所有的喜怒哀乐也会变得异常局促，精神生活会变得干瘪枯燥。"

这话也值得所有家长深思，明白什么才应该占据人生的C位。

当彩虹出现,不要克制你的眼

与 归

你有多久没看到过彩虹了?你这辈子看过几次彩虹?你和心爱的人一起看过彩虹吗?

突然问你这么几个问题,你可能会觉得我矫情。是的,我们似乎都太忙了,忙着去实现一个又一个或大或小的目标,以至于常常忽视和辜负身边的风景。

但是认真去回答这几个问题,我们会发现,给自己2分钟,好好欣赏一下彩虹,不也是满满的获得感吗?我们在紧凑的假期里,订上机票,飞往千里之外看风景,来回折腾几天,又图的是什么呢?

最近,在山东潍坊,雨后的天空就出现了彩虹。一位梁姓地理老师看到之后,跑回教室喊学生们暂停晚自习去看彩虹。学生们纷纷围到窗边,被彩虹照亮的脸蛋上溢出了笑容……

有网友支持梁老师,给出的理由是"也就耽误2分钟而已"。言外之意，是不那么耽误学习，影响不大。然而在我看来，这不是耽误，而是成全，是追求，是一种顺其自然。

晚自习常有，彩虹不常有。让孩子们暂时放下手中的课本和习题，看一看窗外，欣赏一下彩虹的美，这种机会在现代化的校园里，反而是难得的。

这让我想起了读小学时，在晴朗的春夏，老师们有时会把我们叫到户外，在树林下、草地上上课。头顶有鸟鸣、身畔有花香，林风送爽，好不惬意。

这也让我想起了《论语》里曾皙说，"暮春者，春服既成。冠者五六人，童子六七人，浴乎沂，风乎舞雩，咏而归。"有网友把它翻译为：二月底，三月三，穿上新缝的大布衫。老的老，小的小，一起到南河洗个澡。洗完澡，乘晚凉，唱上一曲山坡羊。

孔子认为，曾同学的志向最合他的心意。当彩虹飞进孩子们的眼睛，这其实也是一场教育正在完成。

梁老师说，当时就想和学生一起欣赏，看完之后要思考彩虹成因，课堂会提问。彩虹形成的原因，恰好就是中学地理知识。知识不仅可以从书本上学来，也可以从大自然中学来。学来的知识，也终将用于认识自然、作用于自然。

而我认为，这次看彩虹的教育，又远远不止于知识性。孩子们的世界里，也不应只有作为气象案例的彩虹，也该有作为美好象征的彩虹。这是一次集知识教育、审美教育、心灵教育、自然教育于一体的机会。

近年来，很多人的生活中，充满了房子、车子、票子等话题。我们作为社会人的身份越来越丰富、复杂，但是往往却忽略了，我们首先是个自然人。我们终究活在自然中，周围的一草一木都与我们相伴，与我们有关。

我们多看看自然，才能认识自己。

卢梭在《爱弥儿》中写道："自然教育的最终培养目标是自然人。"美国作家理查德·洛夫在《林间最后的小孩》一书中，使用"自然缺失症"一词，描绘现代社会的孩子们与大自然缺乏联系的现象。他认为，孩子就像需要睡眠和食物一样，需要和自然的接触。

而在古老中国，恰有在自然中讲学的习惯。古代著名的书院，多在山林僻静处。检索"孔子讲学图""阳明讲学图"也可发现，大多都被画在了山林间、松柏下，老师坐在岩石上，学生席地而坐将其围在中央。

那么在今天，当彩虹出现，我们何须克制自己的眼？

我的遥远的课间十分钟

吕京笏

"'丁零零',下课铃响了,老师刚一说'下课',我们就像小鸟一样拥出了教室……操场上顿时变成了欢乐的海洋,到处都充满了欢声笑语。"

你还记得吗?这是不少 80 后上小学时的课文《课间十分钟》的开头。这篇 400 多字的短文,描绘了一幅热闹的场面:同学们"赛杠"、打沙包、跳皮筋……玩得不亦乐乎。

"小明是个调皮蛋,他只喜欢上一种课,是什么课?"十多年前,我上小学二年级,老师出了这道脑筋急转弯题。有人说是体育课,有人说是音乐课。最后,老师一脸得意地公布答案——是"下课"。

这个答案,似乎成了一个时代的符号。80 后、90 后们,一边在"小时候课间玩的游戏"的热搜里,欢呼"爷青回";一边感叹现在的小孩,已经很难体验这种快乐了。

那时,我和小伙伴们发明了很多游戏,就是为了充实、有趣地度过课间 10 分钟。

比如"弹笔"。两人各自把笔放在桌上,用自己的笔弹对方的,谁的被打到桌下,谁就算输。这个游戏被我们不断升级,进化成了用一捆笔弹一捆笔的"霸王笔",玩法从一对一,发展为多人大乱斗。后来还有了晋级制,赢者进下一轮,输者进"排位赛",每天都要决出冠军……

还有"转书"。我小学时就对此"天赋异禀"——什么都可以转,手绢、篮球、笔记本,当然还有课本。我们班的课间,同学们不是在"转书",就是在学"转书",还引来老师围观。

想想真很佩服当时的我们,就 10 分钟,可以玩得如此认真、一本正经。我都怀疑,有的同学生病也要上学,只是为了参加"课间大赛",而不是因为好学。

在见缝插针的玩耍中,我们爱上了学校,也慢慢学会怎么与他人相处、怎么交朋友,也模糊懂得,什么是尝试、坚持与团结。长大后再"升华"点看,学校教给我们的,本就不该只有课本知识。那些隐藏在课间 10 分钟里的嬉笑打闹,不也是成长的模样吗?

网上有个灵魂拷问:为什么全国各地的小学生在课间玩的都是同样的游戏,但其实并没有人教他们?答案可能五花八门,我的解释是:天性使然。因为大家处在同个年龄段,有那个年龄独有的创造力、好奇心、好胜心,才会不约而同地想出、玩着差不多的游戏。这样的巧合，是不是也说明，让孩子释放天性的重要意义？

现在的课间越来越静了。一些校园里，孩子们下楼都成奢望，更别说玩耍了，还出了个词叫"文明休息"。这让我感到尴尬，又心疼这些曾经的我们。"让孩子像孩子一样长大"，这句正确的废话，怎么就难以落地了呢？

我能理解一些学校和家长，他们怕孩子的课间活动带来安全问题。毕竟，比起快乐，安全更重要。但我想，这两者并不是非此即彼的关系，总是有办法兼顾的吧？

我想再讲一个自己的故事。我小时候有些胖，四肢也不太协调，运动能力很差，常生病。一次课间，几位同学在走廊玩"跳山羊"，我想尝试，又害怕。经过几次失败，终于成功了，我感到一种难以表述的成就感。回家后，我把这事告诉了妈妈，她说："妈妈不限制你玩，但要注意安全。"

从那以后，我从怕运动到慢慢爱上体育，还实现了从"小胖墩"到中考"篮球特长生"的逆袭。上大学后，我也坚持每天跑步。我曾设想，那天的课间，我没有去玩游戏，或者我妈妈下了游戏禁令，我会怎样？

那或许就是另一个故事了。幸运的是，我和妈妈都跳过了各自心中的那道槛。

永远不要向生活低头认输

韩 城

这两天,有两件事情传遍了全网,感动了众人。

一件是现实版"福贵大爷"十年后被找到。十年前,在一档叫《谭谈交通》的节目中,一个蹬着三轮的大爷,因为涉嫌违反交通法规被谭警官拦了下来。

当谭警官询问大爷的基本信息时,大爷说道:"我爸爸死了十一年,妈妈死了二十多年,老婆也死了十一年,孩子也死了。哥哥死了十八年了,弟弟是傻的,狗已经十多年,也快老死了……"

网友看到这位大爷的遭际,直言太凄惨了,简直就是"现实版福贵"。但是,即便生活已经惨到了如此地步,这位大爷仍然保持一种乐观的生活态度。他在那期节目中对交警说,"向前看"。

一句"向前看",尽显其豁达,也让网友泪崩。

而十年后,当他被找到,令人意外又欣喜的是,大爷已经再婚生子，女儿5岁，活泼可爱。原来，他此前谎报了自己的年龄，他今年才60岁。虽然生活依旧清贫，但日子也算安稳幸福。这次，他说自己要自力更生，不靠帮扶。这种自己拼的人生态度，再次感动了网友。

很多时候，我们的悲欢，是可以相通的。几乎同时登上热搜的，还有中科院博士黄国平的博士论文《致谢》。

他在致谢中回顾了自己求学过程中，遭遇的种种变故与不幸：未及成年，母亲离家；17岁，父亲车祸身亡；同年，照顾了自己17年的婆婆病故……但好在自己没有放弃，一路读到中科院博士，终于学有所成。

人们为这样一种不屈不挠的人生所惊叹。黄国平的求学历程，完全是在一次又一次的人生变故与打击中完成的。如果换作其他人，可能早就中途放弃，但黄国平选择了坚持，含泪在阳光中绽放自己的人生。

"哪有什么胜利可言，挺住意味着一切"，现实版"福贵大爷"与黄国平用自己的经历，诠释了这句话的真意。所有的峰回路转，都来自永不放弃的坚持。

我们的人生，往往就是如此。漫长的旅程中，美好与丑陋，希望与失望，惊喜与意外，就藏在那里，与我们不期而遇。某一天，我们也可能被扼住命运的喉咙，我们应该如何抉择？

我想，就应该像现实版"福贵大爷"与寒门子弟黄国平一样,即便眼前再艰难,仍当心怀希望,向光明奔去。世界上只有一种英雄主义,那就是知道了生活的真相后,依然热爱它。"福贵大爷"与黄国平的经历,为这句话做了最好的注脚。

其实,网友之所以感动于他们的故事,也是因为从他们身上看到了自己的影子。庸常的生活中,我们虽然不至于如他们一样不幸,但也难免遭遇各种变故。在这些困难面前,我们要的是坚持、克服、超越,而不是退缩、气馁、放弃。

就像"福贵大爷"所说的,没得办法,只能克服。

夏君山，欢欢还有第三条路

石力月

今天刷到一条微博热搜："欢欢哭吐了。"点开看了看，模范爸爸夏君山，因为女儿欢欢在校外辅导班学习效果不理想，忍不住发飙，女儿被训斥得痛哭流涕。家有小娃的父母们，肯定都知道这讲的是近期话题度超高的电视剧《小舍得》。家长们无处遁形的代入感，让这部剧火得一塌糊涂。

我家孩子去年上小学以后，经常有朋友问我"焦虑"吗？老实讲，不焦虑，真的不焦虑。简单粗暴的解释是，一方面因为工作忙到我基本只顾得上焦虑自己；另一方面，当看明白家长们到底焦虑个啥，我就不焦虑了。

作为一个大学老师，我每年都要迎接一批在基础教育阶段被瞎折腾了多年的大学新生，样本已经丰富到根本不用怀疑。辅导班就是瞎折腾的一个侧影，也是《小舍得》剧情进展到现在的叙事核心。

很多人都说，现在的基础教育和我们当年已经不一样了。

的确，书本教材、各种软硬件、校园活动等等，与当年不可同日而语；不少老师的教学方法也在多样性与生动性上，有了很大的提升和优化，这是显而易见的。但是学霸的养成法则变了吗？

我很负责任地说，没有。

学习好的前提永远都是"会学"，而不是学得早、学得多。当然，孩子的天资会有差异，你家孩子在玩泥巴的年龄，人家孩子就会解方程的案例也是有的。但是早慧的孩子毕竟是少数，更多的还是平凡普通的孩子，你首先得接受这个现实。

不过话说回来，普通人就不能当学霸了吗？当然不是。

我女儿上小学之前，不少"过来人"都告诫我：学校里什么都不教，尤其是公立小学，要想学得好，还是得报班。女儿上了小学以后，快一年的观察下来，我想说的是，你们也太小瞧学校了。

家长们只盯着学校教了啥，却不关心学校怎么教；同样的，也只盯着辅导班教了啥，却不关心辅导班怎么教。更重要的是，家长们也不关心孩子是怎么学的。一言以蔽之，不懂教育的人都认为自己是懂王。

记得我当年的数学老师常常挂在嘴边的一句话是：会做一道题就要会做一类题。这句话强调了两个核心要素：基础和方法。这在今天过时了吗？没有。

在今天，这两个要素如果缺其一，孩子依然不会成为学霸。即使现在表现还可以，那也只是暂时的。然而，今天几乎已经没有家长相信学习可以是一件轻松愉快的事情，所以比起事半功倍，不断加码更让人安心。

家长们都知道，今天在辅导班的问题上，始终存在着一个二元对立的迷思：辅导班之内是希望，之外是深渊。但现实却如《小舍得》呈现的那样，辅导班之内是糟心，之外也是糟心。

我没有给女儿报语数英辅导班，但与南俪和夏君山不同的是，我和娃爹一直很重视娃学习能力的培养。

学校教育开始之前，是需要准备的，但这种准备不能狭隘地理解为知识上的输入，还包括态度、习惯和心理上的准备。让孩子喜欢学习、认为学习是自己的事情、不断地超越自己，都比在她幼小的时候简单地填鸭来得重要。

只有喜欢学习的孩子才能专注、不怕困难，只有认为学习是自己的事情才会有内驱力，只有不断超越自己的人才有可能当学霸。

学习是一场马拉松，最终的第一名往往不是发令枪响之后冲在最前面的人。只有平时科学锻炼、赛时合理分配体力的人，才可能善始善终。过去是这样，今天依然是这样。

我虽不是田雨岚，也不是南俪，但我想和自己的孩子一起试试第三条路：让她学会学习，热爱学习，终身学习。不然，我有什么资格去教别人家的孩子？

不要喊妈,戳中了家庭教育的大问题

石力月

近日,一纸"不要喊妈平等条约"在网上火了,签订双方为四川成都的一位妈妈和她的7岁儿子。

条约内容涉及语文、数学和生活的几个具体场景,例如"不会写的字请查字典!不要喊妈""所有的题目做完请认真检查!不要喊妈""早起自觉洗漱后打开衣柜找衣服穿,不要喊妈"等,条约末尾还注明:"实在解决不了的问题,等爸爸回家后,喊爸!"

该条约一出,立即引起了广大网友的共鸣,大家纷纷感叹"同一个世界,同一个娃"。

好巧不巧,作为一名7岁孩子的妈妈,我对这位"条约妈妈"有感同身受的一面。尤其同为文字工作者,深知"不被打扰"对于写作来说多么重要,在有娃以后又是多么奢侈。

尤其在晋升为妈妈的最初几年,即使娃不喊妈,妈也没法闲着。所以爸爸的角色就尤为重要,这倒不是对母职的分担,而是与妈妈各司其职、共同育儿。在不少家庭中存在的"喊妈不喊爸"现象,实际上就是一种结构性失衡,它所折射的是爸爸在孩子养育过程中的缺位。只有爸爸承担起自己应有的责任,整个家庭才有可能形成一个稳定的三角形结构。在这个稳定的结构里,孩子对爸爸妈妈的需要是平衡的,自然就不会出现只喊妈不喊爸的情况。

当然,所有孩子都是妈生的,在成长过程中更依赖妈妈,存在一定的先天因素。爸爸的结构性缺位,也并不一定是其责任心缺失造成。在这位"条约妈妈"的家里,爸爸对孩子的疏于照顾与其经常出差有关,这也是现代家庭中常有的状况。

因此,孩子的独立性与自主性也就尤其重要,这也是网友点赞这位妈妈的主要原因。但在我看来,这类条约既不是长久之计也不是治本之策。

孩子对家长的过度依赖不是一朝一夕造成的,他们不会无缘无故喊妈。除了爸不在跟前的原因以外,是不是也因为一些应当孩子自己完成的事情,在过去由于妈妈的替代而并没有习得的机会?如果孩子下楼玩耍从来都是你帮他带着水壶,从来就是你替他喷好防蚊液,他怎么可能自己突然做好?如果平时都是你帮他检查作业、读题、解析,他如何能够一夜之间全部搞定?良好的习惯不会自动养成。

此外,学习习惯也并不是只与学习本身相关,它与孩子长期以来各方面的生活习惯都互相关联,并贯穿其整个成长过程之中。例如"条约妈妈"要求孩子写日记前先自己理清思路,但能不能理清思路与孩子从小有没有被鼓励独立思考、勤于表达也是紧密关联的。

因此,对于孩子的成长来说,不要总是喊妈固然有诸多好处,但更重要的是,身为父母,我们需要深层次地追问孩子们为什么总是喊妈。要求孩子在一段时间内不准喊妈也许不难,但是如何让他们无须喊妈,却是父母需要从孩子诞生的那刻起,就与他们共同学习的课题。

"小家庭"为何越来越小?

守 一

今天看到了第七次全国人口普查的主要数据,网络上对这些数据的讨论热情,有些超乎想象。仔细一想倒也不奇怪,这些不只是冷冰冰的数据,每个数据背后,其实都折射着现实的某种变化。理解这些数据,才能更好地理解我们的生活。

比如,其中有一项数据——全国共有家庭户 49 416 万户,平均每个家庭户的人口为 2.62 人,比 2010 年的 3.10 人减少 0.48 人。

相比于"四世同堂"的传统,父母加孩子的三口之家,已经是我们过去认知中的最小家庭了。没想到,现在的家庭户平均人口数直接跌破了 3。也就是说,有很多家庭是没有孩子的,或者就是"一人家庭"。

想起前不久和一位女同事聊天,聊到每天上下班的通勤时间,她每天单程要花近两个小时在路上。我就很好奇地问:为什么不租一个离公司近一点的房子呢?在我印象中她是单身,也就默认她还在租房。

随后她就打破了我的惯性认知,那是她买的房子,她早就习惯一个人住了。过去,在大城市打工的青年,很多都是结婚或者准备结婚的,才会买房子。可是近几年,看看身边,确实越来越多的单身人士也早早买房,过上了名副其实的"一人家庭"生活。

如果把房子当作家庭生活的象征,过去房子跟婚姻、生育绑定得更紧密,可是近几年松绑的趋势越来越明显。现在年轻人的婚恋观有了很大转变,晚婚晚育不再是值得大惊小怪的现象。有数据显示,上海女性的平均结婚年龄,在2008年时为29.6岁,2019年则提高至32岁。

正如我本能地觉得单身女孩应该过着租房生活一样,很多人对"小家庭"时代可能还没有真切的认知,甚至还会充满误解。

就拿婚恋问题来说,网上就有不少女性朋友表达过困惑,她们自己工作挣钱、买房,自得其乐,可架不住身边亲友总觉得没结婚是个"大问题",忙着各种牵线搭桥、诱逼相亲,好像单身成了一种"罪过"。

现在看看全国家庭户的平均人口才2.62人,就该知道时代的趋势是不以个体的意志为转移的。

如果以传统的眼光来看,"小家庭""一人家庭"可能是"问题",是反常的家庭结构。可是如果尊重现实,用全新的发展的眼光来看，这可能是常态，当然也会面临挑战。

就个体而言，过去的大家庭模式，虽然让人际关系处理起来很累，可那同时也是保障。个体遇见各种困难时，可以得到来自大家庭其他成员的扶持。这种扶持不仅是物质上的，还有精神层面上的。而"一人家庭"，更多的时候，就要靠一人面对各种状况，需要靠自己去构建安全网络。

也正因此，从社会层面来说，过去不少社会资源的分配或者福利保障，都是以"大家庭"为单位的；那今后可能就要考虑，是不是应该进一步细分，具体到以个人为单位。这样才更有效率，也更公平。

"小家庭"时代已然来临，我们都要学会接纳，学会更好地安置自己的身体和心灵。

睡不着,都是你的错吗?

李勤余

夜深了,黑漆漆的房间里,还有光亮闪烁,照着一张疲惫而困倦的脸。你说你还没有睡,但你也很难说清楚是为什么。

熬夜有很多危害,比如说,造成疲劳、情绪低落。严重一点的,还有记忆力减退、注意力不集中。再严重一点的,还有可能让身体免疫力下降。在这个互联网时代,你不会不知道这些信息。

这两天,90后姑娘熬夜十年长出老年斑的新闻可能让你吓了一跳,赶忙去照了照镜子。你不幸地发现,自己的颜值好像真的因为熬夜下降了。于是,你对自己说,今天晚上无论如何都要早点睡觉。可到了那个点,你还是准时地失眠了。在床上辗转反侧的时候,你开始胡思乱想,结果,就是睡眠离你越来越远。

调查显示,当下中国超3亿人存在睡眠障碍,近1/3睡眠障碍人群凌晨1点后才能入睡。这说明，你并不孤独。都市森林的星星点点里，还有许多人和你在一起。

没有及时入睡，都是你的错吗？

睡眠对人类来说，本来不是个问题。在前现代社会，没有了电灯，除了少数多愁善感的大作家，大家都会选择乖乖睡觉。可在高度商业化的当代社会，技术和秩序已经入侵到生活的各个角落。工作和消费的节奏越来越快，控制着个人的主体意识，你无处可逃。

最可怕的加班，不是规定你工作到几点，而是告诉你，你的工作是"弹性"的。这也意味着，你再也没有真正的下班时间，你的工作和生活已经纠缠在一起，密不可分。

叔本华说，人类只有在睡眠中才能把握住存在的"真正核心"。但在当代社会，"自然醒"是一种可望不可即的奢侈。因为，这会打破快节奏运行的正常秩序。

比方说，你第二天必须要早起上班，或是有一个不得不出席的重要会议。你甚至不敢在深夜把手机调整成静音，因为那可能会让你错过一条重要的信息或者一个重要的电话。你的睡眠，已经被彻底"改造"了。

布勒东把做梦当作对现实生活的反抗，但睡眠里的美梦，终究只是浪漫主义的"逃离"。你忙碌了一整天，好不容易把娃哄到了床上，抬头一看，已是午夜时分。于是，你决定熬夜刷剧或是打游戏。可到头来，这样的"逃离"也只会让你在第二天更加昏昏欲睡。

是时候重新审视自己与睡眠的关系了。尽管你不可能改写整个世界的秩序,但你依然可以掌握自己的生活,比如,准时睡觉。科比最爱说的是"凌晨四点的洛杉矶",这说明,能够把握睡眠的人,也能够掌控生活的主动权。

这当然不容易。你睡不着,因为你很担心明天的工作会怎么样,手上的任务是否能够完成,又或者能不能让家人过得更好……但在深夜不断增加的重量,不会改变现实,只会压缩你的生命。

你必须学会如何与生活达成和解,学会如何处理自己的欲望和焦虑。人的生命,不该被裹挟进没有间歇的持续状态里。你的热爱、你的牵挂、你的思念,都不是把你牵绊在黑夜的障碍。

有时候,"洗洗睡吧"并不是坏事。明天,又是新的一天。

美得千篇一律，便不是美

李勤余

如果你和朋友的合照里，你的朋友只P了自己，没管你，那基本可以断定你们俩是塑料姐妹花了。

不知道从何时起，若在朋友圈里发图，P图不仅是必不可少的步骤，更成了社交基本礼仪之一。翻译成大白话就是，不P图，你好意思发圈吗？

可别以为只有年轻的女孩子爱P图，男人也P，甚至连家里上了年纪的长辈也强调，拍照一定要用美颜相机。商家当然看得最明白。所以现在P图的软件设计得越来越简便、好使，就连手机相机都自带P图功能了。于是，不光是需要出镜的明星偶像，就连我们这些普通人都变得很白、很瘦、很"美"。唯一的副作用，就是有时候家里人也认不出自己了。

对于这一现象，似乎已经有人看不下去了。挪威近日出台新规，网红在社交媒体上分享PS过的身体照片而拒不承认照片是编辑过的,将会触犯法律。

这条规定能不能顺利施行,能取得什么样的效果,还没有人敢下定论。因为如今的P图技术是如此高超,高超到一般人都很难分辨得出来。不过,这一举措的初衷无疑是值得肯定的——社交媒体上流传的不切实际的审美标准,会导致人们过分追求"畸形"的身体。

"标准"这个词用得特别准确。打开朋友圈,或者到社交媒体上逛一圈,不难发现,时下的"美"确实是有标准的。大眼睛、高鼻梁、尖下巴……大家用的P图软件虽不一样,但最后的成品效果却没多大区别,简直是从同一条生产线上下来的。

上下班的时候,观察了一下张贴在地铁走道里的商业广告,觉得印在上头的明星也都"长"得差不多。如果你不是其忠实粉丝,那还真有可能认不出来谁是谁。

美什么时候变得这么千篇一律了?还记得小时候喜欢过的演员,陈红没有尖到可以戳破桌面的下巴,吴倩莲没有大到可以装下银河的眼睛,巩俐的脸庞看上去一点也不温柔……但这些并不妨碍她们的美,反而让她们更加深刻地嵌在了一代人的记忆里。

当下公共舆论场里最流行的口号是"做你自己"。言下之意,就是做人要有个性有主见。可特别有意思的是,许多人一边把这句话当作朋友圈里的文案,一边不忘记配上自己绝对标准化的精修图。也许，这一黑色幽默的画面，就是机械复制时代的艺术作品吧。

其实，一张面庞，不光是个人的标识，更包含着个体的全部历史和社会经历。当我们试图标准化它的时候，也就抹去了自己的主体性，抹去了自己的人生。

不妨偶尔关掉滤镜，好好看一看自己的脸，哪怕皱纹已经爬上了你的额头。就像杜拉斯所说的，"与你那时的面貌相比，我更爱你现在备受摧残的面容"，因为那才是真正的你，那才是完整的你。

元旦烟火小录

与 归

元旦假期逛金泽古镇,顺便去了趟附近的农贸市场。平日买菜大都在 APP 上完成,数字化的柴米油盐确实便利,却也没什么烟火气,"再来一单"成为了许多个傍晚的惯常。

菜市场真是生猛啊,和平日在上海这座城市的经验反差好大。摊主们都没有社恐,只要见你脚步一放慢就能自动攀谈起来,像熟人一样,"菜新鲜的,地里刚摘下来,还透着活灵儿呢""鱼要吗?回去烧碗鱼汤补补,要补的"……说着话便从水盆里捞出两条活蹦乱跳的鱼往你怀里塞。金泽镇位于上海与浙江、江苏两省交界的地方,长三角混合方言,一开始听不懂,慢慢也都听懂了。

角落里有两幅架子上挂满了青鱼干、咸肉、香肠,一副年前的景象,甚是动心!摊位上有货无主,旁边的摊主说人家不卖的,在这里吹穿堂风,等吹干了过年带回家吃。想想生活可能就是这样吧,在当下时空里你最想要的东西总是得不到，也就只好随遇而安了。好在其他的应有尽有，酱货炒货干货和一坛一坛自酿的黄酒。

菜市场北门外有一条河，往来运送着鱼虾湖蟹，每每有船到了，庄严繁忙的景象不输世界上任何大港，等船的时候，一两只白鹭在岸上逡巡。附近水系发达，乌家荡、元荡、泥鱼荡、三白荡以及许多个湖经由一条条河与大一点的淀山湖相连，地名里大都带着水字，江南就是一张由水系相连通的网络。

我是会做饭的，早年留学时自学成才。中国人出国，最孤寂的恐怕就是肠胃。那时国外也没那么多中餐馆和中国食材店，我硬是用当地超市能买到的材料并凭借对家里饭菜的回忆想象出可能的做法来，研究精神也得到了极大的锻炼。据说许多人都是在出国期间学会做饭的。前几年在学术场合听到有人说那个某某某，出国时没好好读书，尽想着做饭来着，我就代表绝大多数留过学的人心虚了，书读了多少因人而异，饭应该都没少做。

在北京读书那几年也没少做饭，那时还没有买菜 APP，要做饭就得去超市或者菜市场。我有两三个特别喜欢的菜市场，倒不是因为那里食材丰富，而是那里有一种奇怪的力量能缓解我读书的焦虑。初到北京时我在照澜院菜市场遍寻小葱不得，买过一颗大葱，摊主看了我一眼说"就要一颗吗？送你了"，后来我才知道在北京大葱是一捆一捆买的。写博士论文期间拖延绝症发作,焦虑无从缓解,偶然有一天没去外食,自己做起饭来,竟然感到安心舒适,写作效率也提高了。于是,每隔两三天做一盒带鱼,整整齐齐地码好,写作、治愈、写作、治愈……直到论文写完!

我早就回到了有小葱的南方,然而我现在做带鱼还是要用大葱的。

就近去青浦的同学家做饭,读书人家竟然拿出一口厚实的大铁锅,叫人惊喜,正好炖上鱼头豆腐,又拿小锅煮全家福,再炒两个小菜和年糕,酒足饭饱。新年,就这样开光了。祝你万事如意!

这届孩子还有机会干农活吗?

阳 柳

"要不是小时候干了太多活,吃过很多苦,你哪知道努力读书?"2005年暑假,拿到大学录取通知书那会儿,母亲笑着调侃我。直到现在,她也会用这种话术来激励我:"想想小时候吃的苦,不也过来了?"

大概很多上一辈、上上辈,都会认同"吃得苦中苦,方为人上人"的道理,虽然不乏功利色彩,内里却是勉励年轻人勤奋、上进的良苦用心。

对现在的孩子来说,"吃苦"的机会太少了。今天的一条热点新闻说,福建一位60岁的爷爷带着11个孙辈在农村过暑假,体验各种农活,种菜、捡鸡蛋、摘水果……孩子们穿着黄色统一"制服",听着爷爷的号令,满脸都是欢乐。

"在城市生活,他们觉得蔬菜水果都是从冰箱里出来的,伸手就能拿到。现在体验农村劳动,他们自己出汗,知道身边的东西来之不易。"新闻里爷爷的一席话,颇令人深思。这条新闻也唤起了很多网友的记忆。像我这样的农村 80 后，谁没有一堆干农活的故事呢？

劳动启蒙，多从家务开始。很多女孩，五六岁就要扫地、洗碗，我干这些时，已是七岁。但还是因为没有思想准备，倍感压力山大。晚饭后洗碗还好，最怕早上扫地。贪睡的我，担心上课迟到，又怕扫得不够干净，被大人要求再扫一遍。"人生真是艰难啊"，那时的我大概总这么想。

再大点，要洗衣服和放牛。这是两样让人又爱又恨的活。爱，因为它们提供了轻松丰富的体验：夏天清晨的池塘边，此起彼伏的倒杵声中，传递着新鲜出炉的邻家八卦信息，什么谁家的儿子要结婚了，谁家的婆媳闹矛盾了。小姑娘对这些不感兴趣，但抵不住满塘荷叶荷花的清香，经常会摘上一支而归。放牛呢，运气好的话，找到一片没种庄稼的草地，就可以撒开手，尽情发呆。这少有的"休闲"时刻，是放飞想象的好时候。莫言说过，漫长寂寥的放牛时光，为他打开了想象的世界。

说恨，是因为劳动量真的大。我家五口人，农忙时，衣服还总会留下顽固汗渍和抽水机上蹭到的机油渍，结果就是，白衣服，被我洗着洗着就成了灰衣服；花衣服，慢慢就没了花。放牛，要担心牛吃了邻居的庄稼，尤其是刚打了农药的。

还好孩子似乎都有苦中寻乐的本能，喜欢语文的我，还学会了将生活和书本打通次元壁。比如，读诗读到"牧童骑黄牛，歌声振林樾""竹喧归浣女，莲动下渔舟"，会对诗歌理解更深，也会下意识赋予生活多点诗意。文学的加持，让庸常的生活有了超然的美好。

在田间地头干农活，是最辛苦的。一年到头，油菜、麦子、水稻、棉花生长，人也和土地一样，一刻不得闲。尤其是暑假要忙"双抢"，大人不必说，小孩要承担起从"携壶浆"到割稻插秧的任务。我家田地有十几块，且分布零散，经常是早上四五点起，白天十几个小时暴晒劳动，半夜可能还要因突来的暴雨起床抢收晾晒的稻谷。这些常规的辛苦还好消化，最怕一些惊悚的意外。比如插秧上岸，腿上趴着几条蚂蟥；俯身去抱油菜和稻禾，手指触碰到一条冰凉的蛇……那酸爽，甩恐怖片十几条街。

这些农村劳动经历，随着年岁增加，苦和累的味道慢慢变淡，反倒越来越让人怀念。这是时间滤镜的威力，但更重要的恐怕还是那种简朴的生活，那些与家人在一起的时光，足以让一个孩子满足，也让人在成年之后越发向往。

一千多年前，白居易写下《观刈麦》，由农人忙碌生出惭愧之感。今天，无论种不种地，干不干农活，人们的体悟都不会如此沉重。但有些东西，应该是深深刻进民族记忆的，比如对土地的依恋，对勤劳的赞赏，对食物的珍惜……

为什么大家都不爱做饭了？

阳 柳

有段时间，我喜欢睡前在B站看那种"独居女生一人食Vlog"。新鲜水灵的食材，在女主播一番巧手侍弄下，很快就是盛装在精美碗碟里的菜肴。水汽氤氲的美食，表情享受的Up主，不知馋哭了多少我这样的晚睡者。

但"真香"的，是别人的生活，真轮到自己，身体就诚实多了。不信，你可以回想下，自己有多久没有做顿饭了？

我现在只有在周末，才会做两顿午饭，还尽量一次做够两顿，留出一部分放冰箱，晚饭时热热吃。平时工作日，吃单位食堂——其他时间，全靠外卖续命。

有消息说，截至2021年6月，我国网上外卖用户规模达4.69亿。一、二、三线城市外卖的消费者渗透率达96.31％。虽然有数据显示，90后单身人群是点外卖的主力，占比超62％，但其实，现在很多都市中年人，也越来越依赖外卖了。我认识的一些70、80后朋友，点外卖的顿数，也多过做饭。

这让人感慨，做饭这门人类的"祖传手艺"，以后会不会有消失的危险？

人们不爱做饭和外卖业发达，看似互为因果，但不爱做饭、没时间做饭确实也是有原因的。答案肉眼可见：

年轻人要忙着在职场站住脚，工作忙、加班多是常态。中年人要忙工作，还要照顾家庭，光辅导孩子做作业一项，就不知让多少家长分分钟处于崩溃的边缘。大家都压力大、身心累，没有多少心情和时间留给做饭了。

除了生活压力的原因，我想这与我国家庭规模缩小也有关系。第七次全国人口普查数据显示，我国平均每个家庭户的人口为2.62人，比2010年的3.10人减少了0.48人。越来越微型的家庭，意味着过去那种祖孙三代、一大家子其乐融融的吃饭场景很难再现了。

做饭失去了"大家庭"温馨场景的想象和寄托，也客观上被抬高了成本，包括经济上的和时间上的。这个道理也好理解：吃饭的人越少，做饭的单位成本就越高。

很多人不理解单身者或小情侣总是点外卖，指责他们懒，是缺乏说服力的。尤其对于大城市的年轻人来说，一个人、两个人，烧顿饭感觉大动干戈，"太不划算"。他们更愿意把买菜做饭洗碗的时间，花在看书、工作、交际，哪怕只是宅在家的休闲娱乐上。

套用复旦大学梁永安教授的话，从"理性经济人"角度看,90后和00后是历史上最不适合做饭的一代。有意思的是,我国外卖行业起步于2012年,这一年,第一批90后22岁,正是大学毕业的年纪。可以说,90后一进入社会,就坦然选择了外卖。

那么未来,我们应该担心做饭技能的消失吗?我不是预言家,但我想未来可能出现的情况是,做饭将从饱腹的生存性技能,演变成精神休闲活动——它可能"成本"很高,但只要你依然保持着对生活的热爱,绝对值得你用心、花时间去做。

厨房的烟火气,也是一个家庭"人气"的标志。好好为父母、为爱人、为孩子做一顿饭,那种情感的价值,是什么外卖和饭店大餐都无法替代的。

那个年代,我们是真的热爱足球

林 旭

世预赛亚洲区 12 强赛,中国队首场 0 比 3 落败澳大利亚,让广大球迷看到了那个"发挥稳定"的国足。

失望、不甘心、怒其不争,各种情绪纷至沓来。当网友在吐槽、在分析、在鼓劲的时候,我心里一直都有疑问,到底这些吐槽、分析、鼓劲的人属于哪个群体。现在的年轻人还看足球吗?

作为 20 世纪 80 年代初生人,不论是在单位,还是在生活中,我周边一起讨论足球的几乎都是同龄人。感觉现在的年轻人,90 后、00 后这一代似乎真的不怎么关注足球了,或者说关注足球的人越来越少了。

我最早接触足球,就是在我儿子现在这个年纪。1994 年美国世界杯,那年我 12 岁,不是球迷的父亲,也能给我介绍挪威队有着"北欧海盗"的雅号。熬夜看的挪威队那场比赛是我人生中观看的第一场足球比赛转播,对手是谁不记得了,场上的球员是谁不记得了，记忆中留存的，只有模糊的球场上激烈碰撞的场景，让我血脉偾张的感觉，以及"北欧海盗"这个雅号。

1994年同样也是中国足球职业化道路的开启之年，大连万达队夺得那一年的冠军。那应该是中国球迷最狂热的年代，对那时的我们而言，父辈是球迷的也很多。我一个发小，他父亲是意甲球迷，受父亲影响他最终也成了一个意大利球迷。每次我去发小家，经常和他还有他们家老爷子讨论当周的甲A联赛和意甲比赛。

1995年，我上了初中，选了一套上身红蓝剑条，下身蓝短裤的班队队服，央视也在那一年开始转播德甲，自那时起，我便开启了对拜仁俱乐部和德国足球长达二十多年的"追星之旅"。

是的，我的初中时代，虽然学校没有校级比赛，但是我们一个年级6个班，每个班都能拉一支班队，大家自己踢友谊赛。学校不支持，也不反对。中国队冲击1998年世界杯的时候，班上的同学还会组织到某一位同学家里去看球，去给中国队加油。高中后，学校也会组织球队参加市里的比赛，当时市一中和河师大附中永远是冠军争夺的最大热门。

高中复读的那年，中国队冲击2002年世界杯，有场比赛正好是在自习时间开踢，我们唯一的消息接收设备是英语听力考试时用的收音机，教室前后门安排好专职负责"盯梢"

老师的同学。班上不论男生还是女生，以及不少备受老师青睐的学霸，也都放下了课本和练习册，关注着比赛进行的每一分每一秒。那种偷偷摸摸、紧张激动、和老师斗智斗勇的经历，也成为我高中时代最美好的回忆之一。

那个年代，我们是真的热爱足球。每期的《足球报》《体坛周报》都会在班上被传烂，《足球俱乐部》这本杂志我也是省着饭钱每期必买，为此和路口报刊亭的大爷结下了深厚的友谊。我记得当时他摊子上每次只进不到十本《足球俱乐部》，去晚了就没有。最后大爷被我连卖萌带装可怜给忽悠得硬是每期都给我藏留一本，还不需要先付定金。

2002年中国足球终于冲出了亚洲，我也冲进了河南大学。学院的足球队是不可能不参加的，虽然上场时间惨不忍睹，但我们最终也拿下了一届河大杯的冠军。大学时代关系最铁的三个朋友，一个是睡在下铺的兄弟，一个是队友，还有一个是自封的"院球队经理"。

2006年大学毕业后进入梦寐以求的媒体行业，成为一家报社文体副刊中心的记者编辑。虽然自己的条线负责文博、考古、文化厅局，但总是在世界杯、欧锦赛这种大赛年，死皮赖脸并冠冕堂皇地以支援部门同事的名义加入世界杯欧锦赛报道组。

慢慢地我发现，事情似乎变得越来越不对劲，周围真正能够一起聊足球的似乎永远只有同龄人和长辈，能够集体狂热的似乎永远是自己这一辈人和一些父辈。

跳槽几次，换了几茬同事，周围能聊足球聊嗨的人罕有1995年后出生的。不久前在酒吧看欧洲杯，除了年轻的老外，中国人里大多是和我一样的中年油腻大叔。也许是我不知道现在的年轻人在哪儿看球，但感觉上，他们已经不太关注足球尤其是中国足球了吧。

窃以为，足球这项运动也是很讲究群众基础的。既然现在大环境都这样了，也不能对中国男足有什么苛求。

今晚11点，中国对日本。希望中国男足能赢，足球是圆的，没有什么不可能，即使输，也要输得有骨气。我们不怕输，我们怕的是输得没脾气、没血性，怕的是一触即溃、毫无尊严的那种输。

后　记

这是"澎湃夜读"第二次结集出版。一年未见，一晃而过，我们有太多的话要说。

一年前，夜读第一辑《人间指南》出版，我正在出差。南粤三月已似初夏，看着我们的集子出来，真的有一股冬藏春生夏长，万物始发的感觉。旅途中，我在朋友圈写下：人间指南，很互联网，也很编辑部，岁月蹉跎，日新月异，但每天发生的和怀念的，大抵还是冬宝和戈玲的那些故事。

冬宝和戈玲，很多年轻的朋友可能都会陌生。他们出自20世纪90年代的著名电视剧《编辑部的故事》。三十年过去了，媒介生态激烈变革，编辑部早就换了样式，但编辑部遇到的那些故事，每天依然在上演。故事里的事，大多还是昨天的事。悲欢喜乐，人情冷暖，生死之间。这就是中国百姓的"人世间"。

因为《编辑部的故事》，冬宝和戈玲的扮演者葛优和吕丽萍成了大屏时代的流量明星，他们联手的一则广告，也成为日后情怀党们追忆的经典。

"冬宝，干嘛呢？"

"想戈玲。"

"我给你介绍一位新朋友……"

"还想戈玲吗？"

"戈玲是谁啊？"

互联网就是我们这代媒体从业人的新朋友，它让我们记录，也让我们遗忘，甚至让我们遗弃。我们貌似疯狂到不需要这个世界，不需要人间指南，只需要扫码攻略，每天在各种群里花式吐槽。

"好了，遭人妒忌。差了，叫人瞧不起。忠厚了，人家说你傻。精明了，人家说你奸。冷淡了，大伙说你傲。热情了，群众说你浪。走在前头挨闷棍儿，走在后头全没份儿。都一样都一样，是个人就饱经沧桑……"

你看看，当年编辑部里吐槽的故事，依然还存活在三十年后我们的朋友圈。

何以至此呢？

这样的追问也是编辑部故事里的日常。澎湃评论部每天要讨论大量的选题，要问无数个为什么，探析热点，鞭挞丑恶，感激善良，关注变革。但当黄昏降临的时候，评论员们也变得格外安静，他们正在为夜读的选题进行思考和酝酿。

三年前我们决定打造《夜读》，这是各家新媒体在全天产品生产分发中最后一个时段的必争之地。我们没有用体裁束缚自己，只是将它定位为"在一天中离自己最近的时刻"，迎接一位老朋友深夜来访。尽管有着流量的竞争策略，但一直告诫自己，千万不要让这份轻量化阅读露出狰狞的面目。它没有所谓的流量密码，只有人间密码。

移动互联、社交传播一路狂飙，出版商们焦虑地把内容从出版印刷转为数码文字，而我们现在要做的是从数码文字再次回到出版印刷，这是阅读的深度连接。而对阅读方式的选择，关系到夜晚来临的时候，我们与白天的数字化生存短暂告别。

我们的夜读第二辑里依然有很多丰富精彩的故事和观点，我们希望能让你在睡前打开，阅读片刻，然后睡得更好一些。一个良好的夜间睡眠可以重绘我们心灵的肖像，使我们平静，让我们展开紧缩的眉头。

又是一年春好处。2022年的申城三月，却不大一样，因为疫情，还在足不出户，但依然收到了很多老朋友的牵挂和问候，文字很长很长。受一位好朋友的启发，我们的夜读第二辑也有了一个全新的名字——人间尺牍。此刻，望着窗外，这一年到底发生了什么？

夏正玉

二零二二年春于上海虹桥